신곡
|연옥|

신곡
|연옥|
La divina commedia: Purgatorio

단테 알리기에리 장편서사시 김운찬 옮김

LA DIVINA COMMEDIA : PURGATORIO
by DANTE ALIGHIERI (1321)

일러두기

1. 각 곡 앞의 짤막한 해설은 독자의 이해를 돕기 위해 옮긴이가 붙인 것이다.
2. 『신곡』은 「지옥」 「연옥」 「천국」의 세 부분으로 이루어진 노래로, 각 노래는 세 개 행이 한 단락을 이루는 〈3행 연구(聯句)〉로 구성되었다. 열린책들의 『신곡』에는 3행마다 수를 번호로 표기했다.
3. 인명과 지명 등 고유명사는 해당하는 나라 언어의 발음을 따르는 것을 원칙으로 하되, 이탈리아와 밀접하게 관련된 경우에는 이탈리아 발음을 따르고 각주로 풀이했다.
4. 고전 신화의 고유명사는 라틴어 이름을 기준으로 하였지만, 발음의 차이가 거의 없거나 군소 인물의 경우 그리스어 이름을 따랐다.
5. 『성경』에 나오는 고유명사 표기나 번역은 〈한국 천주교 주교 회의〉의 새 번역 『성경』(2005)을 기준으로 하였으며, 교황이나 성인의 이름은 학계의 라틴어 표기 방식을 따르되 일부는 관용을 따랐다.

이 책은 실로 꿰매어 제본하는 정통적인 사철 방식으로 만들어졌습니다.
사철 방식으로 제본된 책은 오랫동안 보관해도 손상되지 않습니다.

신곡 |연옥|

제1곡

단테와 베르길리우스는 연옥의 산이 솟아 있는 해변에 도착하고, 북반구 하늘에서는 볼 수 없는 네 개의 별을 보고 연옥의 지킴이 카토를 만난다. 카토는 베르길리우스의 설명을 듣고 정죄(淨罪)의 산에 오르는 것을 허락한다. 산에 오르기 전에 베르길리우스는 이슬로 단테의 얼굴을 씻어 주고 갈대로 띠를 둘러 준다.

보다 편한 물 위를 달리기 위하여[1]
내 재능의 쪽배는 벌써 돛을 펼치니,
그토록 참혹한 바다[2]를 뒤에 남긴 채,   3

이제 나는 인간의 영혼이 깨끗이 씻겨
하늘로 올라가기에 합당하게 되는
저 두 번째 왕국에 대해 노래하련다.   6

오, 성스러운 무사 여신들이여, 나는
그대들의 것이니, 죽었던 시가 여기
되살아나고, 칼리오페[3]가 잠시 일어나   9

---

1 연옥은 지옥에 비해 한결 가볍고 편안한 여행이라는 뜻이다.
2 지옥.
3 예술과 학문을 수호하는 무사 여신들 중에서 으뜸가는 여신으로 〈아름다운 목소리〉를 지니고 있으며 서사시를 수호한다.

저 불쌍한 까치⁴들이 호된 타격에
용서를 바랄 수도 없게 만들었던
음악으로 내 노래를 이끌어 주소서.　　　　　　　　12

동방 사파이어의 감미로운 빛깔이
첫째 둘레⁵까지 순수하게 펼쳐진
청명한 대기 속에 모여 있었으니,　　　　　　　　15

나의 눈과 가슴을 슬프게 했던
죽은 대기에서 이제 막 벗어난
나의 눈은 다시 기쁨을 되찾았다.　　　　　　　　18

사랑을 이끄는 아름다운 행성⁶은
뒤따르는 물고기자리를 희미하게 하며
동쪽을 온통 환하게 비추고 있었다.　　　　　　　　21

나는 오른쪽으로 몸을 돌려 다른 극⁷을

---

4 피에리스(복수로는 피에리데스)들을 가리킨다. 마케도니아 지방의 왕 피에로스와 에우히페 사이에 태어난 아홉 명의 딸들로, 무사 여신들에게 도전하여 노래 시합을 하였지만 패배하여 까치들로 변했다고 한다. 경우에 따라 피에리데스는 〈피에리아의 여신들〉이라는 뜻으로 무사 여신들의 별명으로 사용되기도 한다.

5 「천국」에서 하늘은 아홉 개로 나뉘어 있는데, 그중에서 첫째 하늘은 달의 하늘이다. 일부에서는 이 〈둘레 giro〉를 수평선으로 해석하기도 한다.

6 베누스, 즉 금성을 가리킨다.

향했고, 최초의 사람들[8] 이외에는 아무도
바라본 적이 없는 네 개의 별[9]을 보았다. 24

하늘은 그 별빛을 즐기는 듯하였으니,
오, 북반구의 황량한 홀아비 땅이여,
너는 영원히 그 별들을 볼 수 없구나! 27

나는 그 별들로부터 시선을 돌려
큰곰자리가 이미 사라져 버린 다른
극[10]을 향하여 약간 몸을 돌렸고, 30

내 곁 가까이 어느 노인[11]이 있는 것을

---

7   남극.

8   아담과 하와. 연옥의 산이 솟아 있는 남반구의 바다에는 아무도 들어갈 수 없는 곳(〈사람 없는 세상〉, 「지옥」 26곡 116행)으로 간주되었다.

9   주석가들에 의하면 이 상상의 별 네 개는 사추덕(四樞德), 즉 예지 *prudentia*, 정의 *justitia*, 용기 *fortitudo*, 절제 *continentia*를 의미하는 것으로 해석된다.

10 북극.

11 뒤에 자세히 나오듯이 우티카의 카토 Marcus Porcius Cato (B.C. 95~B.C. 46). 그는 공화주의자로 폼페이우스의 편에 서서 카이사르에 대항하였으나 패배하자, 아프리카 북부 카르타고 근처의 도시 우티카 Utica에서 자결하였다. 원래 자살자는 지옥에 있어야 하지만, 단테는 그를 연옥의 파수꾼으로 두었다. 자유의 수호자로 높게 평가하였기 때문이다. 감찰관 *censor*을 역임했던 증조할아버지(B.C. 234~B.C. 149)와 이름이 같기 때문에 이탈리아에서는 〈우티카의 카토〉로 부르는데, 우리나라에서는 대개 〈대(大) 카토〉와 〈소(小) 카토〉로 구분하여 번역한다.

보았는데, 자식이 아버지를 존경하는 것
이상으로 존경받을 만한 모습이었다. 33

그의 수염은 기다랗고 희끗희끗했으며,
그와 똑같은 모양의 머리카락은
두 갈래로 가슴까지 드리워 있었다. 36

성스러운 별 네 개의 빛살은 그의
얼굴을 빛으로 장식하였으니, 나는
앞에 태양이 있듯 그를 바라보았다. 39

「눈먼 개울[12]을 거슬러 영원한
감옥에서 도망친 너희들은 누구냐?」
엄숙한 수염을 움직이며 그가 말했다. 42

「누가 너희들을 인도했느냐? 지옥의
계곡을 항상 어둡게 하는 깊은 밤에서
너희들을 나오게 한 등불은 무엇이냐? 45

심연의 법칙이 그렇게 무너졌느냐?
아니면 하늘의 결정이 바뀌어 저주받은

---

12 단테와 베르길리우스가 지옥의 중심에서 연옥으로 빠져나온 동굴 속을 흐르는 개울(「지옥」 34곡 128~32행 참조)을 가리킨다.

너희들이 나의 바위들¹³로 오는 것이냐?」   48

그러자 내 안내자는 나를 붙잡으시더니
말과 손과 눈짓으로 내가 공손하게
무릎을 꿇고 고개를 숙이도록 했다.   51

그리고 대답하셨다. 「내 의지로 오는 것이
아니라, 하늘에서 내려온 여인의 간청으로
나의 길동무인 이자를 돕는 것입니다.   54

그런데 진정한 우리 상황이 어떠한지
보다 자세히 설명하기를 원하시니
나로서는 당신께 거부할 수 없군요.   57

이자는 마지막 저녁을 보지 않았지만,¹⁴
어리석음으로 거기에 가까이 다가갔으니
조금만 늦었더라면 돌아설 뻔했습니다.   60

내가 말했듯이, 나는 그를 구하기 위해
파견된 사람이었고, 내가 직접 안내한
이 길 이외에 다른 길은 없었습니다.   63

13 원문에는 〈동굴들〉로 되어 있는데, 연옥 산의 바위 절벽들을 가리킨다.
14 아직은 죽지 않았다는 뜻이다.

나는 그에게 사악한 사람들을 모두
보여 주었고, 이제 당신의 보호 아래
자신을 씻는 영혼들을 보여 주고 싶습니다. 66

내가 어떻게 인도했는지 말하자면 길지만,
하늘에서 내려온 덕성이 나를 도와 당신을
보고 당신의 말을 듣도록 안내합니다. 69

이자가 온 것을 기쁘게 받아들여 주십시오.
이자는 소중한 자유를 찾고 있으니, 자유를
위하여 삶을 거절한 사람[15]은 알겠지요. 72

당신이 아시듯, 자유를 위한 우티카에서의
죽음은 쓰라리지 않고, 당신이 그곳에 남긴
육신은 위대한 날[16]에 밝게 빛날 것입니다. 75

우리는 영원한 규율을 깨뜨리지 않았으며
이자는 살아 있고, 미노스[17]가 묶지 못하는
나는 당신의 마르티아의 순결한 눈이 있는 78

---

15 자유를 위해 자결한 카토를 암시한다.
16 최후의 심판이 이루어지는 날이다.
17 지옥의 심판관.(「지옥」 5곡 4~15행 참조)

원[18]에 있으니, 그녀를 당신의 여인으로
생각하는, 오, 거룩한 가슴이여, 그녀의
사랑을 위해서라도 우리에게 허락해 주소서. 81

우리가 당신의 일곱 왕국[19]을 지나가게
해주시고, 저 아래에서 말해도 괜찮다면
그녀에게 당신의 은혜를 전해 주겠소.」 84

그러자 그가 말했다. 「내가 저쪽에 있을 때,[20]
마르티아는 무척이나 내 눈에 들었으니,
그녀가 원하는 것을 모두 해줄 정도였지. 87

지금 그녀는 사악한 강[21] 저편에 있으니,
내가 거기에서 나올 때 만들어진 법칙[22]
때문에 더 이상 나를 감동시키지 못하지. 90

---

18 지옥의 첫째 원 림보. 카토의 아내 마르티아는 림보에 있다.(「지옥」 4곡 128행 참조)
19 연옥의 일곱 둘레를 가리킨다.
20 북반구에 있었을 때, 즉 살아 있었을 때를 가리킨다.
21 아케론강을 가리킨다.(「지옥」 3곡 70행 참조)
22 단테에 의하면 예수보다 약 80년 전에 죽은 카토는 림보에 있다가 나중에 그리스도에 의해 구원을 받았는데(「지옥」 4곡 51~63행 참조), 구원받은 자와 구원받지 못한 자는 엄격하게 구별되어 있으며, 구원받은 자는 지옥에 있는 구원받지 못한 자에 대해 동정하거나 공감할 수 없다는 것이다.

그대가 말하듯 하늘의 여인이 그대를
움직이고 이끈다면, 애원할 필요 없고,
그녀 이름으로 청하는 것으로 충분하오. 93

그러니 이제 가서 저자에게 순수한
갈대[23]를 둘러 주고, 그의 얼굴을 씻어
모든 더러움을 없애 주도록 하시오. 96

조금이라도 안개[24]에 가린 눈으로는
천국의 천사들 중 첫째 천사[25] 앞에
절대로 나아갈 수 없기 때문이오. 99

이 작은 섬 주위의 낮은 곳, 물결이
부딪치는 저 아래에는 부드러운
진흙 위에 갈대들이 자라고 있는데, 102

잎이 나거나 단단해지는 식물은
파도에 휘어지지 않기 때문에
그곳에서 절대로 살 수 없지요. 105

23 뒤에 나오듯이 연옥의 바닷가에 자라는 갈대로 대부분 〈겸손〉의 상징으로 해석된다. 지옥에서 〈절제〉의 상징으로 밧줄을 허리에 두르고 있었던 것과 대조적이다.(「지옥」 26곡 139~41행 참조)
24 지옥의 안개.
25 연옥의 문을 지키는 천사.(「연옥」 9곡 73행 이하 참조)

그런 다음 이쪽으로 돌아오지 마오.²⁶
벌써 떠오르는 태양이 가볍게 산에
오르는 길을 그대들에게 보여 주리다.」 108

그리고 그는 사라졌고, 나는 몸을
일으켜 아무 말 없이 안내자에게
가까이 다가가 그에게 눈을 돌렸다. 111

스승님은 말하셨다. 「아들아, 내 뒤를 따르라.
뒤로 돌아가자, 이 벌판이 이쪽으로
낮은 해변을 향해 기울어져 있으니까.」 114

여명은 새벽의 어슴푸레함을 몰아내
달아나게 하였으니, 나는 멀리에서
일렁이는 바다를 알아볼 수 있었다. 117

우리는 황량한 벌판을 걸었으니, 마치
잃어버린 길로 되돌아오는 사람이
그곳까지 헛걸음을 하는 것과 같았다. 120

우리는 이슬이 태양과 싸우면서,

26 일단 연옥에 들어온 영혼은 다시 지옥으로 돌아갈 수 없다는 것을 암시한다.

응달진 곳에 따로 떨어져 있어서
거의 증발되지 않은 곳에 이르렀고,   123

나의 스승님은 양 손바닥을 펼치고
부드럽게 여린 풀 위로 얹으셨으며,
나는 그 몸짓의 의도를 알아차리고   126

그분에게 눈물 젖은 얼굴을 내밀었고,
그분은 지옥이 뒤덮었던 내 얼굴의
빛깔을 온전히 다시 드러내 주셨다.   129

그런 다음 우리는 황량한 해변에,
그 물결을 항해한 사람은 누구도
되돌아가지 못한 곳에 이르렀다.[27]   132

그곳에서 다른 분[28]이 바라는 대로
그분은 나에게 띠를 둘러 주셨는데, 오,
놀랍구나! 그 겸손한 풀을 꺾자, 꺾인   135

자리에 순식간에 새 풀이 돋아났다.

27 그곳에 왔다가 되돌아간 사람은 전혀 없었다는 뜻이다. 단테의 상상에 의하면 울릭세스와 그의 부하들은 연옥의 산 가까이 이르렀으나 파도에 휩싸여 빠져 죽었다.(「지옥」 26곡 130행 이하 참조)
28 카토.

제2곡

아침 해가 떠오르는 동안 바닷가에서 단테와 베르길리우스는 바다 위로 천사의 배가 연옥으로 올라갈 영혼들을 싣고 오는 것을 본다. 천사는 영혼들을 내려놓은 다음 떠나고, 단테는 영혼들 중에서 절친한 친구 카셀라를 만난다. 카셀라는 자신이 연옥으로 오게 된 경위에 대해 이야기하고 아름다운 노래를 들려준다.

태양은 벌써 자오선 둘레의 가장
높은 지점으로 예루살렘을 뒤덮는
지평선에 이르러 있었으니,[1]   3

그 맞은편에서 도는 밤은 낮보다
길어질 때 힘을 잃는 저울자리와 함께[2]
갠지스강에서 밖으로 나왔으며,[3]   6

1 단테 시대의 지리와 천체관에 의하면, 지구 북반구의 육지는 인도의 갠지스강 하구에서 스페인 에브로강의 발원지 사이의 경도 180도에 걸쳐 펼쳐져 있으며, 그 한가운데에 예루살렘이 자리 잡고 있다. 그리고 남반구의 바다 한가운데 솟아 있는 연옥의 산은 정확하게 예루살렘의 맞은편 대척(對蹠) 지점에 있다.(「연옥」 27곡 1~4행 참조) 따라서 현재 예루살렘에서는 태양이 서쪽 지평선으로 지고 있으며, 연옥의 산에서는 동쪽에 떠오르고 있는 아침 6시경이다. 또 인도는 한밤중이고, 스페인은 한낮에 해당한다.

2 춘분 무렵 저울자리는 황도대(黃道帶)에서 태양의 맞은편에 위치한다. 따라서 밤이 낮보다 길어지는 추분 이후에는 그 자리에 태양이 위치하기 때문에, 밤에 보이지 않는다(즉 〈힘을 잃는다〉). 단테는 지금 춘분 무렵에 여행하고 있기 때문에, 저울자리는 밤에 뚜렷하게 나타난다.

그리하여 내가 있던 곳에서는 아름다운
새벽[4]의 새하얀 뺨이 불그스레해졌다가
시간이 흐르면서 황금빛으로 변해 갔다.　　　　　9

우리는 아직 바닷가에 머물러 있었는데,
마치 갈 길을 생각하는 사람이 마음은
가면서 몸은 머물러 있는 것 같았다.　　　　　12

그런데 보라, 아침이 다가올 무렵
화성이 서쪽의 수평선 위에서
자욱한 안개로 빨갛게 물들듯이,[5]　　　　　15

지금도 다시 보고 싶은 한 줄기 빛[6]이
나타났는데, 아무리 빨리 나는 것도
비교할 수 없게 빠르게 바다 위로 왔다.　　　　　18

내가 스승님에게 물어보기 위하여
잠시 눈을 돌린 사이에 그것은
더욱 크고 눈부신 모습이 되었다.　　　　　21

3　인도는 지금 한밤중이라는 뜻이다.
4　새벽의 여신 아우로라(그리스 신화에서는 에오스).
5　새벽녘 화성은 서쪽 하늘에서 주위의 수증기로 인해 붉게 보인다.
6　뒤에 자세히 나오듯이 천사의 빛이다. 그 천사는 영혼들을 연옥으로 실어 나르는 뱃사공이다.

그리고 그 주위 사방에서 무엇인지
알 수 없는 새하얀 빛이 나타났고,
그 아래에서 또 다른 빛이 나왔다. 24

아직도 말이 없던 나의 스승님은
그 하얀빛이 날개로 드러나면서
이제 뱃사공을 잘 알아보게 되자 27

외치셨다. 「어서, 무릎을 꿇도록 해라.
하느님의 천사이시다. 두 손을 모아라.
이제부터 너는 저런 시종들[7]을 볼 것이다. 30

보아라, 그는 인간의 도구들을 거부하니,
그렇게 멀리 떨어진 두 해안 사이에서[8]
날개 이외에 돛이나 노가 필요 없단다. 33

보아라, 하늘을 향해 펼쳐진 날개로,
썩어 없어질 털[9]처럼 변하지 않는
영원한 깃털로 바람을 일으키노라.」 36

7 천사들.
8 로마를 가로질러 흐르는 테베레강 어귀와 연옥의 해변 사이이다. 연옥으로 가는 영혼들은 모두 테베레강이 바다로 흘러 들어가는 어귀에 모여 있다가, 때가 되면 천사의 배를 타고 연옥으로 가게 된다고 믿었다.
9 죽을 수밖에 없는 동물들의 털이나 깃털.

어느덧 그 성스러운 새는 우리를 향해
가까이 다가와 더욱 눈부셔 보였으니,
나는 그 근처로 눈을 들 수 없어서   39

아래쪽을 바라보았고, 천사는 바닷물이
조금도 삼키지 못하는[10] 가볍고도
날렵한 배와 함께 해변에 이르렀다.   42

하늘의 뱃사공은 뱃머리에 서 있었으니,
축복이 온몸에 새겨져 있는 것 같았고,
백 명도 넘은 영혼들이 안에 앉아 있었다.   45

〈이스라엘이 이집트에서 나올 때〉[11]
영혼들은 모두 한목소리로 이 시편의
다음에 이어지는 구절들을 노래하였다.   48

그리고 천사가 십자가 성호를 그어 주자
영혼들은 모두 해변으로 뛰어내렸고,
천사는 올 때처럼 빠른 속도로 떠났다.   51

---

10 아주 가벼워서 바닷물에 아무런 흔적도 남기지 않는다는 뜻이다.
11 라틴어 원문은 *In exitu Israel de Aegypto*. 「시편」 114편의 첫머리로 중세에는 특히 장례 때 운구(運柩)하면서 많이 불렸다고 한다.

거기에 남은 무리는 그 장소가 낯설게
보이는지, 새로운 것을 보는 사람처럼
주위 사방을 자세히 둘러보았다.   54

정확한 화살로 하늘 한가운데에서
염소자리를 내쫓아 버린 태양[12]은
온 사방으로 빛을 내쏘고 있었다.   57

그 새로 온 사람들이 우리를 향해
얼굴을 돌리고 말했다. 「아신다면,
산으로 가는 길을 가르쳐 주시오.」   60

베르길리우스는 대답하셨다. 「그대들은
우리가 이곳을 잘 안다고 생각하는
모양인데, 우리도 그대들처럼 나그네요.   63

그대들보다 조금 전에 여기 왔는데,
오르는 길이 장난처럼 보일 정도로
거칠고도 험한 길을 거쳐서 왔소.」   66

---

12 황도대의 염소자리는 양자리에서 90도 거기에 있으며, 따라서 태양이 뜰 무렵 염소자리는 자오선의 위치, 즉 〈하늘 한가운데〉에 있는데, 햇살(〈정확한 화살〉)이 비침에 따라 보이지 않게 된다.

영혼들은 내가 숨을 내쉬는 것을
보고 아직 살아 있음을 깨닫고는
깜짝 놀라 얼굴빛이 창백해졌다. 69

좋은 소식을 듣고자 하는 사람들이
올리브 가지를 든 사자[13]에게 몰려들어
서로 짓밟는 것도 아랑곳하지 않듯이, 72

그 축복받은 영혼들은 하나같이
내 얼굴을 바라보는 데 몰두하여
정화하러 가는 것을 잊은 듯하였다. 75

그중 한 영혼[14]이 앞으로 나서더니
커다란 애정으로 나를 껴안았고
나도 감동하여 똑같이 그를 껴안았다. 78

오, 겉모습 외에는 헛된 영혼들이여!
내 손은 세 번이나 그를 껴안았지만,
그대로 내 가슴에 되돌아올 뿐이었다. 81

---

13 중세 이후까지 지속된 풍습에 의하면, 승리나 평화 같은 좋은 소식을 전하는 사람은 올리브 나뭇가지를 손에 들고 왔다고 한다.
14 뒤에 91행에서 이름이 나오는 카셀라Casella. 그에 대한 자료는 많지 않으나 단테의 절친한 친구로 음악가였다.

깜짝 놀라 아마 내 얼굴이 붉어졌는지
그 영혼은 미소 지으며 뒤로 물러섰고,
나는 그를 쫓아 앞으로 몸을 내밀었다. 84

그는 멈추라고 부드럽게 말하였는데,
그때서야 나는 그가 누군지 알아보고
잠시 멈춰 나와 이야기하자고 부탁했다. 87

그는 말했다. 「죽어야 할 몸으로 그대를
사랑했듯이 풀려나서도 사랑하기에[15]
멈추지만, 그대는 왜 이 길을 가는가?」 90

나는 말했다. 「나의 카셀라여, 내가 있는 곳에
다시 돌아오려고[16] 이 여행을 하는 중인데,
그대는 어찌 오랜 시간을 빼앗겼는가?」[17] 93

그가 말했다. 「원하는 대로 영혼을 거두는

15 영혼이 육체에 얽매여 있을 때, 즉 살아 있을 때 단테를 사랑했던 것처럼 육신이 죽어 영혼이 풀려난 지금도 사랑한다는 뜻이다.
16 단테가 지금 있는 연옥, 즉 구원의 장소로 육신이 죽은 후 다시 돌아오기 위해.
17 그가 죽은 지 오래되었는데 왜 이제야 연옥에 도착하였는가 묻고 있다. 연옥에 갈 영혼들은 테베레강 어귀에 모여 있다가 때가 되어서야 천사의 배에 오르게 된다. 카셀라는 1300년 희년(「지옥」 18곡 28행 참조)을 맞아 이루어진 대사면(大赦免) 덕택에 마침내 연옥에 도착하게 되었다는 것이다.

분[18]이 여러 번 이 길을 막았더라도,
나에게 전혀 잘못한 것이 아니라네. 96

그의 뜻은 정의로 이루어지는 것이니까.
사실 그분은 석 달 동안[19] 평온하게
들어가기 원하는 영혼들을 거둬들이셨네. 99

그리하여 테베레강 물이 짭짤해지는
곳에서 바다를 바라보고 있던 나도
그분이 너그럽게 받아들여 주셨네. 102

그곳 강어귀에 그분이 날개를 펼치고
있으니, 아케론강으로 내려가지 않는
자들은 언제나 그곳에 모이게 된다네.」 105

나는 말했다. 「모든 내 욕망을 잠재우던 그대의
사랑스러운 노래의 기술이나 기억을
새로운 율법이 빼앗아 버리지 않았다면,[20] 108

---

18 뱃사공 천사. 그는 때가 된 영혼들을 배에 태워 연옥으로 데리고 간다.
19 1299년 성탄일로부터 1300년 희년의 부활절까지 3개월 동안. 그 기간 동안에는 영혼들에게도 대사면이 내려져, 연옥으로 들어가려는 영혼들은 대기할 필요 없이 모두 들어갔다는 것이다.
20 이제 카셀라의 영혼은 연옥의 율법을 따라야 하는데, 그로 인해 살아 있었을 때의 노래 재주가 사라지지 않았다면.

내 영혼을 조금이라도 위로해 주게.
나의 몸뚱이를 이끌고 이곳까지
오느라 무척이나 지쳐 있다네.」 111

「내 마음속에 속삭이는 사랑은…….」
그는 아주 부드럽게 노래를 시작했고,
그 부드러움은 지금도 울리는 듯하다. 114

스승님과 나, 그리고 그와 함께 있던
영혼들은 다른 어떤 것도 마음을
건드리지 못하는 듯 흡족해 보였다. 117

우리 모두 그의 노래에 빠져 있었는데,
진지한 노인[21]이 나타나 호통을 쳤다.
「게으른 영혼들아, 이게 무슨 짓이냐? 120

어찌하여 이리 게으르게 서 있는가?
어서 산으로 달려가 하느님이 드러내심을
가로막는 때를 씻어 내도록 해라.」 123

마치 목초지에 모여 앉은 비둘기들이
습관적인 여유도 보이지 않고 조용히

21 카토.

곡식이나 가라지를 쪼아 먹고 있다가 126

무엇인가 두려운 것이 나타나면,
더 큰 걱정에 쫓기기 때문에 곧바로
모이를 그대로 내버려 두는 것처럼, 129

그들 새로운 무리는 노래를 버리고
어디로 갈지도 모르고 가는 사람처럼
기슭을 향해 달려가는 것을 보았고, 132

우리도 그에 못지않게 바로 떠났다.

제3곡

카토의 꾸지람을 듣고 단테와 베르길리우스는 연옥의 산 발치에 이르는데 너무나도 험준하여 오를 길을 찾지 못한다. 그때 한 무리의 영혼들이 다가오는 것을 보고 그들에게 길을 묻는다. 그들은 파문당했던 영혼들이며, 그중에서 만프레디왕이 단테에게 자신의 이야기를 들려준다.

갑작스럽게 달아나느라 그들은
들판의 여기저기로 흩어지면서
정의가 벌을 주는 산으로 향하였지만, 3

나는 믿음직한 동반자에게 다가갔다.
그분 없이 내가 어떻게 달려가겠는가?
누가 나를 산으로 이끌어 줄 것인가? 6

그분은 자책감[1]에 사로잡힌 듯했으니,
오, 순수하고 고귀한 양심이여, 작은
허물도 당신에게는 쓰라린 참회이군요! 9

모든 행동에서 위엄을 깎아내리는
서두름이 그의 발에서 떠났을 때,
조금 전까지 옥죄어 있던 내 마음은 12

---

[1] 머뭇거림에 대한 카토의 질책을 들었기 때문이다.

열망과 함께 의욕으로 활짝 열렸으니,
나는 높은 하늘을 향하여 바다 위로
솟아오른 산 쪽으로 얼굴을 돌렸다. 15

등 뒤에서 붉게 타오르는 태양은
내 모습 앞에서 부서졌는데,[2] 나로
인해 햇살이 차단되었기 때문이다. 18

나는 내 앞에서만 땅이 그늘진 것을
보았을 때, 혼자만 남은 것이 아닌가
두려워서 깜짝 놀라 옆을 돌아보았고, 21

그러자 나의 위안인 그분은 돌아서서
말하셨다. 「왜 믿지 못하겠느냐? 내가
너와 함께 있으며 너를 안내한다는 것을? 24

내 그림자를 만들던 육신이 묻힌
그곳은 이제 벌써 석양이 되었으니,
브린디시에서 나폴리로 옮겨져 있지.[3] 27

2 단테는 살아 있는 몸이기 때문에, 햇빛이 통과하지 못하고 부서져 앞에 그림자를 드리운다.
3 그리스에 머물던 베르길리우스는 기원전 19년 아우구스투스 황제와 함께 돌아오던 도중 이탈리아 동남부 해안의 도시 브린디시Brindisi에서 사망하였다. 그러나 그의 유해는 황제에 의해 나폴리로 옮겨져 거기에 묻혀 있다.

서로가 서로의 빛을 가로막지 않는
하늘들[4]이 그러하듯 지금 내 앞에
그림자가 없다고 해서 놀랄 것 없다. 30

덕성[5]은 그러한 육신들이 뜨거움과
차가움, 고통을 겪도록 조치하면서도,
그 방법을 우리에게 드러내지 않으신다. 33

세 개의 위격(位格) 안에 하나의 실체를 가진[6]
무한한 길을 우리의 이성으로 완전히
이해하기를 바라는 자는 미치광이로다. 36

인간들이여, 〈있는 그대로〉[7]에 만족하라.
너희들이 모든 것을 볼 수 있었다면,
마리아의 해산[8]이 필요 없었으리라. 39

---

4 단테 시대의 천문학에 의하면, 아홉 하늘은 완전히 투명하여 한 하늘의 빛은 다른 모든 하늘에 비친다.
5 하느님의 전능함.
6 삼위일체(三位一體).
7 원문에는 라틴어 *quia*로 되어 있다. 아리스토텔레스는 지식을 *scire quia*, 즉 있는 그대로의 사물에 대한 지식과, *scire propter quid*, 즉 그러한 사물 존재의 원인이나 이유에 대한 지식으로 나누었다. 토마스 아퀴나스를 필두로 하는 스콜라 철학의 입장에서 단테가 여기에서 말하려는 것은, 인간은 단지 존재의 경험적 사실을 아는 데 만족해야지 굳이 그 이유나 방식을 따져 이해하려고 하지 말아야 한다는 것이다.
8 마리아에 의해 예수 그리스도가 탄생함으로써 비로소 하느님의 은총과

만약 그랬다면 욕망을 채웠을 자들이
헛되이 바라는 것을 너희는 보았으니,
그들은 영원히 후회해야 하는데,[9] 42

아리스토텔레스와 플라톤, 다른 많은
자들이 그렇다.」 여기에서 그분은 머리를
숙였고 아무 말 없이 당황한 표정이었다. 45

그동안 우리는 산 발치에 이르렀는데,
거기 보이는 암벽이 어찌나 험준한지
아무리 날쌘 다리도 쓸모없어 보였다. 48

레리치와 투르비아[10] 사이의 가장
황량하고 가장 험한 암벽도 이것에
비하면 오르기 쉽고 편안한 계단이다. 51

나의 스승님은 걸음을 멈추고 말하셨다.

계시가 이루어졌다는 것을 의미한다.
9 인간 이성의 힘으로 모든 것을 알려고 하는 자들은, 만약 그것이 가능했다면 자신들의 욕망을 채웠을 것이지만, 그렇게 할 수 없기 때문에 헛된 욕망만 가졌을 뿐이다. 여기서는 림보에 있는 덕성 있는 영혼들을 암시적으로 가리킨다.(「지옥」 4곡 참조)
10 Lerici와 Turbia는 둘 다 이탈리아 북서부 해안의 지명이다. 레리치는 라스페치아 부근의 오래된 성(城)이고, 투르비아는 프랑스의 니스 근처에 있는 작은 마을인데, 그 사이의 해안은 험준하고 가파른 바위들로 되어 있다.

「날개 없는 자가 오를 수 있도록
완만한 기슭이 어느 쪽에 있을까?」　　　　　　　　　　54

그리고 그분은 고개를 숙인 채
마음속으로 갈 길을 생각하시고
나는 암벽 주위를 바라보는 동안　　　　　　　　　　57

왼쪽으로 한 무리 영혼들이 나타나
우리를 향해 발걸음을 옮겼는데,
움직이지도 않는 듯 느린 걸음이었다.　　　　　　　　60

나는 말했다. 「스승님, 눈을 들어 보십시오.
스승님께서 혼자 하실 수 없다면,
가르쳐 줄 사람들이 저기 있습니다.」　　　　　　　　63

그분은 바라보시더니 가벼운 표정으로
말하셨다. 「저들이 천천히 오니 우리가
저리 가자. 아들아, 희망을 굳건히 해라.」　　　　　　66

우리가 천 걸음을 옮긴 뒤에도
그들은 돌팔매질 잘하는 사람이 돌을 던질
수 있을 거리만큼 아직 멀리 떨어져 있었다.　　　　　69

제3곡　31

그들은 모두 높은 절벽의 단단한
바위 주변에 서 있었는데, 조심스럽게
길 가는 사람이 서서 주변을 둘러보는 듯했다. 72

베르길리우스는 말하셨다. 「오, 좋은 죽음으로
선택받은 영혼들이여, 그대들 모두를
기다리는 평화의 이름으로 부탁하니, 75

위로 올라갈 수 있도록 산의 경사가
완만한 곳이 어디인지 말해 주오.
현자일수록 시간 낭비를 싫어하지요.」 78

마치 양들이 우리에서 하나, 둘,
세 마리 나오고, 나머지는 소심하게
눈과 주둥이를 땅에 처박고 있다가 81

앞선 놈이 하는 대로 나머지도 뒤따르고,
앞선 놈이 멈추면 이유도 모르면서
조용하고 순진하게 주위에 모이듯이, 84

그 행복한 무리의 선두가 움직여
앞으로 나오는 것을 나는 보았는데,
순수한 표정에 진지한 걸음걸이였다. 87

앞선 자들은 내 오른쪽 땅에서
햇살이 부서지고 나의 그림자가
바위 위에 드리우는 것을 보더니 90

걸음을 멈추고 약간 뒤로 물러났고,
가까이 뒤따라오던 자들은 모두
이유도 모르면서 똑같이 따라 했다. 93

「그대들이 묻지 않아도 내가 고백하겠소.
그대들이 보는 이자는 인간의 몸이고,
그래서 햇살이 땅바닥에서 부서집니다. 96

그대들은 놀라지 말고 믿으시오,
하늘에서 내려오는 덕성도 없이
이 절벽을 오르려는 것은 아니니까요.」 99

이렇게 스승님이 말하시자 〈그렇다면
이리 돌아, 우리 앞으로 가시오〉 하고
그 의젓한 무리는 손등으로 가리켰다. 102

그리고 그들 중 하나가 말을 꺼냈다.
「그대가 누구이든, 가면서 고개를 돌려
혹시 나를 본 적이 있는가 생각해 보오.」 105

나는 그를 향했고 얼굴을 바라보았는데,
금발에다 멋지고 기품 있는 용모였고
한쪽 눈썹 위에 상처의 흉터가 있었다. 108

내가 전혀 본 적이 없다고 겸손하게
부인하자 그는 〈여기를 보오〉 하고
가슴 위의 상처를 나에게 보여 주었다. 111

그리고 미소를 지었다. 「나는 만프레디,[11]
황후 코스탄차[12]의 손자라오. 그러니
그대에게 부탁하건대, 돌아가거든[13] 114

나의 예쁜 딸, 시칠리아와 아라곤의
영광의 어미[14]에게 가서, 다른 소문이

---

11 Manfredi(1232~1266). 황제 페데리코 2세의 아들로 1258~1266년에 나폴리와 시칠리아 왕국을 통치하였다. 1266년 카를로 단조 1세가 나폴리를 공격하자 그 해 2월 베네벤토 전투에서 전사하였다. 아버지와 마찬가지로 그는 에피쿠로스의 추종자로 알려져 있고, 따라서 페데리코 2세는 지옥에 있다.(「지옥」 10곡 119행 참조) 그렇지만 단테는 만프레디가 말년에 참회하여 연옥으로 구원받은 것으로 묘사하고 있다.

12 Costanza(1146~1198). 페데리코 2세의 어머니이다.(「천국」 3곡 110행 이하 참조)

13 살아 있는 자들의 세상으로 돌아가거든.

14 만프레디의 딸은 할머니와 이름이 같은 코스탄차인데, 아라곤의 왕 페드로 3세(1239~1285)와 결혼하였고, 그 결과 시칠리아는 아라곤 왕가의 지배하에 들어가게 되었다.

있거든 그녀에게 진실을 말해 주시오.[15]　　　　　　117

나는 나의 몸이 두 번의 치명적인
상처로 망가진 뒤 기꺼이 용서하시는
분에게 울면서 나 자신을 맡겼지요.[16]　　　　120

내 죄는 끔찍한 것이었지만, 무한한
선(善)께서는 아주 넓은 팔을 펼치고
당신에게 돌아오는 자를 받아들이시지요.　　　123

클레멘스[17]의 명령으로 나를 사냥하러
왔던 코센차의 목자[18]가, 만약 당시에
하느님의 그런 모습을 잘 깨달았다면,　　　　126

내 육신의 뼈는 지금도 베네벤토
근처의 다리 어귀에서 커다란
돌무더기의 보호를 받고 있을 것이오.[19]　　　129

15 기벨리니 계열의 만프레디는 교황 클레멘스 4세와 사이가 좋지 않았고, 여러 번 파문을 당하였다. 그러니 지옥에 떨어졌을 것이라는 소문이 있더라도, 사실은 연옥에 있다는 것을 알려 주라는 부탁이다.
16 자신의 죄를 참회하고 하느님에게 다시 귀의하였다는 뜻이다.
17 프랑스 출신의 교황 클레멘스 4세(재위 1265~1268).
18 코센차 Cosenza는 이탈리아 남부 칼라브리아 지방의 도시로 1254~1266년 그곳의 주교였던 바르톨로메오 피냐텔리 추기경을 가리킨다.
19 만프레디가 베네벤토 전투에서 전사한 상태로 발견되자, 카를로 1세

그런데 지금은 왕국의 밖, 베르데강
근처에 등불을 끄고 옮긴[20] 그대로
비에 젖고 바람에 휩쓸리고 있지요.   132

한 줄기의 희망이라도 간직하는 한,
그런 저주에도 불구하고 영원한 사랑은
길을 잃지 않고 돌아올 수 있습니다.   135

사실 성스러운 교회에서 쫓겨난 채
죽은 자는 막바지에 뉘우치더라도,
오만하게 보낸 시간의 30배 기간 동안   138

이 절벽의 밖에서[21] 기다려야 하는데,
만약 훌륭한 기도로써 그런 기간이
더 짧아지지 않는다면 말입니다.[22]   141

의 병사들이 그 위에 돌을 던져 커다란 무덤이 되었다고 한다. 그런데 교황의 명령에 따라 코센차의 주교는 그의 유해를 끌어내 왕국 밖의 베르데Verde강 (현대의 이름은 리리Liri 또는 가릴리아노Garigliano) 근처의 맨땅에 그대로 버렸다고 한다.

20 당시의 풍습에서 파문당한 자들이나 이단자의 시신은 등불을 끈 채 운반하였다고 한다.

21 연옥 산의 절벽 밖, 그러니까 입구 연옥에서.

22 중세의 가톨릭 전통에 의하면, 산 자들이 죽은 자들을 위해 기도하면 연옥에서 벌받는 기간이 단축된다고 한다. 특히 훌륭하고 착한 사람의 기도일수록 더 많이 단축된다.

그런 금지와 그대가 본 내 처지를
내 착한 코스탄차에게 알려 주어 나를
기쁘게 해줄 수 있을지 생각해 보오.   144

이곳은 저쪽 사람들[23]의 혜택을 보니까.」

---

23 북반구의 살아 있는 자들을 가리킨다.

제4곡

두 시인은 좁고 험한 바위 길로 올라가고, 베르길리우스는 왜 연옥의 산에서 해가 왼쪽으로 떠오르는지 설명해 준다. 그들은 커다란 바위 근처에서 게으름 때문에 삶의 막바지까지 참회를 늦추었던 영혼들을 만난다. 그 영혼들 중에서 단테는 친구였던 벨라콰를 만나 이야기를 나눈다.

어떤 즐거움이나 슬픔이 우리의
한 감각을 사로잡을 때면, 우리
영혼은 온통 거기에만 집중되어　　　　　　　　　　3

다른 기능은 전혀 없는 것 같은데,
그건 우리 안의 한 영혼이 다른 영혼을
압도한다고 믿는 오류[1]와 다르다.　　　　　　　　6

그러므로 영혼을 강하게 끌어당기는
어떤 것을 보거나 들을 때, 시간이
흘러도 사람은 그것을 깨닫지 못한다.　　　　　　9

그것[2]을 지각하는 능력과, 영혼을 온통

---

[1] 즉 우리에게는 여러 개의 영혼이 있어서, 때로는 한 영혼이 다른 영혼들을 지배한다고 믿는 오류를 가리킨다. 특히 플라톤 학파에서는 우리 내부에 여러 개의 영혼이 있다고 믿었는데, 이것은 영혼은 하나라는 가톨릭의 관념과 정면으로 배치된다.

사로잡고 있는 능력은 서로 다른데, 후자는
묶여 있고 전자는 풀려 있기 때문이다.³   12

나는 그것을 실제로 경험하였으니,
그 영혼⁴의 말을 듣고 바라보는 동안
태양은 이미 50도나 솟아오른 것을⁵   15

나는 전혀 깨닫지 못하였는데, 어느새
영혼들이 한목소리로 〈여기가 그대들이
찾는 곳이오〉 외치는 곳에 이르렀다.   18

포도가 거무스레하게 익어 갈 무렵 시골
사람이 한 쇠스랑 긁어모은 가시나무로
여러 번 막아 놓은 울타리의 구멍⁶도,   21

---

2 시간이 흐르는 것.
3 무엇인가가 우리의 마음(즉 〈영혼〉)을 완전히 사로잡을 때 마음은 한곳에 집중되고, 그러기 때문에 시간의 흐름을 지각하는 능력은 산만해지고 흐트러진다.
4 만프레디의 영혼이다.
5 태양은 24시간 동안에 360도를 회전하므로 한 시간에 15도씩 돈다. 따라서 50도를 상승하는 데에는 약 3시간 20분이 소요된다. 시인들이 연옥에 도착한 것은 태양이 떠오르는 새벽 6시 무렵이므로, 지금 시간은 아침 9시 20분경이다.
6 농부들은 익은 포도를 도둑맞지 않기 위해 울타리의 구멍들을 가시나무로 막았다.

그 영혼들 무리가 우리 곁을 떠난 뒤
나의 스승님과, 뒤이어 내가 올라간
틈바귀에 비하면 넓어 보일 정도였다.　　　　　　　　24

산레오[7]에 가거나, 놀리[8]에 내려가거나,
비스만토바[9] 꼭대기에 올라가도 발만으로
충분한데 여기에서는 날아가야 할 것이니,　　　　　27

나에게 희망을 주고 또 빛이 되어 주시는
안내자의 뒤를 따라 큰 열망의 깃털과
날렵한 날개를 가져야 한다는 말이다.　　　　　　30

우리는 부서진 바위 사이로 들어갔는데,
암벽이 사방에서 우리를 조였고 아래
바닥은 손과 발을 함께 요구하였다.　　　　　　　33

높은 절벽 위의 가장자리, 탁 트인
기슭에 이르렀을 때 나는 말했다.

[7] San Leo. 이탈리아 중동부의 우르비노 근처에 있는 작은 마을로, 험준한 암벽 위에 자리 잡고 있다. 그곳으로 가는 길은 절벽 언저리에 난 협소한 길 하나뿐이다.

[8] Noli. 이탈리아 북서부 리비에라 해변의 작은 마을로, 사방이 암벽으로 둘러싸여 있다. 따라서 그곳에 가기 위해서는 배를 타고 해안으로 가거나 절벽을 타고 내려가야 한다.

[9] Bismantova. 이탈리아 중부 레조넬에밀리아 지방의 험준한 산이다.

「스승님, 어느 길로 가야 합니까?」 36

그분은 말하셨다. 「한 걸음도 뒤로 내딛지 마라.
어느 현명한 안내자가 나타날 때까지
내 뒤를 따라 계속 산 위로 오르라.」 39

산꼭대기는 보이지 않을 정도로 높았고,
기슭은 4분원의 중앙에서 중심까지의
기울기보다 심하게 가파른 경사였다.[10] 42

나는 기진맥진해졌을 때 말을 꺼냈다.
「오, 자상하신 아버지, 뒤돌아보세요.
멈추시지 않으면 저 혼자 남겠어요.」 45

「아들아, 여기까지만 몸을 끌어올려라.」
그분은 산의 이쪽을 에워싸고 있는
조금 위의 비탈을 가리키며 말하셨다. 48

그분의 말은 나를 격려하였고, 나는
힘내어 그분 뒤를 기어올라 마침내

---

10 수직으로 교차하는 두 직선으로 원을 정확하게 4등분하였을 때, 한 〈4분원(四分圓)〉의 한가운데 지점에서 원의 중심에 이르는 직선의 기울기는 45도이다. 그 45도보다 더 가파르다는 뜻이다.

제4곡 **41**

비탈이 내 발아래에 있게 되었다. 51

우리 둘은 함께 그곳에 앉았으며
우리가 올라온 동쪽을 바라보았으니,
되돌아봄은 으레 유익하기 때문이다. 54

나는 먼저 아래의 해변으로 눈길을
돌린 다음 태양을 바라보았는데,
왼쪽에서 햇살이 비쳐 깜짝 놀랐다.[11] 57

빛의 수레[12]가 우리와 북쪽[13] 사이로
들어오고 있는 것에 내가 놀라자
그것을 알아차리신 스승님은 내게 말하셨다. 60

「만약 카스토르와 폴룩스[14]가
위와 아래[15]를 빛으로 이끌어 주는

---

11 지금 단테는 남반구에 있기 때문에, 동쪽을 향했을 때 태양은 왼쪽, 즉 북쪽 하늘에 있게 된다. 이와는 반대로 북반구에서는 오른쪽, 즉 남쪽 하늘에 위치한다.
12 태양.
13 원문에는 *Aquilone*로 되어 있고, 강한 북풍, 즉 북쪽을 가리킨다.
14 쌍둥이자리를 가리킨다. 레다가 백조로 변신한 유피테르와 정을 통해 낳은 쌍둥이 형제로 우애가 좋았는데, 카스토르가 죽자 불사의 몸이었던 폴룩스(그리스 신화에서는 폴리데우케스)는 유피테르에게 죽게 해달라고 부탁했고, 유피테르는 그들을 쌍둥이자리로 만들었다고 한다.
15 북반구와 남반구.

저 태양과 같은 자리에 있다면,[16]　　　　　　　　　　63

불그스레한 황도대가 오래된
자신의 길을 벗어나지 않는 한,
훨씬 북쪽으로 도는 것을 볼 것이다.　　　　　　　　66

어떻게 해서 그런지 알고 싶다면,
마음속으로 집중하여 상상해 보아라.
시온[17]과 이 산은 지구 위에서　　　　　　　　　　69

단 하나의 지평선을 공유하면서
서로 다른 반구 위에 있기 때문에,[18]
네 지성이 잘 살펴본다면, 파에톤이　　　　　　　　72

마차를 잘못 몰았던 길[19]이 왜 여기서는
이쪽으로, 또한 저기서는 저쪽으로
가야 하는지[20] 너는 알게 될 것이다.」　　　　　　　75

16 하지가 되면 태양은 쌍둥이자리에 들어가게 된다. 단테는 지금 춘분 무렵에 여행하고 있는데, 만약 지금이 하지라면 태양이 더 북쪽에 있을 것이라는 뜻이다.
17 예루살렘에 있는 언덕으로, 예루살렘을 가리킨다.
18 정확히 서로 대척(對蹠) 지점에 있다는 뜻이다.
19 태양의 길이다. 파에톤에 대해서는 「지옥」 17곡 106행 참조.
20 말하자면 태양이 연옥의 산에서 보면 북쪽으로 치우쳐 돌고, 시온 언덕에서 보면 남쪽으로 치우쳐 도는지.

나는 말했다. 「물론입니다, 스승님. 저의
재능이 깨닫지 못했던 것을 지금처럼
명백하게 분별해 본 적이 없었습니다.   78

어떤 학문[21]에서는 적도라고 부르는
천체 운동의 한가운데 원은 언제나
태양과 겨울 사이[22]에 있기 때문에,   81

스승님이 설명하시는 이유로 인해
여기에서 태양이 북쪽으로 움직일 때
히브리 사람들은 남쪽에서 보게 되지요.[23]   84

그런데 괜찮으시다면, 얼마나 가야 할지
저는 알고 싶습니다. 이 산은 제 눈이
닿을 수 없도록 높이 솟아 있으니까요.」   87

그러자 그분은 말하셨다. 「이 산은,
아래의 시작 부분은 아주 험하지만

21 천문학.
22 적도를 중심으로 볼 때, 태양이 있는 쪽은 여름이고 그 반대쪽은 겨울이다. 태양은 언제나 이 두 지점 사이의 구역에 위치한다.
23 이쪽 연옥의 산에서 보면 태양은 북쪽에 보이지만, 히브리 사람들이 거주하는 예루살렘에서 보면 남쪽(원문에는 〈따뜻한 쪽〉으로 되어 있다) 하늘에서 보인다.

위로 오를수록 덜 험하도록 되어 있다.   90

따라서 위로 오르기가 한결 가벼워져
마치 배를 타고 물결을 따라가듯이
이 산이 아주 기분 좋게 느껴질 때면,   93

너는 이 길의 끝에 도달할 것이고
그곳에 고달픔의 휴식이 기다리니,
더 말하지 않겠지만 그것은 사실이다.」   96

그분이 이런 말을 마치자 근처에서
목소리 하나가 들려왔다. 「아마도
도착하기 전에 쉬어야 할 것이야!」   99

그 소리에 우리는 몸을 돌렸으며,
그분이나 내가 미처 보지 못했던
큰 바위가 왼쪽에 있는 것을 보았다.   102

우리는 그쪽으로 갔고, 바위 뒤의
그늘에 사람들이 있었는데, 마치
게으름 때문에 멈춰 있는 것 같았다.   105

그중 하나는 내 눈에 지쳐 보였는데,

앉아서 두 팔로 무릎을 껴안은 채
그 사이로 얼굴을 아래로 처박고 있었다. 108

나는 말했다. 「오, 상냥하신 주인님,[24] 저자를
보세요, 너무나도 게을러 보이는군요.
게으름이 자기 누이라도 되는 것처럼.」 111

그러자 그는 우리를 바라보았고, 정신을
차린 듯 허벅지에서 고개를 들고 말했다.
「그렇게 유능하면, 올라가 보시구려!」 114

그때 나는 그가 누군지 알아보았고
아직도 내 숨을 약간 헐떡이게 하는
고통도 아랑곳하지 않고 그에게 갔다. 117

내가 다가가자 그는 힘겹게 머리를
들고 말했다. 「태양이 어떻게 마차를
왼쪽으로 몰고 가는지 잘 보셨는가?」 120

그의 게으른 행동과 간략한 말은
내 입가에 약간의 웃음을 자아냈고,

---

24 베르길리우스.

나는 말했다. 「벨라콰,[25] 너 때문에 123

이제는 괴롭지 않은데,[26] 말해 다오. 왜
여기 앉아 있나? 안내자를 기다리는가?
아니면 다시 예전의 버릇에 사로잡혔나?」 126

그는 말했다. 「오, 형제여, 올라간들 무슨 소용이
있는가? 문 위에 앉은 하느님의 천사[27]는
벌받으러 가는 것을 허용하지 않을 텐데. 129

나는 끝까지 착한 한숨[28]을 머뭇거렸으니,
살아서 그랬던 만큼 하늘이 돌 때까지[29]
먼저 문밖에서 기다려야 한다네. 132

은총 속에 사는 자의 마음에서 우러나오는
기도가 먼저 나를 돕지 않으면, 하늘에서
들어주지 않는 기도가 무슨 소용 있겠는가?」 135

---

25 Belaqua. 피렌체 출신의 악기 제조업자로 아주 게을렀다고 한다. 음악을 좋아했던 단테와는 가까운 친구 사이였다.
26 연옥에 있는 그의 영혼은 구원받았기 때문이다.
27 본격적인 연옥의 문을 지키는 천사이다.(「연옥」 9곡 76행 이하 참조)
28 참회와 속죄의 한숨이다.
29 그만큼의 세월이 흐를 때까지.

벌써 시인은 내 앞에 올라가며 말하셨다.
「이제 오너라. 태양이 자오선에
닿았으며, 모로코의 바닷가[30]를   138

벌써 밤의 발길이 뒤덮고 있노라.」

---

30 사람이 거주하는 땅(「연옥」 2곡 3행의 역주 참조)의 서쪽 끝 바닷가를 뜻한다.

제5곡

두 시인은 게으른 영혼들을 떠나 계속해서 올라가다가 한 무리의 다른 영혼들을 만난다. 그들은 죽기 직전까지 회개를 미루다가 갑작스럽게 죽음을 당한 자들이다. 여기에서 단테는 그들 중 몇몇 영혼들과 이야기를 나눈다.

나는 벌써 그 그림자들을 떠났고
길잡이의 발자국을 따르고 있었는데,
뒤에서 누군가 손가락으로 가리키며 3

소리쳤다. 「보아라, 뒤에 있는 자의
왼쪽에서 햇살이 통과하지 못하고
또 살아 있는 사람처럼 행동한다.」 6

이 말소리에 나는 눈을 돌렸는데,
깜짝 놀란 영혼들이 나를 보고
부서진 햇살을 바라보고 있었다. 9

「네 마음은 어찌 그렇게 산만하냐?」
스승님이 말하셨다. 「왜 걸음을 늦추느냐?
여기서 숙덕이는 말이 무슨 상관이냐? 12

지껄이도록 내버려 두고 내 뒤를 따르라.
바람이 불어도 그 꼭대기가 절대로
흔들리지 않는 탑처럼 굳건해야 한다.   15

생각에 생각을 더하는 사람은 언제나
자기 목표에서 멀어지니, 한 생각이
다른 생각을 약화시키기 때문이다.」   18

내가 〈갑니다〉 이외에 무슨 말을 할 수
있었겠는가? 나는 용서를 구하는
사람의 얼굴빛이 되어 그렇게 말했다.   21

그동안 산기슭을 가로질러 영혼들이
〈미세레레〉[1]를 한 구절씩 노래하며
약간 우리 앞쪽으로 오고 있었다.   24

그들은 햇살이 내 몸을 통과하지
못하는 것을 깨닫고 노래를 바꾸어
〈오!〉 하고 깜짝 놀라 길게 외쳤다.   27

그중에서 둘이 전령 같은 모습으로

---

1 *Miserere*. 「시편」 50편 첫머리에 나오는 라틴어 구절로 〈자비를 베푸소서〉라는 뜻이다.

우리를 향하여 달려오더니 물었다.
「그대들의 상황을 알려 주십시오.」 30

스승님은 말하셨다. 「그대들은 돌아가서
그대들을 보낸 자들에게 말하시오,
이 사람의 몸은 진짜 육신이라고. 33

내가 짐작하듯, 그의 그림자를 보려고
멈추었다면 충분한 대답이 될 것이고,
그를 친절히 대하면 유용할 것이오.」[2] 36

이른 밤에 맑은 하늘이나, 해 질 무렵
8월의 구름을 찢는 불빛은 수증기[3]도
그렇게 빠른 것은 보지 못했을 정도로, 39

그들은 순식간에 되돌아가 도착했고
다른 자들과 함께 우리에게 왔는데,
고삐 없이 치달리는 기병대 같았다. 42

시인께서는 말하셨다. 「우리를 쫓아오는 무리가

2 단테가 세상에 돌아가 연옥에 있는 영혼들의 소식을 전하면, 아는 자들이 기도를 통해 정죄의 기간을 단축해 줄 수 있기 때문이다.
3 중세의 관념에서 밤하늘을 가로지르는 별똥별이나, 여름날 해 질 무렵 구름 사이의 번개는 모두 수증기에 불이 붙어 나타나는 것으로 믿었다.

많은데, 너에게 부탁하러 오는 것이니
그냥 계속 가면서 듣도록 하여라.」 45

그들은 오면서 소리쳤다. 「태어날 때의
육신을 그대로 갖고 축복을 받으러 가는
영혼이여, 잠시 발걸음을 늦추시오. 48

혹시 우리들 중 누군가 본 적이 있다면,
그에 대한 소식을 저 세상에 전해 주오.
아니, 왜 가시오? 아니, 왜 안 멈추나요? 51

우리는 모두 폭력으로 인해 죽었고
마지막 순간까지 죄인들이었는데,
그 순간 하늘의 빛이 우리를 깨우쳐서, 54

하느님과 화해하여 뉘우치고 용서하며[4]
삶을 떠났으므로, 그분[5]을 뵙고 싶은
욕망으로 지금은 마음이 아프답니다.」 57

나는 말했다. 「그대들의 얼굴을 보아도 아무도
모르겠지만, 잘 태어난[6] 영혼들이여,

---

4 우리의 죄를 참회하고, 우리를 죽인 자들을 용서하면서.
5 하느님.

원한다면 내가 무엇을 할지 말해 보오. 60

이 안내자의 발자국을 따라 세상에서
세상으로⁷ 거쳐 가면서 내가 찾으려는
그 평화⁸의 이름으로 해줄 것이오.」 63

그러자 한 영혼⁹이 말했다. 「그 의지가
불가피하게 꺾이지 않는다면, 맹세하지
않아도 우리 모두 그대 호의를 믿습니다. 66

그래서 다른 자들보다 먼저 내가 말하고
그대에게 부탁하니 혹시 카를로의 왕국과
로마냐 사이에 있는 고장¹⁰에 가거든, 69

그대의 친절한 기도가 파노에 전해져서

---

6 구원을 받았으므로.
7 죽은 자들의 여러 세상, 즉 지옥, 연옥, 천국을 가리킨다.
8 천국의 평화.
9 본문에서는 이름이 언급되지 않는 야코포 델 카세로 Jacopo del Cassero(1260~1298)이다. 이탈리아 동부 해안에 있는 도시 파노(「지옥」 28곡 76행 참조) 출신으로 궬피 계열의 정치가로, 1296~1297년 볼로냐의 포데스타를 지낼 때, 데스테 가문의 아초 8세(「지옥」 12곡 111행 참조)의 원한을 샀고, 그로 인해 1298년 밀라노로 가던 도중 암살자들의 손에 살해되었다.
10 교황령에 속하는 안코나 Ancona 변경(邊境) 지역으로 로마냐 지방과 나폴리 왕국 사이에 있었는데, 1300년 당시 나폴리는 카를로 단조 2세(1248~1309)가 다스리고 있었다.

나를 위한 좋은 기도를 통해 내가
무거운 죄를 씻을 수 있게 해주오. 72

나는 그곳 태생이지만, 나를 지탱하던
피가 흘러나오게 만든 깊은 상처는
안테노르들의 품 안[11]에서 가해졌지요. 75

그곳은 내가 가장 안전하다고 믿었는데,
정당한 것 이상으로 나를 증오하였던
데스테의 그 사람[12]이 그렇게 했다오. 78

내가 오리아고[13]에 도착했을 때
만약 미라[14] 쪽으로 달아났다면,
아직 살아 숨 쉬고 있을 것이오. 81

그런데 늪으로 달아났고 진흙과 갈대에
얽혀 쓰러졌으니, 거기에서 내 피가
땅에 호수를 이루는 것을 보았지요.」 84

11 그가 암살당한 파도바의 영토를 가리킨다. 파도바는 트로이아 사람 안테노르(「지옥」 32곡 88행 참조)가 세웠다는 전설이 있다. 단테는 그곳 사람들을 안테노르라고 부름으로써 조국을 배반한 자들로 간주한다.
12 데스테 가문의 아초 8세.
13 Oriago. 파도바와 베네치아 사이의 고장이다.
14 Mira. 파도바와 오리아고 사이에 있으며, 근처에 브렌타강과 통하는 운하가 있다.

다른 영혼이 말했다. 「아, 높은 산으로
그대를 이끄는 소망이 이루어진다면,
착한 자비로 내 소망을 도와주십시오!   87

나는 몬테펠트로 출신의 부온콘테[15]인데,
조반나 다른 사람이 나를 돌보지 않아,[16]
고개를 떨구고 저들과 가고 있지요.」   90

나는 그에게 말했다. 「어떤 힘이나 어떤 운명이
그대를 캄팔디노[17]에서 멀리 데려갔기에
그대가 묻힌 곳조차 알 수 없나요.」   93

그는 대답했다. 「오호! 카센티노 아래에는
아펜니노산맥의 수도원[18] 위에서 발원하여

---

15 Buonconte. 몬테펠트로 출신 귀도(「지옥」 27곡 30행 참조)의 아들이다. 기벨리니파의 우두머리로 아레초의 궬피파와의 전투에 참가하였고, 1289년 캄팔디노 전투에서 전사하였다.

16 부온콘테의 아내 조반나Giovanna와 다른 친지들이 죽은 그의 영혼을 위해 기도하지 않는다는 뜻이다.

17 Campaldino. 아레초 북부의 산지 카센티노(「지옥」 30곡 94행 참조) 계곡에 있는 평원의 이름. 이곳에서 1289년 아레초의 기벨리니파는 피렌체의 궬피파와의 전투에서 패배하였다. 당시 부온콘테는 부상을 당하여 카센티노 밖으로 달아나 죽었으나, 그의 시신은 발견되지 않았다고 한다. 단테도 이 전투에 직접 참가하였기 때문에(「지옥」 22곡 1~6행 참조), 그 모든 내막을 잘 알고 있다.

18 아레초 북쪽의 아펜니노산맥에 위치한 카말돌리 수도원을 가리킨다.

아르키아노[19]라 불리는 강이 흐르는데, 96

그 이름이 사라지는 곳[20]에 나는
목에 구멍이 뚫린 채 도착하였고
평원을 피로 적시며 맨발로 달아났소. 99

그곳에서 나는 시력을 잃었고,
마리아의 이름을 끝으로 말도 잃었고
그 자리에 쓰러져 내 육신만 남았소. 102

내 말은 사실이니 산 자들에게 전하시오.
하느님의 천사가 나를 거두자 지옥의
사자가 소리쳤소. 〈오, 하늘의 너는 왜 105

빼앗아 가느냐? 눈물 한 방울[21] 때문에
그의 영원한 것[22]을 나한테서 빼앗는다면
나머지[23]는 내가 마음대로 처리하겠다!〉 108

---

19 Archiano. 나중에 아르노강과 합류된다.
20 아르노강과 합류되는 지점이다. 따라서 여기부터는 아르키아노라는 이름은 사라지게 된다.
21 부온콘테가 죽음 직전에 흘린 참회의 눈물.
22 영혼.
23 영혼이 떠난 죽은 시신이다.

그대도 알듯이 습한 수증기가 공중에
모이고 위로 올라가 차가워지면 곧바로
다시 물방울로 되돌아가게 되지요.[24]   111

온갖 생각으로 악을 찾는 그 사악한
의지[25]는 자신의 천성이 부여하는
힘으로 수증기와 바람을 일으켰지요.   114

그래서 해가 저물자 프라토마뇨[26]에서
웅장한 산맥까지 계곡과 위의 하늘을
빽빽한 안개로 온통 뒤덮어 버렸으니,   117

습기로 충만한 대기는 물로 변하여
비가 내렸고, 땅바닥이 감당하지
못하는 물은 웅덩이를 이루었으며,   120

그러고는 커다란 개울들과 합류하여
아무것도 걷잡을 수 없도록 빠르게
진짜 강을 향해 돌진해 내려갔지요.   123

---

24 중세의 관념에 따라 비가 만들어지는 연유에 대해 설명하고 있다.
25 지옥에서 온 악마.
26 Pratomagno. 카센티노 계곡의 고장이다.

격렬한 아르키아노는 기슭에서 나의
얼어붙은 몸뚱이를 발견하여 아르노강에
몰아넣었고, 내가 고통의 순간에 만든 126

십자가[27]를 내 가슴에서 풀어냈으며,
강바닥과 기슭으로 나를 굴리다가
자신의 전리품들[28]로 뒤덮어 버렸소.」 129

둘째 영혼에 뒤이어 세 번째 영혼이
말했다. 「오, 세상으로 되돌아가서
그대가 기나긴 여행길을 쉬고 나면 132

나 피아[29]를 기억해 주오. 시에나는
나를 낳았고, 마렘마는 죽였는데,[30]
그 일은 보석 반지를 끼워 주며 나를 135

아내로 맞이했던 자가 잘 알고 있소.」

---

27 참회의 표시로 두 팔을 가슴에 포개어 만든 십자가.
28 불어난 강물이 휩쓸어 가는 자갈, 모래, 나뭇가지, 덤불, 나무토막 등 온갖 쓰레기들을 가리킨다.
29 Pia. 시에나 태생의 여인으로, 마렘마의 넬로와 결혼하였으나 남편에게 살해되었다.
30 시에나에서 태어나 마렘마에서 죽었다는 뜻이다.

제6곡

비명에 죽은 영혼들을 떠나면서 단테는 베르길리우스에게 기도의 가치에 대해 질문한다. 두 시인은 만토바 출신의 소르델로를 만나는데, 그는 고향 사람 베르길리우스를 반갑게 맞이한다. 그 모습을 보고 단테는 싸움과 불화가 끊이지 않는 조국 이탈리아에 대한 한탄을 늘어놓는다.

차라[1] 노름판이 끝나고 떠날 때
잃은 자는 슬픈 심정으로 남아
주사위를 다시 던져 보며 배우는데,   3

사람들은 모두 딴 자와 함께 떠나면서,
누구는 앞에서 가고, 누구는 뒤에서
붙잡고, 누구는 옆에서 아는 척해도   6

그[2]는 멈추지 않고 여기저기 들으며
손을 내밀어 더 달라붙지 않게 하여,[3]
그렇게 사람들의 무리에서 벗어나듯이,   9

---

1 zara. 세 개의 주사위를 던져서 그 숫자를 알아맞히는 사람이 이기는 노름이다.
2 노름판에서 돈을 딴 사람.
3 그러니까 누군가에게 약간의 개평을 건네주어 더 이상 귀찮게 달라붙지 않도록 만들고.

나는 그 빽빽한 무리 속에서 그렇게
했으니, 그들 여기저기로 얼굴을 돌려
약속하면서 그들에게서 빠져나왔다. 12

기노 디 타코[4]의 억센 팔에 죽음을
당한 아레초 사람[5]과, 쫓겨 도망치다
물에 빠져 죽은 자[6]가 거기 있었다. 15

또 페데리고 노벨로[7]가 두 팔을 벌려
간청했고, 착한 마르추코[8]가 위대해
보이게 만들었던 피사 사람도 그랬다. 18

---

4 Ghino di Tacco. 시에나 귀족 출신으로 유명한 도둑이었다. 그러나 훔친 물건을 너그럽게 나누어주고 기사다운 행동으로 호감을 샀으며, 말년에는 교황과 시에나 시 당국의 용서를 받았다고 한다.

5 베닌카사 다 라테리나Benincasa da Laterina를 가리킨다. 그는 아레초의 법관으로 기노 디 탁코의 형제와 숙부를 도둑질한 혐의로 사형에 처했다. 후에 로마 교황청의 법관으로 임명되었는데, 기노가 법정 안에서 그를 보복 살해하였다.

6 아레초 기벨리니파의 타를라티 가문 출신 구초Guccio를 가리키는데, 그는 궬피파 가문과의 싸움에서 말을 타고 도망치다가 아르노강에 빠져 죽었다고 한다.

7 Federigo Novello. 카센티노의 귀족으로 아레초의 보스톨리 가문에 의해 살해되었다.

8 Marzucco. 그는 스코르니자니 가문 출신으로 중요 공직을 거쳤으며 말년에는 프란치스코 수도회에 들어갔다. 그의 아들(다음 행의 〈피사 사람〉)이 피살당하였을 때, 그는 관대하게 원수를 용서했다고 한다.

나는 또 오르소 백작[9]을 보았고, 또한
자기 말에 의하면, 죄 때문이 아니라
원한과 질투로 몸과 영혼이 갈라진   21

피에르 드 라 브로스[10]를 보았으니
브라방의 여인이여, 사악한 무리에
끼지 않도록 이승에서 미리 조심하오.[11]   24

좀 더 빨리 자신의 죄가 씻기도록[12]
다른 사람들이 기도해 주길 바라는
그 모든 영혼들에게서 벗어났을 때   27

나는 말했다. 「오, 나의 빛이시여, 당신은
어느 대목에서, 기도가 하늘의 율법을
굽힐 수 있음을 부정하는 듯한데,[13]   30

9 Orso. 알베르티 가문 출신으로 프라토의 백작이었는데, 1286년 사촌 알베르토에 의해 살해되었다.

10 Pierre de la Brosse(이탈리아어로는 피에르 데 라 브로차Pier de la Broccia). 비천한 가문 출신이지만 프랑스 왕 필리프 3세의 시종으로 신임과 명성을 얻었는데, 1278년 갑자기 체포되어 사형을 당했다. 소문에 의하면 그는 궁정의 질투와 음모로 희생되었고, 특히 필리프 3세의 둘째 왕비 브라방Brabant(이탈리아어로는 브라반테Brabante로 현재는 벨기에의 지방이다)의 마리아(뒤이어 나오는 〈브라방의 여인〉)가 반역죄로 모함하였다는 것이다.

11 살아 있을 때 피에르를 죽게 만든 죄를 참회하여 지옥(〈사악한 무리〉)에 떨어지지 않도록 조심하라는 뜻이다. 마리아는 1321년에 사망하였다.

12 원문에는 〈좀 더 빨리 그들의 영혼이 거룩해지도록〉으로 되어 있다.

이자들은 여전히 그것을 간청하니
그들의 헛된 희망인지, 아니면 제가
스승님의 말을 잘못 이해하였는지요?」   33

그분은 말하셨다.「나의 글은 명백하고,
또한 건강한[14] 마음으로 잘 살펴보면
그들의 희망도 잘못된 것은 아니다.   36

여기에 있는 자가 채워야 할 것[15]을
사랑의 불꽃[16]이 한순간에 채운다고
심판의 꼭대기가 낮아지는 것은 아니며,   39

그 대목에서 내가 분명히 밝혔듯이,
기도는 하느님과 떨어져 있기 때문에
기도로 결점이 수정되는 것은 아니다.   42

네 지성과 진리 사이의 빛이 되어야 할
그 여인[17]이 너에게 설명해 줄 때까지는

---

13 『아이네이스』 6권 376행에서 쿠마이의 시빌라는 팔리누루스에게 〈하늘이 정한 운명을 기도로 바꿀 수 있다는 생각은 버려야 한다〉고 대답한다.
14 오류나 편견이 없는.
15 연옥에 있는 영혼들이 죄의 대가로 받아야 하는 형벌을 가리킨다.
16 산 자들이 올리는 자비의 기도를 가리킨다.
17 베아트리체.

그렇게 섬세한 의혹에 매달리지 마라. 45

알아들었는지 모르겠지만, 베아트리체를
일컫는 말인데, 너는 이 산의 꼭대기에서
행복하게 미소 짓는 그녀를 만날 것이다.」 48

나는 말했다. 「주인님, 최대한 빨리 가십시다.
이제 저는 전처럼 피곤하지 않고, 또
벌써 산 그림자가 드리우고 있습니다.」 51

그분은 대답하셨다. 「오늘 중으로
가능한 한 앞으로 가보도록 하자.
하지만 사실은 네 생각[18]과 다르다. 54

저 위에 도달하기 전에, 지금 산기슭
뒤로 숨어 네 그림자를 드리우지 않는
태양이 다시 떠오르는 것을 볼 것이다. 57

그런데 보아라, 저기 한 영혼[19]이 홀로

---

18 단테는 오늘 중으로 연옥의 정상까지 오를 것으로 생각하고 있으나, 산이 험난하여 실제로는 사흘이 걸린다.
19 뒤에 나오듯이 13세기 초 만토바에서 태어난 소르델로Sordello의 영혼이다. 그는 가난하지만 귀족 가문 출신으로 13세기의 가장 탁월한 음유시인들 중 하나였다.

외롭게 앉아 우리를 바라보고 있구나.
그가 가까운 길을 가르쳐 줄 수 있겠지.」 60

우리는 그에게 갔는데, 오, 롬바르디아의
영혼이여, 얼마나 도도하고 의젓한지,
또한 눈매는 얼마나 진지하고 느린지! 63

그는 우리에게 아무 말도 없었으며,
마치 도사리고 앉아 있는 사자처럼
우리가 가는 것을 지켜볼 뿐이었다. 66

베르길리우스께서 다가가 오르기 쉬운
길을 가르쳐 달라고 부탁했는데도,
그는 질문에는 대답조차 하지 않고 69

우리의 고향과 세상일에 대해 물었으며,
이에 친절한 스승님이 〈만토바……〉 하고
입을 떼자 완전히 혼자 있던 그 영혼은 72

있던 자리에서 그분에게 벌떡 일어나
〈오, 만토바 사람이여, 나는 그대 고향의
소르델로라오!〉 하고는 서로 껴안았다. 75

아, 노예 이탈리아여, 고통의 여인숙이여,
거대한 폭풍우 속에 사공 없는 배여,
정숙한 시골 여인이 아닌 갈보 집이여, 78

자기 고향의 달콤한 소리만 들어도
저 고귀한 영혼은 그렇게도 재빨리
고향 사람을 반갑게 맞이하는데, 81

지금 네 안에 사는 자들은 싸움이
끊이지 않으니, 성벽과 웅덩이[20]에
둘러싸여 서로가 서로를 물어뜯는구나. 84

불쌍하구나, 네 바다 언저리를 보고
너의 품속을 바라보아라,[21] 어느
한구석 평화를 누리는 곳이 있는지. 87

안장이 비어 있다면, 유스티니아누스가
고삐를 고쳤다고 무슨 소용이 있는가?
그것이 없다면 차라리 덜 부끄러우리.[22] 90

---

20 적의 공격을 저지하기 위해 성의 둘레에 웅덩이를 파서 물을 채워 놓은 해자(垓字)를 가리킨다.
21 해안에 자리한 도시들을 살펴보고, 내륙에 위치한 도시들을 살펴보라는 뜻이다.
22 비잔티움 제국의 유스티니아누스Justinianus 황제(재위 527~565)는

제6곡 **65**

아, 하느님께서 알려 주시는 것을 잘
이해하였다면, 카이사르[23]를 안장에
앉혀 두고 경건했어야 할 사람들[24]이여,　　　　　　93

보아라, 너희들이 고삐에 손을 댄 이후
이 야수[25]가 얼마나 사납게 되었는지
박차로는 다스릴 수 없을 정도이다.　　　　　　　　96

오, 독일인 알베르트[26]여, 네가
안장 위에 올라타야 할 이 사납고
야만적인 짐승을 내버려 두고 있구나.　　　　　　　99

하늘에서 정의로운 심판이 너의
핏줄에 떨어져, 그 새롭고 명백함에

유명한 『로마법 대전 *Corpus Iuris Civilis*』(〈고삐〉)을 편찬하였는데(「천국」 6곡 참조), 그 훌륭한 법으로 이탈리아를 다스릴 만한 군주가 없다면(〈안장이 비어 있다면〉) 아무런 소용이 없으며, 차라리 그런 법전이 없었다면 덜 부끄러웠으리라는 것이다.

23　카이사르는 로마의 최초 황제로 간주되며, 일반적으로 황제의 대명사로 쓰이기도 한다.

24　교회의 사람들을 가리키는 것으로 해석되기도 한다.

25　이탈리아.

26　Albert(또는 알브레히트Albrecht) 1세(1255~1308). 오스트리아 왕가 합스부르크 가문의 루돌프 1세(1218~1291)의 아들로 1298~1308년 신성 로마 제국의 황제였으나, 아버지와 마찬가지로 독일 영토의 통치에만 몰두하여 이탈리아 영토에 대한 지배권을 거의 포기하였고, 교황 보니파키우스 8세가 황제의 권한을 대행하도록 방치하였다.

너의 후계자²⁷가 두려움에 떨기를! 102

너와 너의 아버지는 탐욕으로 인하여
저곳²⁸의 일에만 정신이 팔려 있어서
제국의 정원이 이렇게 황폐해졌구나. 105

무심한 사람아, 몬테키와 카펠레티,
모날디와 필리페스키²⁹를 보아라.
저들은 이미 슬프고 이들은 떨고 있다!³⁰ 108

잔인한 사람아, 와서 네 귀족들의
비참함을 보고 불행을 치유하여라.
산타피오라³¹가 얼마나 어두운지 보라! 111

27 역사적으로 보면 1308년 알베르트 1세가 암살당한 후 룩셈부르크의 공작 하인리히 7세(1275~1313)가 뒤를 이어 신성 로마 제국의 황제로 등극하게 된다. 그러나 단테는 자신의 저승 여행이 1300년에 이루어지고 있음을 감안하여 이것을 우회적으로 암시한다.

28 독일.

29 몬테키Montecchi와 카펠레티Cappelletti는 셰익스피어의 「로미오와 줄리엣」으로 더 많이 알려진 베로나의 두 원수 가문이고, 모날디Monaldi와 필리페스키Filippeschi는 오르비에토의 두 적대적인 가문이다. 당시 가문들끼리, 그리고 도시들 사이에 서로 싸우고 있는 이탈리아의 혼란한 상황을 암시한다.

30 몬테키와 카펠레티 가문은 이미 비극 속에 슬퍼하고 있고, 모날디와 필리페스키 가문은 서로 두려움에 떨고 있다.

31 Santafiora. 토스카나 지방 남쪽의 도시로 알도브란데스코 백작 가문(「연옥」 11곡 58행 이하 참조)의 영지였으나 시에나에 의해 상당 부분 빼앗기고 황폐해졌다.

와서 보아라, 과부가 되어 홀로 울면서
〈나의 황제여, 왜 내 곁에 있지 않는가〉
밤낮으로 부르고 있는 로마를 보아라. 114

사람들이 얼마나 서로를 사랑하는지[32]
와서 보아라, 우리에게 자비심이 일지
않는다면, 네 명성을 부끄러워해야 하리. 117

나에게 허용된다면, 우리를 위해 땅 위에서
십자가에 못 박힌 오, 최고의 유피테르[33]여,
정의로운 당신의 눈길은 어디로 향합니까? 120

아니면, 당신의 지혜의 심연 속에서
준비하시는 것은 우리의 모든 지성을
초월하는 어떤 선을 위해서입니까? 123

이탈리아의 모든 도시는 폭군들로
가득 차 있고, 악당들은 무리를 지어
모두 마르켈루스[34]가 되고 있으니까요. 126

32 서로 싸우고 증오하고 있는 현실을 역설적으로 비꼬는 표현이다.
33 여기에서는 예수 그리스도를 가리킨다.
34 그가 누구인지 분명하지는 않으나, 아마 카이사르의 집요한 반대자이며 기원전 50년에 로마의 집정관을 지낸 클라디우스 마르켈루스Cladius Marcellus일 것으로 추정된다.

나의 피렌체여, 합리적인 너의 백성
덕택에 그런 탈선이 너에게는 해당되지
않으니, 너는 무척이나 기쁘겠구나.[35] 129

많은 사람이 가슴속에 정의를 갖고 있어도
분별없이 활을 당겨 쏘는 걸 늦추는데,[36]
네 백성은 입 끝으로만 갖고 있구나.[37] 132

많은 사람이 공동의 짐[38]을 거부하는데,
너의 백성은 부르지 않아도 곧바로
대답하여 〈나는 준비되었소〉 외치는구나. 135

이제 기뻐하라, 너는 그럴 자격이 있으니,
풍요로운 너, 평화로운 너, 현명한 너.
내 말이 사실인지 결과가 증명하리라. 138

옛 법률을 만들고 그토록 문명화되었던
아테나이와 라케다이몬[39]도 너에 비하면

---

35 이것 역시 반어적인 표현으로, 정쟁과 당파 싸움에 사로잡힌 피렌체를 비난하고 있다.
36 경솔하게 보이지 않으려고 신중하게 행동한다는 뜻이다.
37 단지 입으로만 정의를 외친다는 뜻이다.
38 공직을 가리킨다.
39 그리스 펠로폰네소스반도 남동부 라코니케 지방의 중심지로 스파르테의 다른 이름이다.

보잘것없는 행복한 삶을 누렸으니,   141

너는 너무나도 세련된 조치들을 만들어,
8월에 네가 만드는 것이 겨우 11월
중순까지도 채 이르지 못하는구나.   144

네가 기억할 수 있는 기간 동안에도
너는 몇 번이나 법률이나 화폐, 공직,
풍습을 바꾸었고 사람들을 바꾸었는가!   147

네가 잘 기억하고 분별해 본다면, 너는
깃털 담요 위에 누워서도 불편하여
몸을 뒤척이며 고통을 막아 보려는   150

병든 여인과 같다는 것을 알게 되리라.

제7곡

소르델로는 위대한 시인 베르길리우스를 알아보고 정중하게 인사를 올린다. 소르델로는 두 시인에게 밤에는 연옥의 산을 올라갈 수 없다고 설명한 후, 밤을 보낼 수 있는 곳으로 안내한다. 그리고 그곳에서 여러 군주와 제후 들의 영혼을 가리키며 설명해 준다.

친절하고 반가운 인사가 서너 번
반복된 뒤 소르델로는 물러서더니
물었다.「그대는 누구십니까?」 3

「하느님께 올라가야 할 영혼들이
이 산으로 향하기 이전에,[1] 나의
유골은 옥타비아누스에 의해 묻혔으니, 6

나는 베르길리우스요. 다른 죄가 아니라
단지 믿음이 없었기에 천국을 잃었소.」
나의 안내자는 그렇게 대답하셨다. 9

그러자 마치 갑자기 자기 눈앞에서
어떤 놀라운 것을 보고 믿을 수 없어
〈그래…… 아니야……〉 말하는 사람처럼 12

---

[1] 예수 그리스도의 강생 이전에는 영혼들이 구원받을 연옥이 없었다.

그는 그렇게 보였는데, 이마를 숙이고
겸손하게 그분에게 돌아와 아랫사람이
예의를 표하는 곳[2]을 껴안았다.   15

그는 말했다.「오, 라틴의 영광이여, 그대
덕택에 우리 언어의 탁월함이 드러났으니,
오, 내가 태어난 곳의 영원한 명예이시여,   18

어떤 공덕과 은총으로 앞에 나타나셨나요?
제가 당신의 말을 들을 자격이 있다면,
지옥의 어느 원에서 왔는지 말해 주십시오.」   21

그분은 대답했다.「나는 고통스러운
왕국의 모든 원을 거쳐 이곳에 왔고,
하늘의 힘이 나를 움직여 함께 왔노라.   24

나는 행위가 아니라 행하지 않은 까닭에[3]
그대가 열망하는 높은 태양을 잃었고,
내가 그것을 알았을 때는 너무 늦었지.   27

---

2 무릎 아래. 나이나 권위가 낮은 사람은 무릎 아래를 껴안는 것이 예의였다고 한다.
3 어떤 죄를 저지른 행위 때문이 아니라, 마땅히 해야 할 것을 실행하지 않은 까닭에.

고통이 아니라 단지 어둠 때문에 슬픈
장소⁴가 저 아래 있고, 그곳의 탄식은
고통의 비명이 아니라 한숨일 뿐이라네.　　　　　30

나는 그곳에 있는데, 인간의 죄악에서
벗어나기 전에⁵ 죽음의 이빨에 물린
순진한 어린아이들과 함께 있노라.　　　　　　33

또한 세 가지 성스러운 덕성⁶을 입지
못했지만, 악습 없이 다른 덕성들을
알고 모두 실천한 자들과 함께 있지.　　　　　36

그런데 그대가 알고 있다면, 우리가
곧바로 연옥이 시작되는 곳에 빨리
도착할 수 있는 길을 가르쳐 다오.」　　　　　39

그가 대답했다. 「우리에게는 정해진
장소가 없어 사방을 돌아다닐 수 있으니
내가 갈 수 있는 데까지 안내하지요.　　　　　42

4　림보.
5　세례를 받음으로써 인간의 원죄를 씻어 버리기 전에.
6　향주삼덕(向主三德)인 믿음, 희망, 사랑이다.

하지만 보다시피 벌써 날이 저물고
밤에는 위로 올라갈 수가 없으니,
머물 곳을 생각하는 게 좋을 것이오. 45

여기 오른쪽에 영혼들이 모여 있으니,
허락하신다면, 그들에게 안내하겠소.
그들을 아는 것도 즐거운 일이리다.」 48

베르길리우스는 말하셨다.「왜 그런가? 밤에
올라가려는 자를 누가 방해하는가?
아니면 힘이 없어 오르지 못하는가?」 51

착한 소르델로는 손가락으로 땅바닥을
그으며 말했다.「보십시오, 해가 진
뒤에는 이 선도 넘지 못할 것입니다. 54

다른 어떤 것이 위로 오르는 것을
방해하기 때문이 아니라, 밤의 어둠이
의지를 사로잡아 힘을 잃게 만들지요. 57

지평선이 낮을 가두고 있는 동안에는
어둠 속에 아래로 다시 내려가 산의
주위를 배회하는 것이 좋을 것입니다.」 60

그러자 나의 주인은 마치 놀란 듯이
「그렇다면 즐겁게 머물 수 있다고
그대가 말한 곳으로 안내해 다오.」 63

우리는 그곳에서 조금 떨어진 곳으로
갔고, 지상의 계곡이 움푹한 것처럼
산이 움푹 파여 있는 것을 발견했다. 66

그 그림자는 말하였다. 「저쪽으로,
산허리가 품 안처럼 파인 곳으로
가서 거기에서 새날을 기다립시다.」 69

가파르지도 않고 평탄하지도 않은
비스듬한 오솔길 하나가 주변보다
움푹 꺼진 곳의 가장자리로 인도했다. 72

황금과 순은, 주홍과 백연(白鉛), 맑고
윤기 나는 인도 나무,[7] 쪼개지는
순간의 신선한 에메랄드 빛깔도, 75

더 큰 것이 작은 것을 이기듯이,

---

7 구체적으로 어떤 나무인지 분명하지 않으나 흑단(黑檀)으로 해석하기도 한다.

그 움푹한 곳 안에 있는 풀과
꽃의 색깔을 이기지 못할 것이다.   78

자연은 그곳을 색칠했을 뿐 아니라,
수천 가지 향기들의 부드러움으로
그곳을 새롭고 불분명하게 만들었다.   81

「살베 레기나.」[8] 골짜기 때문에
밖에서는 보이지 않던 영혼들이 꽃들과
풀밭 위에 앉아 노래하는 것이 보였다.   84

우리를 안내한 만토바 사람이 말했다.
「얼마 남지 않은 태양이 지기 전에는
그대들을 저들에게 안내하고 싶지 않소.   87

아래 계곡에서 그들 사이에 있는 것보다
이 둔덕에서 그대들은 저 사람들 모두의
얼굴과 행동을 더 잘 볼 수 있을 것이오.   90

가장 높은 곳에 앉아[9] 마땅히 했어야

---

8 *Salve Regina*. 라틴어로 〈안녕하세요, 여왕이시여〉라는 뜻으로, 중세에 작곡된 성모 찬가 중 하나의 첫 구절이다.

9 이곳에 있는 군주와 제후들은 이승에서의 지위에 따라 자리에 앉아 있다.

할 일을 게을리한 것처럼 보이고, 다른
사람들의 노래에 입도 움직이지 않는 자는　　　　　　　93

루돌프 황제[10]였는데, 그가 치유할 수
있었던 상처로 이탈리아가 죽었으니 다른
사람에 의해 되살아나기에는 늦었지요.[11]　　　　　　　96

그를 위로하는 것처럼 보이는 다른 자는
몰다우에서 엘베로, 엘베에서 바다로
흘러가는 강이 비롯되는 땅[12]을 다스린　　　　　　　99

오토카르[13]라는 사람으로 강보 속의
그가, 사치와 게으름에 빠졌던 수염 난
아들 벤체슬라우스[14]보다 훨씬 나았지요.　　　　　　　102

10　합스부르크 가문의 〈독일인〉 알베르트(「연옥」 6곡 97행 참조)의 아버지로 1273년부터 1291년까지 신성 로마 제국의 황제였다.

11　단테는 신성 로마 제국 황제 하인리히 7세(재위 1308~1313)가 이탈리아를 구원할 것이라는 희망을 간직하고 있었다.(「연옥」 33곡 37~51행 참조)

12　엘베강의 지류인 몰다우강의 발원지가 있는 보헤미아 지방을 가리킨다.

13　1253년에서 1278년까지 보헤미아의 왕이었던 오토카르Ottocar 2세로, 그는 루돌프를 황제로 인정하지 않고 여러 차례 그와 싸우다가 1278년 전사하였다.

14　오토카르의 아들로 보헤미아를 통치한 벤체슬라우스Wenceslaus 4세(재위 1278~1305). 그는 아버지에 비해 무능하였다는 것을 과장하여 표현하고 있다.

저기 너그럽게 보이는 자[15]와 함께
긴밀하게 상의하는 듯한 납작코[16]는
도망치다 죽어 백합[17]에 치욕을 주었지요.   105

자신의 가슴을 치는 모습을 보시오!
다른 자[18]는 자기 손바닥으로 얼굴을
받치고 한숨을 쉬고 있는 것을 보시오.   108

저들은 프랑스 악[19]의 아비와 장인이니,
그의 사악하고 더러운 삶을 알고 있기에
저렇듯 날카로운 고통을 느낀답니다.   111

저기 남자다운 코를 가진 자[20]와 함께
노래하는 아주 건장해 보이는 자[21]는

15 1270년에서 1274년까지 나바라(「지옥」 22곡 48행 참조)의 왕이었던 엔리코. 그의 계승자인 딸 조반나는 프랑스의 〈미남왕〉 필리프 4세와 결혼하였고, 따라서 나바라 왕국은 당분간 프랑스에 귀속되었다.

16 1270년에서 1285년까지의 프랑스 왕 필리프 3세. 그는 아라곤의 왕 페드로 3세의 해군과 싸우다가 패배하여 도망치다가 죽었다.

17 프랑스 왕가의 문장이다.

18 나바라 왕 엔리코.

19 〈미남왕〉 필리프 4세를 가리킨다. 단테는 자신과 이탈리아의 불행을 그의 탓으로 보고 『신곡』의 여러 곳에서 그를 비난한다.

20 나폴리와 시칠리아의 왕이었던 카를로 단조 1세.(「지옥」 19곡 98행 참조)

21 1276년에서 1285년까지 아라곤의 왕이었던 페드로 3세로 건장하고 멋진 모습이었다고 한다. 그는 만프레디의 딸 코스탄차(「연옥」 3곡

온갖 가치를 허리에 두르고 다녔는데,   114

그의 뒤에 앉아 있는 젊은이[22]가
뒤를 이어 왕이 되었다면, 그 가치가
그릇에서 그릇으로 잘 옮겨졌을 텐데,   117

다른 후계자들에 대해 말할 수 없지요.
하이메[23]와 페데리코[24]가 왕국을 차지했지만
누구도 그보다 나은 유산을 갖지는 못했지요.   120

인간의 덕성이 가지들에서 다시 나오는
경우는 드무니,[25] 그것을 주시는 분께서
그렇게 알도록 원하시기 때문이지요.   123

115~117행 참조)와 결혼하였다.

22 1285년부터 1291년까지 아라곤의 왕이었던 알폰소 3세(1265~1291)를 가리키는 것으로 보는 학자들이 있으나, 다른 한편으로는 아버지보다 먼저 죽은 막내아들 페드로를 가리키는 것으로 보기도 한다.

23 Jaime. 페드로 3세의 둘째 아들(1264?~1337)은 하이메 1세의 이름으로 시칠리아의 왕이었는데, 1291년 형 알폰소 3세가 죽자 그 뒤를 이어 아라곤의 왕이 되어 하이메 2세로 불렸다.

24 페드로 3세의 셋째 아들(1272~1337)로, 1291년 시칠리아의 왕이었던 형이 아라곤의 왕이 되자 그 뒤를 이어 시칠리아를 통치하였던 아라곤의 페데리코 2세이다. 호엔슈타우펜 왕가의 페데리코 2세(「지옥」 19곡 119행 참조)와 구별해야 한다.

25 아버지의 역량이 자식들(〈가지들〉)에서 다시 나타나기는 어렵다는 뜻이다.

나의 이런 말은 코가 큰 자[26]와 함께
노래하는 페드로[27]에게도 해당하니, 그로 인해
풀리아와 프로방스가 슬퍼하고 있지요.[28]   126

나무는 자신의 씨앗보다 못하니
베아트리스나 마르그리트[29]보다
코스탄차가 남편을 자랑스럽게 여기지요.[30]   129

소박한 삶을 살았던 영국의 헨리[31]가
저기 혼자 앉아 있는 것을 보십시오.
그는 자기보다 나은 가지들을 낳았지요.   132

저들 중에서 가장 낮은 곳에 앉아 위를
바라보는 자는 굴리엘모 후작[32]인데,

26 카를로 단조 1세.
27 아라곤의 왕 페드로Pedro 3세(1239~1285).
28 카를로 단조 1세의 뒤를 이어 카를로 2세(1243~1309)가 풀리아와 프로방스를 다스렸는데, 폭정으로 백성들이 고통을 당하였다.
29 프로방스 출신의 베아트리스와 부르고뉴 출신의 마르그리트는 둘 다 카를로 단조 1세의 아내였다.
30 코스탄차는 만프레디의 딸이자 페드로 3세의 아내였다. 결과적으로 카를로 2세는 카를로 1세보다 못하고, 카를로 1세는 페드로 3세보다 못하다는 뜻이다.
31 1216년에서 1272년까지 영국의 왕이었던 헨리 3세.
32 1254년에서 1292년까지 몬페라토Monferrato의 후작이었던 굴리엘모Gugliemo 7세. 북부 이탈리아의 몬페라토와 카나베세Canavese를 다스렸던 그는 알레산드리아Alessandria와 전쟁을 벌였으나 포로가 되어 죽었다. 그

그로 인해 알레산드리아와 그 전쟁이   135

몬페라토와 카나베세를 울게 만들었지요.」

리하여 그의 후손들과 알레산드리아 사이의 전쟁으로 몬페라토와 카나베세의 땅들이 황폐해졌다.

제8곡

연옥의 첫날 해가 질 무렵 군주와 제후의 영혼들은 만도(晩禱)의 노래를 부른다. 녹색의 천사 둘이 계곡을 지키기 위해 내려오고, 소르델로는 아래로 안내한다. 그곳에서 단테는 니노와 이야기를 나눈다. 뱀이 나타나자 천사들이 쫓아내고, 단테는 코라도와 이야기를 하고 그의 예언을 듣는다.

때는[1] 바야흐로 뱃사람들이 정든
친구들과 작별한 날 가슴이 애틋해지고
향수를 불러일으킬 무렵이었으며,   3

처음으로 순례를 떠난 자가 멀리에서
저무는 하루를 슬퍼하는 듯한 종소리를
듣고 사랑에 가슴 아파 할 무렵이었다.   6

나는 이제 귀담아듣지 않기 시작했고,
영혼들 중에서 하나가 일어나더니
잘 들어 보라고 손짓하는 것을 보았다.   9

그는 두 손을 함께 모아 쳐들고 눈은
동쪽을 응시하며 하느님께 〈다른 것은
생각하지 않습니다〉 말하는 듯하였다.   12

---

1 연옥에서의 첫날인 부활절 일요일 저녁 6시 무렵이다.

「하루가 끝나기 전에.」[2] 그의 입에서
너무나도 경건하고 감미로운 노래가
흘러나와 내 정신을 홀리는 듯하였고, 15

뒤이어 다른 영혼들도 지고한
하늘의 바퀴들을 바라보며 경건하고
감미롭게 전체 성가를 따라 불렀다. 18

독자여, 눈을 날카롭게 하여 진리를
응시하시라. 이제 너울이 아주 섬세하여
분명히 안을 꿰뚫어 보기 쉬울 테니까.[3] 21

나는 그 고상한 무리[4]가 무엇인가를
기다리듯 말없이 창백하고 겸손하게
위쪽을 바라보고 있는 것을 보았으며, 24

높은 곳에서 두 명의 천사가 불붙은 칼
두 자루를 들고 아래로 내려오는 것을

---

2 원문에는 라틴어 *Te lucis ante*로 되어 있는데, 성무일도의 끝기도에 부르는 성가의 첫 구절로 밤의 유혹을 이기도록 하느님의 도움을 바라는 노래이다. 첫 구절 전체는 *Te lucis ante terminum*으로 직역하면 〈당신께, 빛이 끝나기 전에〉라는 뜻이다.
3 여기에 나오는 비유는 어렵지 않으므로 그 의미를 쉽게 알 수 있을 것이라는 뜻이다.
4 군주와 제후의 영혼들 무리이다.

보았는데, 칼끝이 이지러져 뭉툭하였다.[5] 27

천사들은 이제 갓 태어난 풀잎 같은
녹색의 옷을 입었는데, 녹색 날개에
의해 뒤로 바람을 일으키며 흩날렸다. 30

한 천사는 우리보다 약간 위에 있었고,
다른 천사는 맞은편 둔덕 위에 내렸으니,
영혼들의 무리가 가운데에 있게 되었다. 33

그들의 금발 머리는 잘 알아보았으나
얼굴에서는 나의 눈이 흐트러졌으니,
너무 강한 빛에 혼란스러웠기 때문이다. 36

소르델로가 말했다. 「둘 다 마리아의
품 안에서 나왔는데, 이제 곧 나타날
뱀 때문에 이 계곡을 지키기 위해서지요.」 39

나는 뱀이 어느 길로 올지 몰랐기에
주위를 둘러보았고 완전히 얼어붙어
믿음직한 어깨[6]로 바싹 다가갔다. 42

---

5 칼끝이 부러진 칼은 죽이기 위한 것이 아니라 단지 방어를 위한 것이기 때문이라고 한다.

다시 소르델로는 말했다. 「이제 위대한 영혼들이
있는 곳으로 내려가 함께 이야기하지요.
당신들을 보는 것을 기뻐할 것입니다.」 45

단지 세 걸음만 내려온 듯하였는데 나는
벌써 아래에 있었고, 나를 알아보듯이
나만 바라보고 있는 한 영혼을 보았다. 48

이미 대기가 어두워질 무렵이었으나
그의 눈과 내 눈 사이에 전에는 보이지
않던[7] 것을 못 알아볼 정도는 아니었다. 51

그는 나에게, 나는 그에게 다가갔으니
친절한 판사 니노[8]여, 그대가 죄인들
사이에 있지 않아 나는 얼마나 좋았던가! 54

우리 사이에 멋진 인사가 없을 수 없었고,
그가 물었다. 「머나먼 바닷물을 지나서
이 산기슭에 온 지 얼마나 되었는가?」 57

6 베르길리우스의 어깨.
7 멀리 떨어져 있을 때에는 보이지 않던.
8 Nino Visconti. 피사의 우골리노 백작(「지옥」 33곡 1~75행)의 외손자로 사르데냐섬 갈루라 관할 구역의 판사를 지내기도 하였다. 그는 여러 차례 피렌체를 방문하였고, 그때 단테와 알게 되었다.

제8곡 **85**

나는 말했다. 「오! 슬픈 장소들을 거쳐
오늘 아침 왔지만, 아직 첫 삶에 있고,[9]
다른 삶[10]을 얻기 위하여 가는 중이오.」 60

나의 대답을 듣고 나서 소르델로와
그는 뒤로 물러났는데, 마치 갑자기
어리둥절해진 사람들과 같았다. 63

한 명은 베르길리우스에게, 한 명은
앉아 있던 자에게 돌아서서 외쳤다. 「코라도,[11]
하느님께서 은총으로 원하신 것을 보아라.」 66

그러고는 나를 향해 「도달할 수 없는
최초의 원인을 감추시는 그분[12]에게
그대가 갖는 특별한 감사에 바라건대, 69

그대가 넓은 물결 저쪽에 돌아가면
조반나[13]에게 순진한 자들의 기도를 들어주는

9 아직은 살아 있는 몸이고.
10 영원한 삶.
11 110행에서 다시 언급되는 코라도 말라스피나Corrado Malaspina. 그는 토스카나와 리구리아 지방 사이 마그라 계곡(「지옥」 24곡 146행 참조)에 있는 빌라프란카의 후작이었다.
12 하느님. 하느님이 하는 일들의 이유는 인간의 지성으로 헤아릴 수 없다.

곳으로 나를 위해 기도하도록 말해 주오.   72

그 아이의 엄마[14]는 하얀 베일[15]을 바꾼
다음 이제 나를 사랑하지 않는 것 같은데,
불쌍하다! 그 베일을 다시 그리워하겠구나.[16]   75

눈길과 접촉으로 자주 불붙여 주지 않으면,
여자들에게 사랑의 불꽃이 얼마나 지속되는지
그녀를 통해 쉽게 이해할 수 있으리라.   78

밀라노 사람들을 싸움터로 몰아넣는
독사는 갈루라의 수탉만큼 그녀의 무덤을
아름답게 꾸며 주지는 못할 것이오.」[17]   81

13 니노의 외동딸로 1300년 당시에는 아홉 살이었다.
14 니노의 아내인 데스테 가문의 베아트리체. 그녀는 니노가 죽은 뒤 1300년경에 밀라노의 영주 갈레아초 비스콘티와 재혼했다.
15 과부들은 상중(喪中)의 표시로 하얀색 베일을 머리에 두르고 다녔다고 한다. 이 베일을 바꾸었다는 것은 재혼했다는 뜻이다.
16 재혼한 것을 후회할 것이라는 뜻이다. 갈레아초는 정쟁으로 인해 가족과 함께 밀라노에서 쫓겨나 오랫동안 망명 생활을 하게 되었고, 1328년 다시 과부가 된 베아트리체는 밀라노로 돌아가게 된다.
17 독사는 밀라노 갈레아초 비스콘티 가문의 문장이고, 수탉은 피사 니노 비스콘티 가문의 문장이다. 장차 베아트리체의 무덤을 장식할 문장으로 수탉이 더 멋질 것이라는 뜻인데, 1334년 그녀가 죽었을 때 실제로 수탉과 독사 두 문장을 모두 세웠다고 한다.

가슴속에서 절도 있게 불타오르는
뜨거운 감정을 그는 자신의 얼굴에
분명히 드러내면서 그렇게 말했다. 84

나의 눈은 뚫어지게 하늘을 향하였고,
축[18]에 아주 가까이 돌고 있는 것처럼
별들이 아주 느린 곳을 바라보았다. 87

내 안내자가 말하셨다. 「아들아, 무엇을 바라보느냐?」
나는 그분에게 말했다. 「이쪽의 극[19]을 불사르는
저 세 개의 불꽃[20]을 보고 있습니다.」 90

그러자 그분은 말하셨다. 「네가 오늘 아침에
보았던 밝은 별 네 개는 저 아래에 있고,
그 자리에 저 별들이 떠올랐단다.」 93

그분이 말할 때 소르델로가 끌어당기며
〈저기 우리의 원수를 보시오〉 말하면서

18 지구의 회전축을 가리킨다.
19 남극.
20 세 개의 별을 가리키는데, 그것은 향주삼덕, 즉 하느님에 대한 세 가지 주요 덕성인 믿음, 희망, 사랑을 상징한다. 뒤이어 설명하듯이 「연옥」 1곡 22~24행에 나오는 네 개의 별은 활동적 삶의 덕성인 사추덕(예지, 정의, 용기, 절제)을 이끌기 때문에 새벽에 떠서 낮을 관장하고, 저녁이 되면 관상 생활의 덕성을 상징하는 이 별 세 개가 떠서 밤을 관장하는 것으로 해석된다.

저쪽을 바라보도록 손가락으로 가리켰다. 96

그 작은 계곡이 막히지 않은 쪽에
뱀 한 마리가 있었는데, 아마 하와에게
쓰라린 음식을 주었던[21] 놈일 것이다. 99

그 사악한 띠는 풀과 꽃 사이에서
이따금 머리를 쳐들고 미끄러지는
짐승처럼 등을 스치면서 다가왔다. 102

천상의 매들[22]이 어떻게 움직였는지
나는 보지 못했기에 말할 수 없으나,
둘 다 함께 움직인 것을 보았다. 105

녹색 날개에 대기가 찢어짐을 느끼자
뱀은 도망쳤고, 천사들은 몸을 돌려
나란히 있던 자리 위로 다시 날아갔다. 108

판사[23]가 불렀을 때 가까이 다가갔던
그림자[24]는 그 모든 싸움 동안에도 줄곧

---

21 금단의 열매를 따 먹도록 유혹했던.
22 앞에서 언급된 두 수호천사를 가리킨다.
23 니노.
24 코라도 말라스피나.

나에게서 시선을 떼지 않고 있었다. 111

그가 말했다. 「그대를 위로 안내하는 등불이
눈부신 꼭대기에 이를 때까지 필요한 초를
그대의 자유 의지 안에서 발견하기 바라오. 114

그대 혹시 마그라 계곡이나 그 인근 지역의
새로운 소식을 알고 있거든 말해 주오.
나는 예전에 그곳에서 세력가였지요. 117

나는 코라도 말라스피나로 불렸으나
옛사람이 아니라 그의 후손이었고,[25] 내
가족에 대한 사랑[26]이 여기서 정화되지요.」 120

나는 말했다. 「오, 나는 그대의 고장에
전혀 가본 적이 없지만, 어디 있는지
전 유럽에 모르는 자가 있겠습니까? 123

그대의 가문을 명예롭게 하는 명성은
영주들을 찬양하고 그 지방을 찬양하니,
아직 거기 가보지 않은 자도 알고 있소. 126

25 그의 할아버지도 똑같은 이름이었다.
26 가족에 대한 폐쇄적이고 이기적인 사랑을 의미한다.

내가 위에 오르기 바라며 맹세하건대,
그대의 명예로운 사람들은 재물과
칼의 명성을 더럽히지 않을 것이오.   129

관례와 본성이 그들을 더욱 높여 주니,
사악한 머리[27]가 세상을 비틀어도 홀로
올바로 가고 악의 길을 경멸할 것이오.」   132

그러자 그는 말했다. 「이제 가십시오. 숫양이
네발로 뒤덮고 앉아 있는 침상[28]에
태양이 일곱 번 잠자러 가기 전에,[29]   135

만약 심판의 길이 멈추지 않는다면,
그대의 그토록 친절한 견해는 다른
사람의 말보다 커다란 못으로 그대의   138

머리 한가운데에 박히게 될 것이오.」[30]

---

27 로마 또는 교황 보니파키우스 8세를 가리키는 것으로 해석된다.
28 양자리를 가리킨다. 지금 태양은 이 자리에 있다.
29 그러니까 지금부터 7년이 지나기 전에.
30 단테의 생각이 더욱 분명하게 확인될 것이라는 의미이다. 실제로 단테는 망명 중에 마그라 계곡, 즉 루니자나를 방문하여 말라스피나 가문의 환대를 받았다.

제9곡

단테는 제후들의 계곡에서 잠이 들었는데, 새벽녘 꿈에 독수리가 자신을 채서 위로 올라가는 것을 느낀다. 잠에서 깨자 베르길리우스는 단테가 잠든 사이 하늘에서 루치아가 내려와 그를 연옥의 문 앞까지 올려다 주었다고 이야기한다. 문지기 천사는 단테의 이마에 P 자 일곱 개를 새겨 주고 두 시인은 본격적인 연옥 안으로 들어간다.

옛날 사람 티토노스[1]의 신부는
달콤한 연인의 팔에서 벗어나 벌써
동쪽 지평선에서 하얗게 빛났으며,   3

그녀의 이마는 꼬리로 사람들을
찌르는 차가운 동물[2]의 형상으로
배치된 보석들로 반짝이고 있었다.   6

그리고 우리가 있던 자리에서 밤은
올라가는 두 걸음을 이미 옮겼으며,

---

1 프리아모스의 형으로 용모가 준수하였는데, 새벽의 여신 아우로라가 그를 사랑한 나머지 납치하여 결혼하였다. 아우로라는 유피테르에게 부탁하여 그가 신들처럼 죽지 않도록 해주었으나 영원한 젊음도 함께 부탁하는 것을 잊었다. 그래서 여신은 변함없지만 그는 늙어 쪼그라들다가 나중에는 거의 목소리만 남게 되었고, 결국 아우로라는 그를 매미로 만들었다고 한다.
2 전갈. 전갈자리의 별들이 새벽 하늘에 나타나는 것을 의미한다.

셋째 걸음도 벌써 날개를 접고 있었다.³   9

내가 지니고 있던 아담의 것⁴은
졸음에 사로잡혔고, 우리 다섯 명이
앉아 있던 곳의 풀밭에서 잠들었다.   12

새벽녘이 다가오면 제비가 아마도
자신의 옛날 아픔을 기억하듯이⁵
구슬픈 노래를 지저귀기 시작하고,   15

3 걸음은 시간을 가리킨다. 춘분 무렵의 저녁 6시부터 자정까지는 올라가는 여섯 걸음, 자정부터 아침까지는 내려가는 걸음으로 보았을 때, 두 걸음 올랐으므로 저녁 8시가 지났으며, 또한 셋째 걸음도 끝나가고 있으므로 9시가 다 되었을 무렵이다. 그런데 앞의 1~6행과 관련하여 논란의 여지가 많은 구절이다. 앞에서는 분명 새벽이 되었다고 말했는데, 여기에서는 밤 9시 무렵이었다고 말하기 때문이다. 이에 대한 설명 중의 하나로 단테가 다른 곳에서 그랬듯이(「연옥」 3곡 25~27행, 4곡 137~140행) 시간을 이중적인 방법으로 가리키는 것으로 해석하기도 한다. 즉 연옥의 밤 9시는 예루살렘의 아침 9시에 해당하고, 또한 이탈리아의 새벽 6시에 해당하기 때문에, 두 가지 시점을 동시에 제시하고 있다는 것이다.

4 살아 있는 육체.

5 아테나이 왕 판디온에게 두 딸 필로멜라와 프로크네가 있었는데, 프로크네는 트라키아의 왕 테레우스와 결혼하여 아들 이티스를 낳았다. 그런데 테레우스는 처제 필로멜라를 겁탈한 뒤 발설하지 못하도록 그녀의 혀를 잘라 버렸다. 이 사실을 알게 된 프로크네는 복수하기 위해 아들 이티스를 죽여 그 고기를 테레우스가 먹게 하였다. 테레우스에게 쫓긴 두 자매는 신들에게 애원하여, 프로크네는 제비가 되고 필로멜라는 밤꾀꼬리가 되었다. 하지만 베르길리우스는 『농경시 Georgica』(4권 15행 이하)에서 반대로 프로크네가 밤꾀꼬리로 변하고 필로멜라는 제비로 변했다고 이야기한다. 여기에서 단테는 베르길리우스의 견해를 따르는 것 같다.

우리 마음은 더욱 몸 밖에서 떠돌며
생각들에 사로잡히지 않고, 환상은
성스러운 계시에 가까워질 무렵,[6]   18

나는 꿈에서 황금 깃털의 독수리
한 마리가 하늘에서 날개를 펼치고
아래로 내려오려는 것을 본 듯하였고,   21

또한 마치 가니메데스[7]가 최고의
모임으로 끌려갈 때 자기 동료들을
남겨 두었던 곳에 있는 것 같았다.   24

나는 생각했다. 〈아마 이 새는 으레
여기서만 사냥하고 다른 곳에서 발로
잡아채는 것을 싫어하는 모양이구나.〉   27

6 새벽에 꾸는 꿈은 더욱더 진실을 드러낸다고 믿었다(「지옥」 26곡 7~11행 참조). 단테는 연옥에서 세 밤을 보내는데, 새벽마다 꿈을 꾼다(19곡 7~32행, 27곡 91~114행 참조). 그리고 그 꿈들은 모두 실제로 일어나는 일들과 관련된다.

7 트로이아 왕가의 조상 트로스의 아들로 아름다운 용모를 자랑했는데, 유피테르가 독수리를 보내 올림포스산으로 데려갔고, 술 따르는 시종으로 삼았다고 한다. 그가 납치될 때의 상황에 대해서는 여러 가지 이야기가 있는데, 그중 하나에 의하면 이데산으로 동료들과 사냥하러 갔을 때 유피테르가 보낸 독수리가 채어 데려갔다고 한다.

그리고 잠시 돌던 독수리는 번개처럼
무서운 속도로 내려와 나를 잡아채서
위로 불꽃[8]까지 올라가는 것 같았다.   30

거기에서 새와 내가 불타는 듯했는데,
그 상상의 불이 어찌나 뜨거웠던지
마침내 나는 잠에서 깨어나게 되었다.   33

어머니가 품 안에서 잠든 아킬레스를
케이론에게서 빼내, 나중에 그리스인들이
다시 그를 데려간 스키로스섬으로 안고   36

갔을 때,[9] 잠에서 깬 아킬레스가
주위를 둘러보고 자기가 어디에 있는지
몰라 깜짝 놀라서 두리번거렸던 것처럼   39

나도 깜짝 놀랐으니, 내 얼굴에선 잠이
달아났으며, 마치 두려움에 얼어붙은

---

8 당시의 우주관에 의하면 달의 하늘과 대기 사이에 불의 하늘, 또는 화염권(火焰圈)이 있다고 믿었다.
9 아킬레스가 트로이아 전쟁에 참가하지 못하도록 어머니 테티스는 아들의 스승 키론(「지옥」 12곡 70~71행 참조)에게서 데려와 스키로스섬에 숨기고 여자의 옷을 입혀 신분을 감추게 하였다. 하지만 결국 신분이 드러나 그리스인들과 함께 전쟁에 참가하게 되었다.

사람처럼 얼굴이 창백하게 변하였다. 42

곁에는 단지 나의 위로가 되는 분[10]만
있었으며, 해는 벌써 두 시간 전부터 높이
솟았고 내 얼굴은 바다를 향하고 있었다. 45

「두려워하지 말고 안심하여라.」 스승님이
말하셨다. 「우리는 지금 좋은 곳에 있으니,
움츠리지 말고 모든 활력을 활짝 펼쳐라. 48

이제 너는 벌써 연옥에 도착하였으니,[11]
저기 주위를 둘러막은 절벽을 보아라.
저기 벌어져 있는 듯한 입구를 보아라. 51

조금 전, 날이 새기 전 새벽녘에
저 아래를 장식하는 꽃밭 위에서
네 영혼이 안에서 잠들어 있을 때 54

한 여인이 와서 말했단다. 〈나는 루치아,[12]
내가 잠자는 이 사람을 데려가 그의

---

10 베르길리우스
11 이제야 본격적인 연옥의 입구에 이르렀다는 뜻이다.
12 하느님의 은총의 상징으로 앞에서 이미 어두운 숲에서 길을 잃은 단테를 도와주도록 하였다.(「지옥」 2곡 97~108행)

길을 좀 더 수월하게 해주도록 하지요.〉　　　　　　57

소르델로와 다른 고귀한 영혼들은 남고,
그분은 날이 밝을 무렵 너를 데리고
위로 가셨고, 나는 그 뒤를 따랐단다.　　　　　　60

너를 여기 내려놓았는데, 먼저 아름다운
그녀의 눈은 저 열린 입구를 보여 주었고
그녀와 함께 잠도 동시에 사라졌단다.」　　　　　63

마치 자신에게 진실이 밝혀진 뒤에는
의심 속에서 확신을 찾고 자신의
두려움을 위안으로 바꾸는 사람처럼　　　　　　66

나도 그렇게 바뀌었으니, 내 길잡이는
걱정하지 않는 나를 보고 절벽을 향해
움직이셨고 나는 뒤에서 위를 향하였다.　　　　　69

독자여, 내가 어떻게 내 소재를 높이는지
잘 보시라. 그리고 더욱 높은 기교로
그것을 다루더라도 놀라지 마시라.[13]　　　　　　72

13　새로운 주제를 좀 더 고상한 문체로 새롭게 다루겠다는 뜻이다.

우리는 그곳으로 가까이 다가갔으며,
한쪽으로 마치 벽이 갈라진 틈처럼
벌어진 듯 보이던 곳에 도착하였고, 75

문 하나를 보았는데, 아래에서 문까지
서로 다른 색깔의 계단 세 개가 있었고,
아직은 말 없는 문지기 한 분[14]을 보았다. 78

그곳을 향해 눈을 더욱 크게 뜬 나는
맨 위 계단 위에 앉은 그분을 보았는데,
얼굴 쪽으로는 도저히 눈을 들 수 없었다. 81

그분은 뽑아 든 칼을 손에 들고 있었는데
우리 쪽으로 너무 강렬한 빛이 반사되었기에
내가 몇 번 얼굴을 들어 보았으나 헛일이었다. 84

「그 자리에서 말하여라. 무엇을 원하느냐?
호위자는 어디 있는가? 올라감이 너희에게
해가 될지 조심해라.」 그분이 말하시자 87

스승님이 대답하셨다. 「이 일을 잘 아시는
하늘의 여인께서 조금 전에 〈저쪽으로

---

14 본격적인 연옥의 입구를 지키는 천사이다.

가라, 거기 문이 있다〉 하고 말하셨습니다.」 90

친절한 문지기는 다시 말을 꺼내셨다.
「그분이 너희 길을 잘 인도하시기를.
그렇다면 우리의 계단으로 나아오너라.」 93

우리는 그곳으로 다가갔는데, 첫째 계단은
새하얀 계단으로 너무 깨끗하고 맑아서
나의 모습이 그대로 안에 비쳐 보였다. 96

둘째 계단은 어둡기보다 검은색인데
거칠고 메마른 돌로 되어 있었으며
가로와 세로로 온통 금이 가 있었다. 99

그 위에 얹혀 있는 세 번째 계단은
마치 핏줄에서 튀어나오는 피처럼
새빨갛게 불타고 있는 반암(斑岩) 같았다.[15] 102

이 셋째 계단 위에 하느님의 천사가
양 발바닥을 대고 입구에 앉아 있었는데,

---

15 이 세 개의 계단은 회개의 세 가지 요소로 해석된다. 첫째 계단은 맑은 양심이 자신의 죄를 비춰 보는 것을 의미하고, 둘째 계단은 죄의 고백을 상징하고, 셋째 계단은 죄의 형벌을 채우려는 의지를 상징하는 것으로 본다.

그분은 마치 금강석으로 된 것 같았다. 105

나의 안내자는 훌륭한 의지로 나를
그 세 개의 계단 위로 이끌고 말하셨다.
「자물쇠를 열어 달라고 겸손하게 청해라.」 108

나는 성스러운 발 앞에 경건하게 엎드렸고
나에게 문을 열어 달라고 자비를 빌었는데,
그보다 먼저 내 가슴을 세 번 두드렸다.[16] 111

그분은 칼끝으로 나의 이마 위에다
일곱 개의 P 자[17]를 표시하고 말하셨다.
「안으로 들어가 이 상처들을 씻어라.」 114

그분의 옷은 갓 파낸 마른 흙이나
또는 재의 색깔[18]과 비슷했는데,
그 아래에서 열쇠[19] 두 개를 꺼냈다. 117

16 생각과 말과 행동으로 지은 세 죄를 뉘우치고 참회하는 표시이다.
17 가톨릭의 일곱 가지 대죄, 즉 칠죄종(七罪宗)을 상징하며, P 자는 〈죄〉를 의미하는 라틴어 *peccatum*의 머리글자이다. 원래 수도자들의 전통에서 나온 여덟 가지 악한 생각을 그레고리우스 1세 교황이 일곱 가지 죄로 정리하였는데, 교만*superbia*, 질투*invidia*, 분노*ira*, 나태*acedia*, 인색*avaritia*, 탐식*gula*, 음욕*luxuria*의 죄이다. 연옥의 산은 그런 죄들에 대한 형벌을 받는 일곱 〈둘레 *girone*〉로 나뉘어 있다.
18 잿빛 옷은 죄의 고백을 듣는 사제의 겸손을 의미한다고 한다.

하나는 금으로, 다른 하나는 은으로 되어
있었는데, 먼저 흰 열쇠를, 다음에 노란
열쇠를 문에 꽂았으니 나는 무척 기뻤다. 120

그분이 말하셨다. 「이 열쇠 중 하나라도
잘못하여 열쇠 구멍 안에서 제대로 돌지
않는다면 이 길은 열리지 않을 것이다. 123

하나가 더 귀중하지만, 문을 열려면
다른 하나의 정교한 재주가 필요하니,
바로 그것이 매듭을 풀어 주기 때문이다. 126

이것을 나는 베드로에게서 받았는데,
내 발 앞에 엎드리는 사람에게 잘못
열더라도 잠가 두지 말라고 말하셨다.」 129

그리고 그 거룩한 문을 밀면서 말하셨다.
「들어가라. 하지만 뒤를 돌아보는 자는
밖으로 돌아가게 된다는 것을 명심하라.」[20] 132

---

19 그리스도가 사도 베드로에게 준 천국의 열쇠이다.(「마태오 복음서」 16장 19절 참조)
20 뒤를 돌아보면 하느님의 은총을 상실하게 된다. 〈쟁기에 손을 대고 뒤를 돌아보는 자는 하느님 나라에 합당하지 않다.〉(「루카 복음서」 9장 62절)

그 거룩한 문의 쇠로 된 수톨쩌귀들이
암톨쩌귀들 안에서 비틀려 돌아가며
얼마나 크고 시끄러운 소리가 나는지,   135

착한 메텔루스를 빼앗기고 난 다음에
텅 비어 버린 타르페이아[21]도 그토록
완강하고 크게 울부짖지는 않았으리라.   138

내가 최초의 우렛소리에 귀를 기울이자,
〈하느님, 당신을 찬미합니다〉[22] 하는 감미로운
소리에 뒤섞인 목소리가 들리는 듯했다.   141

내가 들었던 소리는 마치 오르간에
맞추어 노래하는 것을 듣고 있을 때
으레 그렇듯 노랫말이 들리다 말다   144

하는 것과 똑같은 인상을 나에게 주었다.

---

21 로마의 바위 언덕으로 로마 시대 그 아래에 유피테르 신전이 있었고 거기에 국가 재산이 보관되어 있었다. 루카누스(『파르살리아』 3권 154~55행)에 의하면 카이사르가 루비콘강을 건너 로마에 도착하여 타르페이아의 국고를 장악하려 하였는데, 호민관 루키우스 케킬리우스 메텔루스Lucius Cecilius Metellus가 용감하게 저지하려 하였으나 무력으로 쫓아내자, 신전의 문이 엄청나게 시끄러운 소리를 내며 열렸다고 한다.

22 원문에는 라틴어 *Te Deum laudamus*로 되어 있는데, 4세기에 작곡된 성가의 첫 구절이다.

제10곡

본격적인 연옥에 들어선 두 시인은 좁고 굽은 길을 거쳐 첫째 둘레로 올라간다. 깎아지른 절벽은 하얀 대리석으로 되어 있고, 그곳에는 성모 마리아와 다윗, 트라야누스 황제 등 겸손의 일화들이 돋을새김으로 새겨져 있다. 한쪽에서 교만의 죄를 지었던 영혼들이 등에 바위를 짊어지고 온다.

굽은 길도 곧아 보이게 만드는
영혼들의 사악한 사랑[1]은 사용하지
않는 문[2]의 안으로 우리는 들어갔고, 3

나는 문이 다시 닫히는 소리를 들었다.
만약 내가 문 쪽으로 눈을 돌렸다면
실수에 합당한 어떤 핑계를 대겠는가? 6

우리는 갈라진 바위 사이로 올라갔는데,
물러났다가 다시 다가오는 파도처럼
이쪽저쪽으로 구불구불한 길이었다. 9

---

1 단테는 선과 악의 모든 행위가 사랑에서 비롯된다고 생각하였다. 즉 올바른 사랑은 선행으로 이어지고, 그릇된 사랑이 죄를 저지르게 한다는 것이다.(「연옥」 17곡 94~105행 참조)
2 〈사악한 사랑〉으로 죄를 지은 영혼들은 연옥의 문 안으로 들어갈 수 없다.

길잡이는 말을 시작하셨다. 「여기에서는
약간 재주를 부려야 하니,[3] 이쪽이나
저쪽으로 벽이 트인 쪽에 붙어서 가자.」 12

그래서 우리의 걸음은 더디어졌고,
이지러진 달이 자신의 잠자리로
들어가서 다시 누웠을 때에야[4] 15

우리는 그 바늘구멍 밖으로 나왔으며,
산이 뒤로 물러난 곳[5] 위에 이르러
활짝 펼쳐지고 자유롭게 되었을 때 18

나는 지쳤고,[6] 우리 두 사람 모두
가야 할 길을 몰라서 광야보다 더
황량한 길 위에 외롭게 서 있었다. 21

---

3 구불구불한 양쪽 암벽의 돌출부에 부딪히지 않도록 해야 한다는 뜻이다.

4 달이 서쪽으로 졌다는 뜻이다. 지금은 보름달 후 4일째 되는 날이므로(「지옥」 20곡 127행 참조) 약간 이지러진 달이다. 시간상으로는 오전 9시가 넘은 무렵이다.

5 절벽 위의 평탄한 곳을 가리킨다. 27행에서 〈선반cornice〉이라 말하듯이, 연옥의 산은 가파른 절벽으로 이루어져 있는데, 영혼들이 형벌을 받는 일곱 둘레는 일종의 〈선반〉 또는 〈시렁〉처럼 평평하게 되어 있고, 그 폭은 대략 사람 키의 세 배이다(24행).

6 단테는 육체의 짐 때문에 피곤해진다.

허공과 경계선을 이루는 기슭에서
위로 높이 솟은 절벽의 발치까지는
사람 몸길이의 세 배 정도 거리였다. 24

내 눈이 날개를 펼 수 있는 데까지
왼쪽으로 보든 오른쪽으로 보든
그 선반은 똑같이 그렇게 보였다. 27

그 위에서 발걸음을 옮기지 않은 채
나는 깨달았으니, 올라갈 길도 없는
주변의 절벽은 온통 하얀 대리석으로 30

되어 있었고, 폴리클레이토스[7]뿐만 아니라
자연도 거기에서는 부끄러워할 만큼
멋진 조각들로 장식되어 있었다.[8] 33

오랜 세월 눈물로 기다리던 평화의

---

7   기원전 5세기 그리스의 뛰어난 조각가.
8   이후 연옥의 각 둘레에서는 〈콘트라파소〉(「지옥」 28곡 142행 참조), 즉 동태복수법에 따른 죄와 형벌의 양상을 보여 주는 다양한 예시적 사례들이 담긴 〈본보기exemplum〉들을 다양한 방식으로 보여 준다. 사례들은 주로 이중적으로 제시되는데, 하나는 해당되는 죄의 결과를 예시하고, 다른 하나는 죄와 정반대되는 덕성을 예시하는 일화로 구성된다. 가령 첫째 둘레에서는 교만의 죄인들이 벌받고 있으므로, 10곡 34~93행에서는 겸손함의 사례들, 12곡 16~63행에서는 교만의 사례들이 대리석 절벽의 돋을새김으로 제시된다.

법령을 갖고 지상에 내려와 오랫동안
금지되었던 하늘을 열어 준 천사[9]가 36

그곳에 부드러운 자태로 새겨진 채
얼마나 생생하게 우리 앞에 보였는지,
말 없는 조각처럼 보이지 않았다. 39

그는 〈아베!〉[10] 하고 말한 듯했는데,
열쇠로 높은 사랑을 열었던 분[11]의
모습이 거기 새겨져 있었기 때문이다. 42

그리고 마치 밀랍에 형상이 찍히듯
〈저는 주님의 종〉[12]이라는 말이
그녀의 태도 안에 새겨져 있었다. 45

---

9 마리아에게 예수 그리스도의 잉태를 알려 주려고 내려온 가브리엘 천사를 가리킨다.(「루카 복음서」 1장 26절 참조)

10 *Ave*. 성모 마리아가 성령으로 예수 그리스도를 잉태했다는 사실을 알려 주러 온 가브리엘 천사가 한 말로, 〈안녕〉을 뜻하는 고대 로마인들의 인사말이었다. 〈은총이 가득한 이여, 기뻐하여라. 주님께서 너와 함께 계시다.〉(「루카 복음서」 1장 28절)

11 성모 마리아.

12 원문에는 라틴어 *Ecce ancilla Dei*로 되어 있다. 단테는 당시 가톨릭교회의 공식 성경인 대중판 라틴어 번역본 『불가타*Vulgata*』 성경을 그대로 인용한다. 〈보십시오, 저는 주님의 종입니다. 말씀하신 대로 저에게 이루어지기를 바랍니다.〉(「루카 복음서」 1장 38절)

「한곳만 바라보지 마라.」 사람들이
심장을 갖고 있는 쪽[13]에다 나를
두고 있던 친절한 스승님이 말하셨다. 48

그래서 나는 얼굴을 움직여 마리아의
뒤쪽, 스승님이 나를 움직이게 하신
바로 그쪽[14]을 바라보았는데 51

바위에 새겨진 다른 이야기를 보았고,
그래서 나의 눈에 그것이 잘 보이도록
베르길리우스를 넘어 가까이 다가갔다. 54

그곳에는 맡기지 않은 소임을 두려워하도록,
성스러운 궤[15]를 끄는 황소와 수레가
똑같은 대리석 위에 새겨져 있었다. 57

앞에 있는 사람들은 모두 일곱 합창대로

---

13 왼쪽을 가리킨다. 두 시인은 연옥의 둘레를 오른쪽으로 돌면서 올라가고 있는데, 베르길리우스는 바깥의 낭떠러지 쪽, 그러니까 단테의 오른쪽에서 가고, 단테는 베르길리우스와 암벽 사이에서 가고 있다.

14 베르길리우스가 있는 오른쪽.

15 주님이 모세에게 명령하여 만들게 한 약속의 궤이다.(「탈출기」 25장 10절 이하 참조) 그 궤를 다윗이 옮기는 동안, 우짜는 시키지도 않았는데(〈맡기지 않은 소임〉으로) 손을 대었다가 그 벌로 죽었다.(「사무엘기 하권」 6장 1절 이하 참조)

제10곡 **107**

나뉘어 있었고, 내 감각 중 하나는 〈아니〉,
다른 하나는 〈그래, 노래한다〉 말하게 했다.[16] 60

그와 마찬가지로 거기에 그려져 있는
분향의 연기에 대해서도, 눈과 코는
〈맞다〉와 〈아니다〉로 서로 엇갈렸다. 63

그 축복받은 궤 앞에는 겸손한 「시편」
작가[17]가 춤추면서 앞서 가고 있었는데,
왕보다 낫기도 하고 또 못하기도 했다.[18] 66

맞은편 커다란 궁전의 창문에 그려진
미갈[19]은 마치 오만하고도 경멸하는
여자처럼 그 모습을 바라보고 있었다. 69

나는 미갈의 뒤에서 하얗게 비치는
다른 이야기를 가까이 보기 위하여
내가 있던 곳에서 발걸음을 옮겼다. 72

16 너무나도 생생하게 묘사되어 있기 때문에, 눈은 〈노래한다〉고 말하는데, 귀는 〈노래하지 않는다〉고 말한다는 뜻이다.
17 「시편」의 작가로 일컬어지는 다윗.
18 춤추며 뛰는 것은 왕의 위엄에 미치지 못하지만, 그렇게 하느님을 찬양하는 겸손함에서는 왕보다 낫다는 뜻이다.
19 사울의 딸이자 다윗의 아내로, 다윗이 춤추는 것을 보고 비웃었다.(「사무엘기 하권」 6장 16절)

거기에는 덕성으로 그레고리우스가
위대한 승리를 하도록 움직였던 로마
군주의 높은 영광이 그려져 있었다.[20] 75

말하자면 그는 트라야누스 황제인데,
그의 말고삐 앞에는 한 과부가 눈물을
흘리며 괴로워하는 모습을 하고 있었다. 78

그의 주위에는 기사들이 빽빽하게 모여
있었고, 그들 위에 황금 독수리[21]들이
마치 바람에 나부끼는 것처럼 보였다. 81

그 모든 사람들 사이에서 가엾은 여인은
말하는 듯하였다. 「폐하, 죽은 제 아들의
원수를 갚아 주십시오. 마음이 아픕니다.」 84

---

20 교황 그레고리우스Gregorius 1세 또는 대(大)그레고리우스(재위 590~604년)는 이미 죽은 로마 황제 트라야누스(재위 98~117)의 영혼이 구원되도록 기도하여 천국으로 올라가도록 했다는 전설이 있다. 그리고 그렇게 하기 위해 잠시 되살아난 트라야누스 황제에게 세례를 주었다고 한다. 트라야누스의 겸손한 일화는 뒤에 나오듯이, 전쟁터로 나가는 길에 한 과부가 억울하게 죽은 아들의 원수를 갚아 달라고 부탁하자 그는 시간이 없다고 거절하였는데, 자신에게 맡겨진 본분에 소홀하지 말라는 과부의 말에 부탁을 들어주었다고 한다.
21 로마 군단의 상징으로 군기에 그려져 있었다.

황제는 말했다. 「내가 돌아올 때까지 기다려라.」
그러자 그녀는 고통을 견디지 못하는 듯
말했다. 「폐하, 만약 돌아오시지 않는다면요?」 87

황제가 말했다. 「내 자리를 이을 자가 해줄 것이다.」
그녀가 말했다. 「폐하의 일을 소홀히 하시면, 다른
자의 선행이 폐하께 무슨 소용 있습니까?」 90

그러자 황제가 말했다. 「이제 그대는 안심하라,
떠나기 전에 나의 의무를 해결할 테니.
정의가 원하고 연민이 나를 붙잡는구나.」 93

새로운 것을 전혀 본 적 없는 분[22]께서
이 눈으로 보는 이야기를 만드셨으니,
지상에 없기 때문에 우리에게 새롭다. 96

그것을 만드신 분으로 인해 소중하게
보이는 그 위대한 겸손의 그림들을
내가 즐거운 마음으로 바라보는 동안 99

스승님께서 속삭이셨다. 「이쪽을 보아라,

---

22 창조주는 모든 것을 만들었고 또 볼 수 있기 때문에 새로운 것이 전혀 없지만, 우리 인간의 눈에는 새롭게 보인다.

사람들이 많은데 걸음이 느리다. 그들이
우리를 다른 곳으로 안내할 수 있으리라.」   102

나의 눈은 새로운 것들을 탐욕스럽게
바라보는 데 만족해 있었지만, 그분을
향하여 천천히 몸을 돌리지는 않았다.[23]   105

독자여, 하느님께서 어떻게 빚을 갚도록
원하시는지 들어 보고, 그렇다고 해서
좋은 의도를 벗어 버리지 않기 바라오.[24]   108

형벌의 양상에 신경 쓰지 말고 이후[25]를
생각하고, 최악의 경우일지라도 위대한
심판 너머까지 가지 않음을 생각하시라.   111

나는 말했다. 「스승님, 저기 우리 쪽으로
움직이는 것은 사람들이 아닌 것 같은데,
보아도 헛일이고, 무엇인지 모르겠습니다.」   114

---

23 곧바로 몸을 돌려 바라보았다는 뜻이다.
24 죄를 씻는 형벌이 가혹하게 보인다고 해서 참회의 의지에서 멀어지진 않기를 바란다는 뜻이다.
25 형벌이 끝난 다음 받게 될 영생의 보상. 그리고 최악의 경우에도 최후의 심판 이후까지 형벌이 지속되지는 않는다.

그분은 말하셨다. 「그들 고통의 무거운
짐이 땅바닥에 웅크리게 만들고 있으니
내 눈도 처음에는 분간하지 못했단다. 117

하지만 저쪽을 잘 살펴보고, 바위를
짊어지고 오는 자의 얼굴을 구별해 보면,
각자 어떻게 참회하는지 알아볼 것이다.」 120

오, 교만한 그리스도인들이여, 불쌍한
사람들이여, 마음의 눈이 병들었기에
그대들은 뒤로 가는 발걸음을 믿는데, 123

우리는 거침없이 정의의 심판을 향해
날아갈 천사 같은 나비가 되기 위해
태어난 벌레들이라는 것을 모르는가? 126

형태조차 갖추지 못한 벌레처럼
아직 불완전한 곤충들이면서 어찌
너희들의 영혼은 높이 떠다니는가? 129

마치 차양이나 지붕을 떠받치기 위해
때로는 굄목 대신 사람의 형상이
무릎을 가슴에 닿도록 하고 있어서, 132

그것을 보는 사람이 가짜에서 진짜
고통을 느끼듯이, 주의 깊게 보니
그들이 바로 그렇게 되어 있었다.   135

그들은 등에다 많거나 적게 짊어짐에
따라 많거나 적게 웅크리고 있었는데,
아무리 인내심 많은 사람도 울면서   138

〈더 이상 못하겠다〉 말하는 듯하였다.

제11곡

교만의 영혼들이 바윗덩어리를 짊어지고 주님의 기도를 읊으며 간다. 베르길리우스가 쉽게 올라갈 수 있는 길을 묻자 움베르토가 대답하고 자신에 대해 이야기한다. 다른 영혼 오데리시가 단테를 알아보고 말을 건네며, 이 세상에서 평가하는 영광과 명성의 덧없음에 대해 이야기한다. 그리고 다른 교만의 영혼들을 소개하면서 단테의 미래를 암시하는 말을 한다.

「오, 하늘에 계셔도 제한되지 않으시고,
저 위의 첫 창조물들[1]보다 더 많은
사랑을 베푸시는 우리 아버지시여,[2] 3

모든 창조물이 당신의 이름과 권능을
찬양하오니, 감미로운 당신의 숨결에
감사를 드리는 것이 당연합니다. 6

당신 나라의 평화가 우리에게 오소서.
오지 않으면 우리의 모든 능력으로도
우리는 평화에 이를 수 없습니다. 9

---

1 맨 처음 창조된 하늘들과 천사들.
2 뒤이어 24행까지 교만한 영혼들이 풀어서 노래하는 「주님의 기도」가 이어진다. 연옥에서는 죄와 형벌에 상응하는 본보기 일화들 외에도, 속죄하는 영혼들이 부르는 성가도 중요한 상징적 의미를 지닌다.

당신의 천사들이 호산나[3]를 노래하며
자신들의 의지를 당신께 바치듯,
인간도 자기 것을 그렇게 하게 하소서.   12

오늘 우리에게 일용할 만나[4]를 주소서.
그것 없이는 이 거친 광야[5]에서
앞으로 가려는 자도 뒷걸음치게 됩니다.   15

또한 우리가 겪은 악을 누구에게나
용서하오니, 우리의 공덕을 보시지
말고 너그럽게 용서해 주십시오.[6]   18

우리의 힘은 손쉽게 무너지니, 옛날의
적[7]으로 시험하지 마시고 악을
부추기는 그에게서 벗어나게 해주소서.   21

사랑하는 주님, 이 마지막 기도는 이제

---

3 *hosanna*. 〈구원해 주소서〉를 뜻하는 찬양의 외침으로 특히 예수가 예루살렘에 들어갔을 때 군중이 외쳤다.(「마태오 복음서」 21장 9절)
4 *manna*. 이스라엘 백성이 광야에서 먹었던 양식이다.(「탈출기」 16장 13절 이하 참조)
5 연옥까지 포함되는 이 세상을 가리킨다.
6 우리의 초라한 공덕을 헤아리지 말고 단지 자비로 용서해 달라는 기원이다.
7 악마.

필요 없는 우리를 위한 것이 아니라,[8]
우리 뒤에 남을 자들을 위한 것입니다.」 24

이렇게 자신이나 우리에게 좋은 기원을
기도하며, 그 그림자들은 꿈속에서 가끔
그러하듯이[9] 짐에 눌려 가고 있었는데, 27

서로 다른 고통[10]에 지친 모습으로 그들은
모두 세상의 그을음[11]을 씻어 내면서
첫째 선반 위를 둥글게 돌고 있었다. 30

그곳에서 그들이 우리를 위해 기도한다면,
의지에 좋은 뿌리를 가진 그들을 위해
여기서[12] 무엇을 말하고 행동할 수 있을까? 33

바로 그들이 여기에서 가져간 때를

---

8 이미 연옥에 들어온 영혼들은 하느님을 향하고 있기 때문에 악마의 유혹을 받지 않고, 따라서 더 이상 죄를 지을 수 없다.
9 마치 악몽에 시달릴 때 가위눌리듯이.
10 그들은 죄의 가벼움과 무거움에 따라 서로 다른 무게의 형벌을 받고 있다.
11 이승에서 지은 죄.
12 이승에서. 연옥의 영혼들이 이승에 남은 우리를 위해 기도하니 산 사람들은 그들이 빨리 천국에 들어갈 수 있도록 기도하고 선을 실천하자는 권유이다.

잘 씻어 깨끗하고 가볍게 별들의
바퀴들[13]로 올라가게 돕는 것이다.   36

「오, 정의와 자비가 그대들의 짐을
벗겨 주어, 그대들이 날개를 움직여
그대들의 뜻대로 날아갈 수 있기를.   39

계단으로 가는 가장 빠른 길이 어느
쪽에 있는지 말해 주고, 만약에 길이
여러 개면 덜 가파른 길을 가르쳐 주오.   42

나와 함께 가는 이 사람은 입고 있는
아담의 육체의 짐 때문에 의지와는
다르게 올라가는 게 힘들기 때문이오.」   45

내가 뒤따르는 분이 이렇게 말하자,
그들의 대답이 누구에게서 나왔는지
분명하지는 않았지만 이렇게 말했다.   48

「그대들이 우리와 함께 기슭을 따라
오른쪽으로 가면 살아 있는 사람도
오를 수 있는 길을 발견할 것이오.   51

13 천국의 하늘들을 가리킨다.

나의 얼굴이 낮은 곳을 향하도록
오만한 내 목덜미를 짓누르고 있는
이 바윗덩어리에 방해받지 않는다면,　　　　　　　　　54

아직 살아 있고 이름을 대지 않은
그자를 혹시 내가 아는지 보고 싶고,
이 짐을 불쌍히 여겨 달라고 하고 싶군요.　　　　　　57

나[14]는 라틴 사람으로, 유명한 토스카나인의
아들인데, 굴리엘모 알도브란데스코가 나의
아버지로 그 이름을 이미 아는지 모르겠소.　　　　　 60

내 조상들의 오랜 혈통과 훌륭한 업적이
나를 무척이나 오만하게 만들었으니,
나는 공통의 어머니[15]를 생각하지 않고　　　　　　63

모든 사람을 너무나도 경멸하다가 그로
인해 죽었으니,[16] 시에나 사람들이나
캄파냐티코[17]의 아이들도 모두 알지요.　　　　　　 66

14　산타피오라(「연옥」 6곡 111행 참조)의 백작인 굴리엘모 알도브란데스코Guglielmo Adobrandesco의 아들 움베르토Umberto.
15　모든 인류의 어머니 하와를 가리킨다.
16　그의 죽음에 대해서는 여러 가지 이야기가 있으나, 어쨌든 시에나와의 전쟁 중에 죽은 것으로 알려져 있다.

나는 움베르토인데, 교만은 단지 나에게만
피해를 주지 않고 나의 모든 친족을
함께 불행 속으로 몰아넣었답니다.   69

그 때문에 하느님께서 만족하실 때까지
나는 여기 이 짐을 져야 하니, 산 자들에게
하지 않았던 것을 죽은 자들에게 하고 있소.」   72

그 말을 들으며 나는 얼굴을 숙였는데,
말하던 자가 아닌 다른 영혼 하나가
짓누르는 짐 아래에서 몸을 비틀어   75

나를 알아보고는, 그들과 함께
완전히 몸을 숙이고 가던 나를 향해
힘들게 눈길을 던지면서 나를 불렀다.   78

나는 그에게 말했다. 「오, 그대는 구비오[18]의
영광, 파리에서 세밀화[19]라 부르는
예술의 명예인 오데리시[20] 아닌가요?」   81

17 Campagnatico. 토스카나 지방 남부의 마을로 알도브란데스코 가문의 영지였다.
18 Gubbio. 이탈리아 중부에 있는 소읍이다.
19 또는 채식화(彩飾畵)로 일컬어지는데, 필사본 책들을 여러 가지 색깔과 도안으로 장식하는 작업이다.

그는 말했다. 「형제여, 볼로냐 사람 프란코[21]가
채색한 양피지들이 훨씬 더 생생하니,
영광은 그의 것이고 내 것은 일부분이오. 84

나의 마음은 뛰어나고 싶은 욕망에
온통 쏠려 있었기에 살아 있는 동안
그에게 그리 친절하지 않았지요. 87

그런 교만의 벌을 여기서 갚고 있지만,
죄지을 수 있었을 때 하느님께 돌아가지
않았다면, 여기 있지도 못했을 것이오. 90

오, 인간 능력의 헛된 영광이여! 몰락의
시대가 뒤따르지 않는다면, 꼭대기의
영광은 얼마나 짧은 순간 지속되는가![22] 93

치마부에[23]가 그림 분야를 장악한다고

---

20 구비오 사람 오데리시Oderisi(1299년 사망). 13세기의 뛰어난 세밀화가로 볼로냐에서 작업하다가 교황의 부름을 받아 로마에서 작업하기도 하였다.

21 Franco Bolognese. 14세기 초에 활동한 세밀화가로 오데리시의 제자 또는 후배로 짐작된다.

22 몰락의 시대에나 최고의 영광이 오래 지속된다는 뜻이다. 더 뛰어난 인물들이 계속 나타나는 경우에만 발전한다는 것을 암시한다.

23 Cimabue(1240?~1302?). 피렌체 출신의 화가로 르네상스 예술의 선

믿었는데, 지금은 조토[24]가 명성을
떨치니 이제 그의 명성은 어두워졌지요.   96

그렇게 한 귀도가 다른 귀도에게서
언어의 영광을 빼앗았고,[25] 두 사람 모두를
둥지에서 쫓아낼 자가 아마 태어났을 것이오.   99

세상의 소문이란 한 숨의 바람일 뿐,
때로는 이쪽으로 때로는 저쪽으로 불어
방향이 바뀌면 이름도 바뀌지요.   102

그대가 늙은 육신을 벗어던지는 것이
〈파포〉나 〈딘디〉를 버리기도 전에 죽는
것보다 더 많은 명성을 얻는다 해도,[26]   105

구자로 알려져 있다.

24 Giotto di Bondone(1266~1337). 치마부에의 뒤를 이어 본격적인 르네상스 예술의 꽃을 피운 화가이다.

25 시인 중에서는 귀도 카발칸티(「지옥」 10곡 60행 참조)가 최고였다가, 지금은 볼로냐 출신 귀도 귀니첼리Guido Guinizelli(「연옥」 27곡 94행 참조)가 최고라는 뜻이다. 뒤이어서 그들 두 사람을 모두 능가할 시인이 이미 태어났을 것이라고 말하는데, 단테가 스스로를 그런 인물로 평가하였다고 해석되기도 한다.

26 파포*pappo*와 딘디*dindi*는 〈빵〉과 〈돈〉을 의미하는 어린아이들의 용어이다. 그 용어를 버리기 전, 즉 어렸을 때 죽는 것보다 늙어서 죽은 것이 더 많은 명성을 남긴다 해도 천 년을 넘기지 못한다.

그것이 천 년을 더 가겠는가? 천 년도
영원에 비하면 하늘에서 가장 천천히
도는 원[27]에서 눈 깜박할 시간이라오. 108

내 앞에서 저리 총총 걸어가는 자[28]는
토스카나를 온통 떠들썩하게 하였으나
지금은 시에나에서도 거의 말하지 않소. 111

피렌체의 분노를 파괴했을 때[29] 그는
시에나의 주인이었으며 그 당시에는
교만하였지만 지금은 숙이고 있지요.[30] 114

그대들의 명성은 왔다가 가는 풀잎의
빛깔과 같으니, 풀이 땅에서 힘겹게
돋아나게 하는 태양이 색깔을 바꾸지요.」 117

27 여덟째 하늘인 붙박이별들의 하늘을 가리킨다. 당시의 천문학에 의하면 이 하늘이 완전히 한 바퀴 도는 데에는 360세기, 그러니까 3만 6천 년이 걸린다고 믿었다.

28 뒤에서 나오듯이 프로벤차노 살바니 Provenzano Salvani(?~1269). 그는 시에나 기벨리니파의 우두머리였고, 1260년 몬타페르티 전투(「지옥」 32곡 80행 참조)에서 크게 공을 세우기도 하였으나, 나중에 피렌체 궬피파에게 붙잡혀 죽었다.

29 몬타페르티 전투에서 그는 피렌체의 궬피파를 물리쳤다.

30 원문에는 *ora è putta*, 즉 〈지금은 창녀이다〉로 되어 있다.

나는 말했다. 「그대의 진실한 말은 내 가슴에
겸손함을 심어 주고 커다란 오만함을
가라앉히는데, 방금 말한 사람은 누구요?」 120

그가 대답했다. 「프로벤차노 살바니인데,
오만하게도 시에나를 자기 손아귀에
넣으려고 했기에 지금 이곳에 있지요. 123

죽은 뒤로 쉴 사이 없이 계속 저렇게
가고 있으니, 저기서 지나치게 대담한
자는 저런 돈을 치러야 갚을 수 있소.」[31] 126

나는 말했다. 「삶의 마지막까지 참회를 늦추는
영혼은 저 아래에 머물러야 하고[32]
또 살았던 만큼 기간이 지나기 전에 129

좋은 기도가 그를 돕지 않는다면
이곳에는 올라올 수 없는데, 어떻게
그는 여기 오는 것이 허용되었지요?」 132

---

31 저런 형벌을 받아야 죄의 값을 치를 수 있다는 뜻이다.
32 참회를 미룬 영혼은 연옥의 입구(《저 아래》)에서 늦춘 기간만큼 기다려야 한다.(「연옥」 4곡 130~132행 참조)

그가 대답했다. 「가장 영광스럽게 살았을 때 그는
온갖 부끄러움을 무릅쓰고 자발적으로
시에나의 캄포에 자리 잡고 앉았으니,[33]   135

카를로의 감옥에서 형벌을 받고 있는
자기 친구를 구해 내기 위해 스스로
온갖 핏줄이 떨리는 일을 했답니다.[34]   138

내 말이 모호하여 더 말하지 않겠지만,
얼마 지나지 않아 그대의 이웃들이
그것을 분명히 알도록 해줄 것이오.[35]   141

그 일이 그런 제한[36]을 없애 주었다오.」

---

33 캄포Campo는 시에나의 중심에 있는 가장 커다란 광장이다. 프로벤차노의 친구 한 사람이 카를로 단조에게 포로가 되어 감옥에 갇혔는데, 짧은 시한 내에 금화 1만 피오리노를 내면 풀어 주고, 내지 못하면 죽이겠다고 하였다. 급히 그 돈을 마련하기 위해 프로벤차노는 구걸하는 차림으로 캄포 광장에 앉아 구걸하였고, 이에 감동한 시에나 사람들이 돈을 적선하여 친구의 목숨을 구하였다고 한다.

34 핏줄이 떨릴 정도의 수치심을 참고 견디었다는 뜻이다.

35 〈핏줄이 떨리는〉 부끄러움이 무엇인지 단테가 직접 체험할 것이라는 말인데, 단테의 망명 생활을 암시하는 것으로 해석되기도 한다.

36 입구 연옥에서 기다려야 하는 제한이다.

제12곡

두 시인은 오데리시의 영혼을 뒤에 남겨 두고 앞으로 나아간다. 앞으로 나아가면서 바라보니 땅바닥에 교만으로 인해 벌을 받은 사람들을 본보기로 보여 주는 그림들이 다양하게 펼쳐져 있다. 마침내 천사가 나타나고, 단테의 이마에 새겨진 P 자들 중 하나를 날개로 지워 준다. 한결 가벼워진 단테는 좁은 계단을 통해 둘째 둘레로 올라간다.

멍에를 메고 가는 황소처럼 짐을
진 그 영혼과 함께 나는 다정한
스승님이 허용하는 데까지 걸어갔다. 3

그러나 그분은 말하셨다. 「그를 놔두고 앞서 가라.
여기에서는 각자 힘 닿는 데까지 돛과
노로 자신의 배를 저어 가야 하니까.」 6

비록 생각은 숙이고 웅크린 채 남아
있었지만, 걸어갈 때 으레 그렇듯이
나는 나의 몸을 다시 똑바로 세웠다. 9

나는 몸을 움직였으며 내 스승님의
발자국을 기꺼이 따라갔으니, 우리
두 사람은 벌써 가벼워진 모습이었다. 12

스승님이 말하셨다. 「아래를 바라보아라.
수월하게 길을 가도록, 네 발바닥이
닿는 곳을 바라보는 것이 좋으리라.」 15

매장된 사람들 위의 평평한 무덤들이
그들에 대해 기억할 수 있게, 예전에
그들이 누구였는지 새겨 놓고 있으며,[1] 18

그리하여 오로지 경건한 사람들만
찌르는 추억의 자극으로 인하여
거기에서 자주 눈물을 흘리듯이, 21

산의 밖으로 튀어나와서 길을 이룬
곳에도 그렇게 그려진 것을 보았으나,[2]
솜씨의 뛰어남은 비할 바가 아니었다. 24

나는 다른 창조물보다 더 고귀하게
창조된 자[3]가 하늘에서 번개처럼

---

1 봉분(封墳)을 만들지 않고 평평하게 매장한 뒤 위에다 대리석을 덮고 거기에 고인의 모습을 새겨 넣는 매장 방식으로 중세에 널리 사용되었다.
2 산허리의 평평한 둘레, 즉 〈선반〉의 바닥에 벌받은 교만의 사례들이 그려져 있다.
3 하느님에게 반역한 천사 루키페르. 그는 원래 아름다운 용모를 자랑했다고 한다.(「지옥」 31곡 142행 참조)

아래로 떨어짐을 한쪽에서 보았고,   27

다른 한쪽에서는 하늘의 창에 찔린
브리아레오스가 싸늘하게 죽어
무겁게 땅바닥에 누운 것을 보았고,   30

아폴로,[4] 팔라스,[5] 마르스가 아직도
무장한 채 저희들의 아버지[6] 곁에서
찢긴 거인들의 사지를 바라보고,   33

니므롯[7]이 거창한 작업의 발치에서
당황하여[8] 신아르에서 함께 오만했던
사람들을 바라보고 있는 것을 보았다.   36

오, 니오베[9]여, 죽은 일곱 아들과 일곱
딸 사이의 네 모습이 길에 새겨진 것을

---

4 원문에는 〈팀브레오Timbreo〉로 되어 있는데, 라틴어 팀브라이우스Thymbraeus에서 나온 말로 아폴로를 가리킨다. 트로이아 근처 팀브라Thymbra에 아폴로의 신전이 있었기 때문이다.

5 지혜의 여신 미네르바.

6 유피테르.

7 「창세기」에 나오는 인물로 신아르 지방에 세운 바벨탑의 건축에 주도적인 역할을 하였다고 한다.(「지옥」 31곡 75~78행 참조)

8 바벨탑이 무너지면서 사람들의 언어가 혼란해졌기 때문이다.

9 탄탈로스의 딸이자 테바이의 왕 암피온의 아내로 7남 7녀를 두었으나 여신 레토를 업신여기다가 자식들을 모두 잃고 자신은 돌이 되었다.

나는 얼마나 괴로운 눈으로 보았던가! 39

오, 사울[10]이여, 길보아에서 네 칼로
죽은 뒤에는 비도 이슬도 느끼지
못했는데[11] 어찌 여기 나타났는가! 42

오, 미친 아라크네[12]여, 너 자신에게
불행이 된 찢긴 작품 위에서 슬프게
벌써 반쯤 거미가 된 네가 보이는구나. 45

오, 르하브암[13]이여, 여기 네 모습은
위협적으로 보이지 않으나 겁에 질려
쫓기지도 않는데 마차를 달리는구나. 48

또한 단단한 바닥은 알크마이온[14]이

10 이스라엘의 왕이었으나 하느님의 버림을 받아 길보아산에서 필리스티아인들의 군대와 싸워 패하자 자살하였다.(「사무엘기 상권」 31장 1절 이하 참조)
11 다윗은 사울의 죽음을 애도하면서 길보아에게 저주한다. 〈길보아의 산들아 너희 위에, 그 비옥한 밭에 이슬도 비도 내리지 마라.〉(「사무엘기 하권」 1장 21절)
12 리디아의 처녀 아라크네는 직물의 수호신 미네르바(그리스 신화의 아테나) 여신과 길쌈 솜씨를 겨루다가 죽어 거미가 되었다.
13 『성경』에 나오는 솔로몬의 아들로 세금을 줄여 달라는 백성의 요구를 거절하였고, 분노한 백성이 부역 감독을 돌로 쳐 죽이자 마차를 타고 예루살렘으로 도망하였다.(「열왕기 상권」 12장 1절 이하 참조)

어떻게 자기 어머니에게 불행의 장신구의
값비싼 대가를 치르게 했는지 보여 주었고,   51

신전 안에서 산헤립[15]에게 자식들이
덤벼드는 모습과, 죽은 그를 그곳에
내버리고 도망가는 모습을 보여 주었고,   54

토미리스[16]가 키로스에게 〈너는 피에
굶주렸으니 내가 피로 채워 주마〉 말하며
했던 잔인한 학살과 파멸을 보여 주었고,   57

홀로페르네스[17]가 죽은 뒤 아시리아
사람들이 패배하여 달아나는 모습과,

---

14 예언자 암피아라오스(「지옥」 20곡 33행 참조)의 아들. 암피아라오스는 테바이 원정에 나가면 죽으리라는 것을 알고 숨어 있었으나, 그의 아내 에리필레가 하르모니아의 목걸이를 선물로 받고 남편을 종용하자 결국 전쟁에 가담하였다가 죽었다. 암피아라오스는 아들들에게 자신의 원수를 갚아 달라고 미리 부탁해 두었고, 이에 알크마이온은 어머니를 죽여 원수를 갚았다.

15 『성경』에 나오는 아시리아의 왕으로 주님을 업신여겼는데, 신전에서 예배를 드리던 중 자신의 두 아들에게 죽임을 당하였다.(「열왕기 하권」 19장 36~37절)

16 기원전 6세기경 스키티아의 여왕으로, 페르시아 왕 키로스가 그녀의 아들을 속여 죽인 데 대해 복수하기 위해 전쟁을 벌였고, 승리한 뒤 키로스의 머리를 사람의 피가 가득한 자루 속에 집어넣었다고 한다.

17 아시리아의 대장군으로 베툴리아를 포위하였는데, 과부 유딧이 적진에 들어가 홀로페르네스을 죽였고, 아시리아 군대는 도망쳤다.(「유딧기」 11장 1절 이하 참조)

죽음을 당한 자의 유해를 보여 주었다. 60

또 폐허와 재가 된 트로이아를 보았는데,
오, 일리온[18]이여, 저기 보이는 그림은
얼마나 낮고 비천한 네 모습을 보여 주는가! 63

어떤 붓과 재주를 가진 명장(名匠)이
가장 섬세한 재능마저 경탄하게 할
그런 형상들과 선들을 그곳에 그렸을까? 66

죽은 자는 죽고 산 자는 산 것 같았으니,
사실을 본 자도 내가 몸을 숙인 채 밟고
지나간 것보다 더 잘 보지는 못했으리라. 69

하와의 자식들이여, 잘난 체하며 얼굴을
쳐들고 가라. 너희들의 사악한 길을
볼 수 있도록 고개를 숙이지 마라! 72

생각에 사로잡힌 내 영혼이 생각했던
것보다 훨씬 많이 우리는 산을 돌았고
태양은 훨씬 많은 길을 나아갔는데, 75

---

18 트로이아의 다른 이름이다.(「지옥」 1곡 73행 참조)

언제나 앞만 바라보며 가던 분이
말하셨다. 「고개를 들어라. 이제 그렇게
생각에 잠겨 가기에는 시간이 없다. 78

저기 우리를 향해 오시려고 준비하는
천사를 보아라. 하루의 일을 마치고
여섯째 시녀가 돌아오는 것[19]을 보아라. 81

얼굴과 몸가짐을 공손히 하여라,
그분이 즐거이 우리를 위로 보내도록.
이날이 다시는 오지 않음을 생각하라.」 84

나는 시간을 허비하지 말라는 경고에
익숙해 있었으므로 그 문제에 대한
그분의 말씀은 모호하지 않았다. 87

하얀 옷을 입은 아름다운 창조물[20]이,
마치 새벽 별이 떨리는 것처럼 보이는
얼굴로 우리를 향하여 다가오더니 90

---

19 여기에서 시녀는 시각을 가리킨다. 해가 뜨고 여섯째 시간이 흘렀으므로 지금은 정오 무렵이다.
20 앞에서 말한 천사이다.

두 팔을 벌리고 날개를 펼치며 말했다.
「이리 오너라. 이 근처에 층계가 있다.
이제는 손쉽게 올라갈 수 있으리라.」 93

이런 초대를 받고 오는 자는 드무니,
오, 위로 날기 위해 태어난 인간들이여,
왜 그렇게 약한 바람에도 떨어지는가? 96

천사는 우리를 암벽이 갈라진 곳으로
인도하여 거기에서 날개로 내 이마를
쳤고 나에게 안전한 길을 약속하였다. 99

잘도 통치되는 도시[21]를 루바콘테[22]
위에서 굽어보는 교회[23]가 자리 잡은
산을 오른쪽으로 올라가는 곳에 102

아주 가파른 오르막을 무너뜨리고,
공문서와 됫박이 확실하던 시절[24]에

---

21 피렌체를 반어적으로 빗대어 말하고 있다.

22 Rubaconte. 피렌체를 가로지르는 아르노강의 다리 이름이다. 13세기 중엽에 세워진 이 다리는 당시 행정관의 이름을 따서 그렇게 불렸으며, 현재의 알레 그라치에Alle Grazie 다리이다.

23 산미니아토 알 몬테San Miniato al Monte 교회이다.

24 당시 피렌체를 떠들썩하게 만들었던 두 가지 사기 사건이 있었는데, 하나는 공문서를 위조한 사건이었고, 다른 하나는 소금을 공급하면서 서로 다

완만한 계단들을 만들었던 것처럼,　　　　　　　　　　　105

여기에서도 다음 둘레[25]에서 내려오는
가파른 절벽이 완만하게 되어 있었지만
여기서는 높은 암벽이 스칠 정도였다.[26]　　　　　　108

우리가 그곳으로 몸을 돌리는 동안
〈마음이 가난한 사람은 행복하다!〉[27]
어떤 말보다 달콤한 노래가 들려왔다.　　　　　　　111

아, 그 입구는 지옥의 입구들과 얼마나
다른지! 저 아래는 무서운 통곡인데,
이곳에서는 노래와 함께 들어가노라.　　　　　　　114

우리는 이미 성스러운 계단들 위로
올라갔는데, 앞의 평지[28]에 있었을
때보다 내가 한결 가벼워진 듯했다.　　　　　　　　117

른 됫박을 사용하여 개인적인 이득을 취했던 사건이었다. 그런 사건들이 일어나기 전에 계단을 만들었다는 뜻이다.

25 연옥의 둘째 둘레.

26 피렌체의 계단들은 비교적 널찍한데 이곳 연옥의 계단은 좁아서 양쪽의 암벽을 스칠 정도이다.

27 원문에는 라틴어 *Beati pauperes spiritu*로 되어 있는데, 「마태오 복음서」 5장 3절의 구절이다. 행복하여라, 〈마음이 가난한 사람들!〉

28 첫째 둘레의 평평한 곳 또는 〈선반〉이다.

제12곡 **133**

나는 물었다. 「스승님, 말해 주십시오,
어떤 무거운 것이 제게서 없어졌기에
걷는 데 피곤함을 느끼지 않습니까?」 120

그분이 대답하셨다. 「아직 네 이마에
약하게 남아 있는 P 자들이, 방금
하나 지워졌듯이 완전히 지워질 때, 123

너의 발들은 좋은 의지에 사로잡혀
피곤함을 느끼지 못할 뿐만 아니라
위로 올라감이 즐거워지게 되리라.」 126

그래서 나는 무엇인가 머리에 이고
가면서 그것을 잊고 있다가 다른
사람의 눈짓에 이상한 생각이 들어, 129

확인하기 위해 손의 도움을 받아
찾아보고 발견함으로써 눈으로는
할 수 없는 일을 하는 사람처럼, 132

오른손의 펼쳐진 손가락들로 열쇠를
가진 천사[29]가 나의 관자놀이 위에

---

29 연옥의 문을 지키는 문지기 천사.(「연옥」9곡 103행 이하 참조)

새겨 주었던 글자 여섯 개를 찾았고,

내 길잡이는 그것을 보고 미소 지으셨다.

제13곡

단테는 질투의 죄인들이 벌받고 있는 둘째 둘레에 이르러, 사랑을 권유하는 목소리들이 바람처럼 귓전을 스쳐 지나가면서 말하는 소리를 듣는다. 질투의 죄인들은 철사로 눈을 꿰맨 채 암벽에 기대어 앉아 있다. 그중에서 단테는 시에나 출신의 여인 사피아와 이야기를 나눈다.

우리는 계단 꼭대기에 이르렀는데,
올라가는 사람의 죄를 씻어 주는
산이 두 번째로 잘려 나간 곳으로 3

선반 하나가 첫째 둘레와 비슷하게
그곳 산 둘레를 에워싸고 있었으며
조금 더 많이 굽어져 있었다.[1] 6

그곳에는 그림이나 새겨진 것이
보이지 않았고,[2] 벼랑이나 평평한 길이
모두 바윗돌처럼 창백한 색깔이었다. 9

시인이 말하셨다. 「여기에서 길을 물으려
사람들을 기다리다가는 혹시 우리의

---

1 위로 올라갈수록 각 둘레의 원은 좁아지기 때문에 더 굽어 있다.
2 첫째 둘레처럼 인물이나 사건 들이 조각되어 있지 않다.

선택이 지체되지 않을까 염려스럽구나.」 12

그러고는 한참 태양을 바라보다가
몸의 오른쪽을 중심으로 하여 왼쪽
편을 움직여 돌리더니³ 말하셨다. 15

「오, 감미로운 빛이여, 너를 의지하여
새로운 길로 접어드니 너는 이 안에서
인도하고 싶은 대로 우리를 인도해 다오. 18

너는 이 세상을 비추고 따뜻하게 해주니
다른 이유로 반대하지 않는다면 너의
빛은 언제나 길잡이가 되어야 하리라.」 21

우리는 의욕에 부풀어 짧은 시간에
이승에서 1마일 정도에 해당하는
거리를 그곳에서 벌써 나아갔는데, 24

문득 눈에 보이지는 않았으나 정령(精靈)들이
정중하게 사랑의 향연에 초대하는
말을 하며⁴ 우리를 향해 날아옴을 느꼈다. 27

---

3 자기 몸의 오른쪽을 중심축으로 하여 왼쪽 몸을 돌렸다는 뜻이다.
4 질투와 반대되는 사랑과 자비를 권유하는 목소리들은 예시적인 일화들

날아가면서 지나간 첫 번째 목소리는
〈포도주가 없구나〉[5] 하고 크게 말했고
다시 반복하면서 우리 뒤로 가버렸다.   30

그 소리가 점점 멀어져 완전히 사라지기
전에 다른 목소리가 〈나는 오레스테스[6]다〉
외치며 지나갔는데, 역시 멈추지 않았다.   33

내가 〈오, 아버지, 이게 무슨 소리입니까?〉
하고 묻는 순간 셋째 목소리가 말했다.
「너희에게 잘못한 사람을 사랑하라.」[7]   36

착한 스승님은 말하셨다. 「이 둘레에서는 질투의
죄를 채찍질하고 있으며, 따라서 채찍의
끈들은 바로 사랑에서 이끌어 낸 것이다.   39

을 간략하게 이야기한다.

5 원문에는 라틴어 *Vinum non habent*로 되어 있다. 예수가 카나의 혼인 잔치에 초대받았는데, 잔치 도중에 포도주가 떨어져 마리아가 〈포도주가 없구나〉 하고 말하자 예수는 물을 포도주로 변하게 하였다.(「요한 복음서」 2장 3절 이하 참조)

6 아가멤논의 아들로 필라데스와 절친한 친구였다. 오레스테스는 필라데스와 함께 아가멤논을 살해한 아이기토스에게 복수하러 갔으나 발각되어 체포되자, 필라데스가 오레스테스 행세를 하며 대신 벌을 받으려 하였다고 한다.

7 〈너희는 원수를 사랑하여라. 그리고 너희를 박해하는 자들을 위하여 기도하여라.〉(「마태오 복음서」 5장 44절)

재갈[8]은 이와 정반대 소리가 될 것이니,
내가 짐작하기로는, 네가 용서의 길에
도달하기 전에 그 소리를 들을 것이다. 42

이제 대기를 가로질러 잘 바라보아라.
우리 앞에 앉아 있는 사람들이 보일 텐데,
각자 암벽을 따라 앉아 있구나.」 45

그래서 나는 눈을 전보다 더욱 크게
뜨고 앞을 바라보았고, 바위와 똑같은
색깔의 옷을 입은 그림자들을 보았다. 48

더 앞으로 가자 외치는 소리가 들렸다.
〈마리아여, 우리를 위해 기도하소서!〉,
〈미카엘이여〉, 〈베드로여〉, 〈모든 성인이여〉. 51

지금 이 땅에 사는 아무리 강한 사람도
그때 내가 보았던 것을 동정하지 않을
사람은 아무도 없을 것이라고 생각한다. 54

---

8 질투의 죄를 짓지 않도록 억제하는 것을 가리킨다. 정령들이 말한 사랑과 자비의 세 가지 일화는 사랑으로 권유하는 〈채찍〉이고, 질투로 인해 벌을 받은 일화들(「연옥」 14곡 130행 이하 참조)은 질투의 죄를 짓지 않도록 억제하는 〈재갈〉이다. 전자는 적극적 교훈이고, 후자는 소극적 교훈에 해당한다.

내가 그들에게 더욱 가까이 이르러
그들의 모습이 나에게 분명해졌을 때
내 눈에서 커다란 고통의 눈물이 흘렀다. 57

그들은 초라한 누더기에 뒤덮인 채
한 사람이 다른 사람의 어깨를
떠받친 채 절벽에 기대어 있었다. 60

마치 먹을 것이 떨어진 눈먼 이들이
필요한 것을 구걸하려고 사면 축일에
몰려들어[9] 서로 머리가 겹치게 숙이고, 63

사람들의 동정심을 불러일으키기 위해
떨려 나오는 목소리뿐만 아니라
모습으로도 애걸하는 것 같았다. 66

또한 눈먼 이들에게 태양이 소용없듯이,
지금 내가 말하는 곳의 영혼들에게도
하늘의 빛은 자신을 베풀지 않았으니, 69

그들 모두의 눈꺼풀이 철사로 뚫려

---

9 교회에서 특별한 사면이 있는 날에는 눈먼 이들이 구걸하러 많이 모여들었다고 한다.

꿰매져 있었고, 잠자코 있지 못하는
야생 매에게 하는 것과 똑같았다.[10]　　　　　　　　72

나를 보지 못하는 사람들을 바라보며
가는 것이 모욕처럼 생각되었기에,
나는 현명한 충고자에게 몸을 돌렸다.　　　　　　　　75

그분은 나의 침묵이 원하는 바를 잘
알았기에 내 질문을 기다리지도 않고
말하셨다. 「말하라, 간단하고 핵심 있게.」　　　　　　　78

베르길리우스는 울타리가 전혀 없어
아래로 떨어질 수도 있는 선반의
가장자리 쪽에서 나에게로 오셨다.　　　　　　　　81

내 다른 한쪽에는 경건한 그림자들이
있었는데, 끔찍하게 꿰매져 있어
뺨을 적시는 눈물을 짜내고 있었다.　　　　　　　　84

나는 그들을 향하여 말을 꺼냈다.
「오, 그대들의 열망이 유일하게 바라는

---

10 사냥에 쓰려고 야생 매를 잡아 길들일 때, 사람을 보면 날뛰기 때문에 눈을 꿰맸다고 한다.

높은 빛을 분명히 보게 될 사람들이여,　　　　　　87

은총이 그대들 양심의 거품들[11]을
하루빨리 걷어 내고 그 위로 맑은
마음[12]의 강물이 흘러내리기를.　　　　　　　　90

그대들 중에 라틴의 영혼이 있는지
말해 주오. 나에게는 기쁘고 소중한 일이며,
내가 알면 아마 그에게도 좋을 것이오.」　　　93

「오, 나의 형제여, 우리 모두가 진정한
한 도시[13]의 시민인데, 이탈리아에서
순례자로 살았던[14] 자를 말하는군요.」　　　96

내가 있던 곳에서 약간 떨어진 곳에서
이런 대답이 들려오는 것 같았기 때문에
나는 들려온 쪽으로 좀 더 다가갔다.　　　　　99

그들 중에 기다리는 표정의 한 그림자를

11　죄의 기억.
12　지성 또는 선에 대한 기억.
13　천국.
14　모든 인간의 진정한 고향은 천국이고, 지상에서의 삶은 천국으로 가기 위한 순례의 삶이라는 관념을 반영한다.

보았는데, 누군가 〈어떻게?〉 묻는다면[15]
눈먼 이처럼 턱을 위로 쳐들었다고 말하리.　　　　　102

나는 말했다. 「오르기 위해 스스로를 억제하는
영혼이여, 그대가 나에게 대답했다면,
이름과 태어난 장소를 나에게 알려 주오.」　　　　　105

영혼이 대답했다. 「나는 시에나 사람[16]이었는데,
그분[17]의 허락을 눈물로 기원하며
여기 이들과 함께 악한 삶을 씻고 있지요.　　　　　108

비록 이름은 사피아라 불렸지만
현명하지 않았고,[18] 나의 행복보다
다른 사람의 불행을 더 즐거워했지요.　　　　　　 111

그대를 속인다고 생각하지 않도록, 내가
말했듯이 얼마나 어리석었는지 들어 보오.
내 나이가 고개를 넘어섰을 무렵에[19]　　　　　　114

15 어떤 표정으로 기다렸느냐고 묻는다면.
16 앞에서 나온 프로벤차노 살바니(「연옥」 11곡 121행 참조)의 아주머니 뻘 되는 사피아Sapia라는 여인이다.
17 하느님.
18 Sapia라는 이름은 〈현명하다〉는 뜻의 *savia*와 비슷하다.
19 인생의 중반을 넘어섰을 무렵이다.

내 고장 사람들은 콜레 근처 들판에서
적들과 맞부딪치게 되었는데,[20] 나는
하느님께서 원하신 대로[21] 빌었지요.   117

그들은 그곳에서 패배하였고 쓰라리게
도망치기 시작했으니, 나는 추격을 보며
무엇과도 비할 수 없는 희열을 느꼈으며,   120

급기야 대담한 얼굴을 쳐들고, 약간 풀린
날씨에 지빠귀[22]가 그랬듯이 하느님께
〈이제 당신이 무섭지 않다〉고 외쳤지요.   123

나는 삶의 막바지에야 하느님과 화해를
원했는데, 만약 피에로 페티나이오[23]가
자비로 나를 불쌍히 여겨 자신의 거룩한   126

---

20 콜레Colle는 피렌체와 시에나 중간의 엘사 계곡에 있는 지명으로, 1269년 6월 이곳에서 피렌체 궬피파와 시에나 기벨리니파 사이에 전투가 벌어져 시에나가 패배하였고 지도자 프로벤차노 살바니는 죽음을 당하였다.

21 결과적으로 그랬듯이 시에나가 패배하도록.

22 이 새는 추위를 무척 싫어한다고 한다. 속담처럼 전해 오는 이야기에 의하면, 날씨가 약간 풀리자 지빠귀는 이제 겨울이 끝났다고 생각하여 〈하느님, 나는 네가 무섭지 않다〉고 외쳤는데, 겨울이 끝나지 않은 것을 알고 후회하였다고 한다.

23 Piero Pettinaio. 시에나의 빗 장사로 페티나이오라는 별명으로 불렸으며, 나중에 프란치스코 수도회에 들어가 1289년에 사망하였다.

기도에서 나를 기억해 주지 않았더라면,
참회를 통하여 갚아야 할 나의 빚을
아직 조금도 줄이지 못했을 것입니다.[24]   129

그런데 그대는 누구이기에 우리의 상황을
물으며 가고, 내가 믿기로는 눈도 풀려
있고[25] 숨도 쉬면서 말을 하는가요?」   132

나는 말했다.「내 눈도 이곳에서 빼앗기겠지만
잠시뿐일 것이니, 질투에 사로잡혀
저지른 죄가 그리 많지 않기 때문이오.   135

그보다 내 영혼은 이 아래 고통에 대한
두려움에 더욱 많이 사로잡혀 있으니,
그곳의 부담이 벌써 나를 짓누릅니다.」[26]   138

그녀가 말했다.「아래로 돌아가리라 믿는다면,
누가 그대를 이곳 우리에게로 인도했소?」
나는 말했다.「말없이 나와 함께 있는 저분이오.   141

24 페티나이오의 기도가 없었다면, 아직도 연옥의 문밖에 있을 것이라는 뜻이다.
25 꿰매져 있지 않고.
26 단테는 자신이 질투의 죄보다 교만의 죄를 더 많이 지었다고 생각한다.

나는 아직 살아 있으니, 선택된 영혼이여,
죽게 될 내 다리를 저 세상에서 어디로
옮겨 주기를 원한다면[27] 부탁하십시오.」   144

그녀가 말했다. 「오, 이런 말은 처음 듣는군요.
하느님께서 그대를 사랑하는 커다란
표시이니 그대의 기도로 나를 도와주오.   147

그대가 바라는 것[28]의 이름으로 부탁하니,
혹시 토스카나 땅을 다시 밟게 되거든
나의 친척들에게 내 이름을 되살려 주오.   150

탈라모네[29]에 희망을 걸고 있는 허황한
사람들 사이에서 그들을 볼 것인데, 바로
디아나[30]를 찾는 것보다 더 희망을 잃고,   153

더욱이 책임자들[31]을 잃을 사람들이오.」

27 산 자들의 세상에서 내가 당신의 친지들을 찾아가 보는 것을 원한다면.
28 천국에서 축복받는 것.
29 Talamone. 토스카나 해안의 작은 항구로 시에나 사람들(〈허황한 사람들〉)은 이곳을 거점 항구로 만들려고 구입하였으나 효과가 없었다.
30 시에나의 지하에 흐르고 있다고 믿었던 강이다. 물이 부족한 시에나에서는 이 강을 찾으려고 노력하였으나 허사였다.
31 원문에는 *ammiragli*, 즉 〈해군 장수들〉로 되어 있는데, 탈라모네 항구의 공사 책임자들을 가리키는 것으로 짐작되나 분명하지는 않다. 당시의 항구

제14곡

둘째 둘레의 또 다른 질투의 죄인들 중에서 귀도와 리니에르가 단테에게 말을 건다. 귀도는 단테가 아르노강 가에서 왔다는 말을 듣고, 그 주변 사람들의 타락을 한탄하고 이어 로마냐 지방의 타락에 대해서도 한탄한다. 두 영혼을 떠나자 질투로 벌받은 사례들을 이야기하는 목소리가 들려온다.

「죽음이 날아다니게 만들기도 전에[1]
우리 산을 돌아다니고, 또 원하는 대로
눈을 떴다가 감는 저 사람은 누구인가?」 3

「누군지 모르겠지만 혼자가 아닌 것 같아.
네가 가까이 있으니 한번 물어보아라.
그가 대답하도록 정중하게 맞이하라.」 6

그렇게 그곳 오른쪽에서 두 영혼[2]이
서로 기댄 채 나에 대해 이야기하더니
나에게 말하려고 얼굴을 위로 쳐들고 9

공사에서 많은 사람들이 말라리아로 목숨을 잃었다.
 1 죽음이 영혼을 육체의 짐에서 벗어나게 하기도 전에.
 2 한 사람은 라벤나의 귀족으로 기벨리니파에 속했던 귀도 델 두카Guido del Duca이고(79~81행 참조), 다른 한 사람은 포를리의 귀족으로 궬피파에 속했던 리니에리 다 칼볼리Rinier da Calboli(1296년 사망)이다(88~90행 참조).

제14곡 **147**

한 영혼[3]이 말했다. 「오, 아직 육체
안에 있으면서 하늘로 가는 영혼이여,
자비로써 우리를 위로하고 말해 주오, 12

그대는 누구이고 어디서 오는지.
전에는 그런 일이 전혀 없었기에
그대의 은총은 정말 놀랍군요.」 15

나는 말했다. 「팔테로나[4]에서 나오는
시냇물은 토스카나 절반을 가로질러
백 마일을 흘러도 충분하지 않은데, 18

그 주위[5]에서 이 몸을 가져오지만,
내 이름은 아직 많이 알려지지 않아
내가 누군지 말해도 소용없을 것이오.」 21

그러자 먼저 말했던 영혼이 대답했다.
「내 지성으로 그대의 의도를 파악한다면,
그대는 아르노강에 대해 말하는군요.」 24

---

3 귀도 델 두카.
4 Falterona. 피렌체 동쪽 아펜니노산맥의 산 이름으로 이곳에서 아르노강이 발원한다.
5 피렌체.

그러자 다른 영혼[6]이 그에게 「왜
저 사람은 마치 무서운 것들에 대해
그러하듯이 그 강의 이름을 감추었을까?」   27

그러자 그러한 질문을 받은 그림자는
이렇게 대꾸했다. 「모르겠어. 하지만
그 계곡의 이름은 없어져야 마땅하지.   30

왜냐하면 그 발원지, 즉 펠로로[7]가
끊어진 높은 산들[8]에서 그보다 높은
곳이 거의 없는[9] 그곳에서 넘쳐흘러,   33

하늘이 바닷물에서 빨아들여[10] 강들이
함께 지니고 가는 것[11]을 복원하도록
자신을 되돌려 주는 곳[12]에 이르기까지,   36

6 리니에리 다 칼볼리.
7 Peloro. 시칠리아 동북쪽 끝부분인 파로곶을 가리킨다. 고대인들은 이 탈리아반도와 시칠리아섬이 원래 붙어 있었으나 지각 변동으로 분리되었다고 생각하였다. 그것은 현대 과학자들에 의해 사실로 확인된 바이기도 하다.
8 아펜니노산맥을 가리킨다.
9 아펜니노산맥에서 팔테로나산보다 높은 봉우리는 별로 없다는 뜻인데, 실제로 그보다 더 높은 산들은 15개 정도나 된다.
10 원문에는 *asciuga*(〈건조시켜〉)로 되어 있다.
11 그러니까 물을 가리킨다. 태양에 의해 바닷물에서 증발된 수증기가 하늘로 올라가고, 비가 되어 지상에 떨어짐으로써 강물을 이루고, 이것이 다시 바다로 흘러 들어간다.

장소가 나쁜 탓인지, 아니면 그들을
부추기는 나쁜 습관 때문인지, 모든
사람에게서 덕성이 뱀처럼 달아나고, 39

그 불쌍한 계곡의 주민들은 자신들의
천성을 완전히 바꾸어 마치 키르케가
기르는 짐승[13]으로 바뀐 것 같으니까. 42

사람이 먹도록 만든 음식보다 도토리가
더 어울리는 더러운 돼지들[14] 사이에서
먼저 그 초라한[15] 흐름은 흘러가고, 45

그런 다음 아래로 흐르다가 제 힘보다
더 짖어 대는 땅개들[16]을 만나는데,
그들을 경멸하듯 주둥이를 돌리지.[17] 48

12 강이 바다와 만나는 어귀.
13 돼지. 키르케(「지옥」 26곡 93행 참조)는 자신의 섬에 표류해 온 울릭세스의 부하들을 돼지로 만들었다.
14 아르노강의 상류에 해당하는 카센티노(「지옥」 30곡 64행 참조) 계곡 주변의 주민들을 가리킨다.
15 발원지에 가까운 곳에서는 아직 수량이 적기 때문이다.
16 아레초 사람들을 경멸하여 그렇게 부른다. 아레초 사람들은 힘에 부치면서도 집요하게 피렌체 사람들과 싸웠다.
17 카센티노 계곡에서는 북쪽에서 남쪽으로 흐르다가, 아레초 바로 북쪽에서 방향을 틀어 서쪽으로 흐르기 시작한다.

그리고 계속 흘러내려 점점 커지면서
그 저주받고 불행스러운 강물은 점차
개에서 늑대로 바뀐 사람들[18]을 만나고, 51

움푹 파인 연못들을 거쳐 내려가면서
자신들을 잡으려는 함정도 두려워 않는,
속임수 가득한 여우들[19]을 만나게 되지. 54

다른 사람이 들어도 말을 멈추지 않겠어.
진실의 성령이 나에게 드러내는 것을
마음에 새긴다면 그[20]에게도 좋을 거야. 57

내 눈에는 지금 네 손자[21]가 보이는데,
그는 잔혹한 강가에서 그 늑대들의
사냥꾼이 되어 공포에 떨게 하는구나. 60

살아 있는 그들의 고기를 팔고, 늙은
짐승처럼 죽이기도 하니, 많은 사람이

18 피렌체 사람들.
19 피사 사람들.
20 단테를 가리킨다.
21 리니에리의 손자인 풀체리 다 칼볼리Fulcieri da Calboli. 그는 1303년 피렌체의 포데스타가 되었는데, 뇌물을 받고 궬피 백당 사람들을 처형하거나 몰아내고 흑당이 권력을 잡도록 하였다. 단테가 망명의 길을 떠나게 된 것도 이와 직접적으로 관련된다.

제14곡 **151**

목숨을 잃고 자신은 명예를 잃는구나. 63

그는 사악한 숲에서 피에 젖어 나오고,
그렇게 버려진 숲은 앞으로 천 년 동안
원래의 상태로 다시 우거지지 못하리.」 66

고통스러운 재난을 예고하는 말에,
그 위험이 어느 쪽에서 닥쳐오든
듣는 사람의 얼굴이 당황하듯이, 69

귀를 기울여 듣고 있던 다른 영혼은
그런 말을 듣고 나더니 당황하고
슬픈 표정이 되는 것을 나는 보았다. 72

한 영혼의 말과 다른 영혼의 표정에,
나는 그들의 이름을 알고 싶어서
부탁과 함께 이름을 물었다. 75

그러자 나에게 먼저 말했던 영혼이
다시 말했다. 「그대가 하고 싶지 않은
것을 나에게 시키고 싶은 모양이군요.[22] 78

---

22 앞에서 단테가 이름을 밝히지 않으려고 한 것을 빗대어 하는 말이다.

하지만 하느님께서 그대에게 그토록 큰
은혜를 주시니 나도 인색하지 않으리다.
나는 귀도 델 두카였음을 아십시오.   81

나의 피는 질투로 불타올라 누군가
즐거워하는 것을 보면, 내 얼굴은
증오로 물드는 것을 보았을 것이오.   84

그 씨앗에서 이런 짚을 수확하니,[23]
오, 사람들이여, 왜 다른 사람과 함께
공유할 수 없는 것[24]에 마음을 두는가?   87

이 사람은 리니에리, 칼볼리 가문의
명예이자 영광이었는데, 그 뒤에는
아무도 그의 가치를 이어받지 못했소.   90

포강과 산, 바다, 레노강 사이[25]에서
삶의 기쁨과 진실에 필요한 선을 잃은
것은 단지 그의 혈족만이 아니랍니다.   93

---

23 이렇게 눈이 꿰매지는 형벌을 받고 있으니.
24 지상의 재화. 누군가 그것을 소유하면 다른 사람이 소유할 수 없다.
25 로마냐 지방을 가리킨다. 그곳은 포강과 아펜니노산맥, 동쪽의 아드리아해, 그리고 볼로냐를 거쳐 아드리아해로 흘러드는 레노강 사이에 자리 잡고 있다.

왜냐하면 그 고장 안에는 독 있는
잡초들이 가득하여 이제는 새롭게
경작하는 것이 너무 늦었을 테니까요. 96

착한 리치오,[26] 아리고 마이나르디[27]는 어디 있나?
피에르 트라베르사로,[28] 귀도 디 카르피냐[29]는?
오, 잡종이 되어 버린 로마냐 사람들이여! 99

언제 볼로냐에 파브로[30]가 되돌아오고,
언제 파엔차에 베르나르딘 디 포스코[31]가
작은 잡풀의 고결한 줄기로 태어날까? 102

토스카나 사람이여,[32] 내가 슬퍼한다고
놀라지 마오. 기억하자면, 우리와 함께
살았던 우골린 다초,[33] 귀도 다 프라타,[34] 105

---

26 리치오 디 발보나Lizio di Balbona. 앞에 나온 리니에리를 도와 포를리의 기벨리니파와 싸우기도 했다.

27 Arrigo Mainardi 또는 마나르디Manardi. 베르티노로 사람으로 귀도 델 두카의 절친한 친구였다고 한다.

28 Pier Traversaro. 1218년에서 1225년까지 라벤나의 영주였다.

29 Guido di Carpigna. 몬테펠트로의 귀족이다.

30 파브로 데이 람베르타치Fabbro dei Lambertazzi(1259년 사망). 볼로냐의 초라한 가문에서 태어났으나 기벨리니파의 뛰어난 인물 중의 하나였다.

31 Bernadin di Fosco. 그는 1240년 황제 페데리코 2세에 대항하여 파엔차를 지켰다.

32 단테에게 하는 말이다.

페데리고 티뇨소[35]와 그의 무리,
이 집이나 저 집 모두 후손이 끊어진
트라베르사리 가문과 아나스타지 가문,[36]   108

지금은 마음들이 그렇게 사악해진 곳에
예전에는 사랑과 예절을 고취시켰던
귀부인과 기사 들, 그 노고와 편안함이여.   111

오, 베르티노로[37]여, 너의 가족[38]과 많은
사람이 사악하지 않으려고 이미 떠났는데,
무엇 때문에 너는 사라지지 않는 것이냐?   114

잘했구나, 바냐카발로[39]여, 후손이 없다니.
안됐다, 카스트로카로, 더 안됐다, 코니오,[40]

---

33 Ugolin d'Azzo(1293년 사망). 토스카나의 우발디니 가문 출신이다.

34 Guido da Prata. 라벤나의 귀족이다.

35 Federigo Tignoso. 리미니의 귀족이다.

36 트라베르사리Traversari와 아나스타지Anastagi는 둘 다 라벤나의 명문 가문이다.

37 Bertinoro. 포를리와 체세나 사이의 소읍이다.

38 베르티노로를 다스리던 마나르디Manardi 가문을 지칭하는 것으로 여겨진다.

39 Bagnacavallo. 이몰라와 라벤나 사이의 소읍이다. 당시 그곳의 영주는 말비치니Malvicini 가문이었는데 아들이 없었다고 한다.

40 카스트로카로Castrocaro와 코니오Conio도 로마냐 지방의 소읍들이다.

그런 백작들⁴¹을 낳아 곤경에 빠지다니.   117

파가니⁴²는 잘되겠구나, 이제 곧
마귀가 떠날 테니까. 하지만 그들의
좋은 명성은 더 이상 남지 않겠구나.   120

오, 우골린 데 판톨린⁴³이여, 그대
이름은 확실하구나, 이름을 흐리게 할 자를
더 이상 기대할 수 없을 테니까.   123

하지만 떠나시오, 토스카나 사람이여,
나는 이제 말하는 것보다 울고 싶소.
우리의 말에 내 가슴이 아팠으니까.」   126

그 고귀한 영혼들은 우리가 떠나는
소리를 들었을 것이지만, 침묵으로
우리의 길을 신뢰하게 만들어 주었다.   129

---

41 선대보다 못하고 무능한 후손들.
42 Pagani. 파엔차의 귀족 가문으로 영주 마기나르도(「지옥」 27곡 49~51행 참조)는 자주 당파를 바꾸어 〈마귀〉라는 별명이 붙었다고 한다. 그는 1302년에 사망했다.
43 Ugolin de' Fantolin. 파엔차의 영주로 덕망과 신중함으로 명예로운 삶을 살았고 1278년 사망하였는데, 그의 두 아들도 후사 없이 1300년 이전에 모두 사망하였다.

이제 우리 둘만 나아가고 있을 때
마치 번개가 대기를 찢는 것처럼
우리에게 마주쳐 온 목소리가 말했다. 132

「만나는 사람마다 나를 죽일 것이다.」[44]
그러고는 구름이 찢어지자 곧바로
흩어지는 천둥처럼 달아나 버렸다. 135

우리가 그 소리를 다 듣고 나자마자
금세 뒤따르는 천둥소리와 비슷하게
크게 울리는 다른 목소리가 말했다. 138

「나는 돌이 된 아글라우로스[45]이다.」
그래서 나는 시인에게 다가가기 위해
걸음을 앞이 아니라 오른쪽으로 옮겼다. 141

이제 사방의 대기가 잠잠해졌고 그분은
나에게 말하셨다. 「저것[46]은 강한 재갈이니,

---

44 질투로 아벨을 죽인 카인은 하느님께 말한다. 〈만나는 자마다 저를 죽이려 할 것입니다.〉(「창세기」 4장 13절)
45 아테나이의 전설적인 초대 왕 케크롭스의 딸로 언니가 메르쿠리우스(그리스 신화에서는 헤르메스)의 사랑을 받는 것을 질투하다가 벌을 받아 돌로 변했다.(『변신 이야기』 2권 557~832행 참조)
46 방금 들려온 벌받은 질투의 일화들.

제14곡 157

인간은 그 테두리 안에 머물러야 한다.   144

그런데 너희들은 미끼를 물고, 옛날
원수의 낚시가 너희를 자기 쪽으로
끌어당기니, 재갈도 권유⁴⁷도 소용없구나.   147

하늘은 너희를 부르고 너희 주변을 돌며
영원한 아름다움을 너희에게 보여 주는데
너희들의 눈은 땅만 바라보고 있으니, 모든   150

것을 분별하시는 분이 너희를 벌하노라.」

---

47 〈재갈〉은 벌받은 죄의 일화들을 가리키고, 〈권유〉는 보상받은 덕성의 일화들을 가리킨다.(「연옥」 13곡 37~42행 참조)

제15곡

오후 3시경 석양 햇살을 마주 보며 걸어가던 두 시인은 천사를 만나고, 셋째 둘레로 올라간다. 위로 올라가면서 단테의 질문에 베르길리우스는 지상의 재화와 천상적 사랑 사이의 차이에 대해 설명한다. 셋째 둘레에 올라선 단테는 환상을 보는데, 분노와 반대되는 온화함의 일화들을 보여 준다.

언제나 아이처럼 장난하는 하늘에서
하루의 시작에서 세 번째 시각이
끝나 갈 무렵까지만큼의 거리가,   3

태양이 저녁을 향해 가야 할 길로
남아 있는 것 같았으니, 그곳은
저녁이고 이곳은 한밤중이었다.[1]   6

햇살은 정면으로 이마에 부딪쳤으니
우리는 이미 산을 돌았고 똑바로
서쪽을 향해 가고 있었기 때문이다.[2]   9

---

1 일출(〈하루의 시작〉)부터 세 시간이 지난 만큼 해 질 때까지 시간이 남아 있으므로 대략 오후 3시 무렵(〈저녁〉이 시작될 무렵)이다. 〈그곳〉, 즉 연옥에서 오후 3시이므로, 대척 지점인 예루살렘에서는 새벽 3시 무렵이고, 예루살렘에서 서쪽으로 경도 45도가량 떨어진 이탈리아(단테가 『신곡』을 쓰고 있는 〈이곳〉)에서는 자정 무렵이다.
2 두 시인은 동쪽에서 출발하여(「연옥」 1곡 107~108행 참조) 연옥의 산을 오른쪽, 그러니까 북쪽으로 돌아 지금은 서쪽을 보며 가고 있다.

나는 전보다 훨씬 더 눈부신 빛이
내 이마를 짓누르는 것을 느꼈는데
그 이유를 몰라 깜짝 놀랐으며,   12

그래서 손을 눈썹 위로 들어 올려
차양(遮陽)을 만들었고 지나칠 정도로
눈부신 것을 막아 보려고 하였다.   15

마치 수면이나 또는 거울로부터
빛이 맞은편 쪽으로 반사될 때,
빛이 내려오는 것과 아주 비슷하게   18

위로 올라가면서, 중심선[3]에서 서로
똑같은 거리만큼 벌어지는 것[4]은
경험이나 기술이 증명하고 있는데,   21

그와 비슷하게 나는 내 앞에서
반사되는 빛과 마주치는 것 같았고
그래서 나의 시선은 거기에서 피했다.   24

---

3 원문에는 *cader de la pietra*, 즉 〈돌멩이가 떨어지는 선〉으로 되어 있는데, 바로 반사면에 수직이 되는 선이다.
4 그러니까 빛의 반사 법칙에서 입사각과 반사각이 동일하므로, 들어가는 빛과 반사되는 빛은 중심선에서 똑같은 거리만큼 벌어져 있다.

나는 말했다. 「친절하신 아버지, 저건 무엇입니까?
저것이 우리 쪽으로 오는 것 같은데,
아무리 해도 얼굴을 가릴 수 없습니다.」 27

그분이 대답하셨다. 「하늘의 가족이
잠시 눈부시게 한다고 놀라지 마라.
위로 올려 보내려고 오는 사자이시다. 30

이제 곧 저런 것을 보는 게 너에게는
부담이 아니라, 자연이 너에게 느끼게
하는 만큼 깊은 즐거움이 될 것이다.」 33

우리가 축복받은 천사에게 이르자,
그는 부드러운 목소리로 말했다. 「이리 들어가라,
다른 곳[5]보다 덜 가파른 계단으로.」 36

우리는 벌써 그곳을 떠나 올라갔는데,
⟨자비로운 자는 행복하다⟩,[6] ⟨이기는
너는 기뻐하라⟩[7] 뒤에서 노래했다. 39

5 앞의 첫째와 둘째 둘레 사이의 계단.
6 원문에는 라틴어 *Beati misericordes*로 되어 있다. ⟨행복하여라, 자비로운 사람들! 그들은 자비를 입을 것이다.⟩(「마태오 복음서」 5장 7절)
7 질투심을 극복하고 이기는 것을 의미한다. 이 표현은 단테가 창안해 낸 것인지, 아니면 다른 어느 곳에서 인용한 것인지 분명하지 않다. 일반적으로

제15곡 161

스승님과 나 단둘이 위로 올라갔는데,
올라가면서 나는 그[8]의 말에서
유익한 것을 얻으려고 생각하며,　　　　　　　　　　　42

그분을 향해 질문했다.「그 로마냐
영혼은 〈함께〉와 〈공유할 수 없다〉를
말하면서[9] 무엇을 말하려 했습니까?」　　　　　　　45

그분은 말하셨다.「그는 자기의 가장 큰
잘못[10]의 폐해를 알고 있으니, 덜
후회하도록 비난해도 놀랄 것 없다.　　　　　　　　48

함께 공유하면 몫이 줄어드는 것[11]에
너희들의 욕망은 집중되기 때문에
질투는 가슴을 한숨짓게 만든단다.　　　　　　　　51

하지만 만약 너희들의 욕망이 위로
최고 하늘의 사랑을 향하게 한다면

「마태오 복음서」 5장 12절(〈기뻐하고 즐거워하여라. 너희가 하늘에서 받을 상이 크다〉)을 풀어 쓴 것으로 간주된다.
8　앞의 14곡에서 단테에게 이야기한 귀도 델 두카.
9　앞의 14곡 87행 참조.
10　질투.
11　지상의 재화들.

가슴에 그런 두려움은 없을 것이다. 54

〈우리 것〉이라 말하는 사람이 많을수록
그 수도원[12]에서는 더욱 자비로 불타고
각자 더 많은 선을 소유하기 때문이다.」 57

나는 말했다.「차라리 제가 침묵했을 때보다
저는 더 많이 배고픔을 느끼니,[13]
마음속에 더 많은 의혹이 쌓입니다. 60

어떻게 적은 사람이 소유하는 것보다,
더 많은 소유자에게 나뉘는 선이
각자에게 더욱 풍부해질 수 있습니까?」 63

그러자 그분은 말하셨다.「너는 네 마음을
오직 지상의 것들에만 고정하기 때문에
진리의 빛에서 어둠만 거둬들이는구나. 66

저 위에 있는 무한하고 표현할 수 없는
선은 햇빛이 눈부신 물체를 향하여

---

12 최고의 하늘인 엠피레오(「천국」1곡 참조)에 있는 축복받은 영혼들의 공동체를 이렇게 지칭한다.(「연옥」26곡 128~129행, 「천국」25곡 127행 참조)
13 아예 질문을 하지 않았을 때보다 더 많은 궁금증이 생긴다는 뜻이다.

가는 것처럼 사랑을 향해 달려간단다. 69

그래서 열정과 만날수록 더 많아지고
사랑이 더욱 무한하게 펼쳐질수록
그 위에서 영원한 선이 커지게 된다. 72

또 더 많은 사람이 저 위를 사랑할수록
사랑할 선은 더욱 많고, 더 사랑할수록
거울처럼 서로가 서로에게 되돌려 준다. 75

내 말이 네 배고픔을 덜어 주지 못해도
베아트리체를 만나면, 그녀가 이것과
다른 궁금증을 충분히 풀어 줄 것이다. 78

그러니 우선 고통[14]을 통하여 아무는
다섯 상처[15]가, 벌써 사라진 두 개처럼
가능한 한 빨리 사라지도록 하여라.」 81

내가 〈당신은 저를 채워 주십니다〉 말한
순간 우리는 셋째 둘레 위에 도달했고,
주위를 둘러보느라 나는 입을 다물었다. 84

14 속죄의 형벌로 인한 고통.
15 단테의 이마에 새겨진 P 자.

거기에서 곧바로 나는 황홀한 환상[16]에
사로잡힌 듯하였고, 어느 성전에서
많은 사람들을 보는 것 같았다.　　　　　　　　　　87

성전 입구에서 한 여인이 어머니처럼
부드럽게 말하는 것 같았다. 「나의
아들아, 왜 이렇게 우리에게 했느냐?　　　　　　　90

네 아버지와 내가 이렇듯 애태우며
너를 찾았단다.」[17] 그리고 여기에서
침묵하자 앞에 보이던 것이 사라졌다.　　　　　　93

뒤이어 다른 여인이 나타났는데,
다른 사람에게 크게 화났을 때
고통이 뺨에 짜내는 눈물을 흘리며　　　　　　　　96

말했다. 「당신[18]이, 그 이름을 두고
신들이 많이 싸웠고, 그래서 온갖

16　셋째 둘레에서는 꿈꾸듯이 신비로운 영상이 분노와 온화함의 일화들을 보여 준다.

17　예수가 열두 살 때 성모 마리아와 요셉은 예루살렘에서 그를 잃고 사흘 동안 찾다가 성전에서 학자들과 이야기하는 예수를 찾아냈다. 그때 마리아는 말했다. 〈애야, 우리에게 왜 이렇게 하였느냐? 네 아버지와 내가 너를 애타게 찾았단다.〉(「루카 복음서」 2장 48절)

18　아테나이의 참주 페이시스트라토스. 어느 날 사람이 많은 곳에서 그의

학문이 찬란한 도시[19]의 주인이라면,　　　　　　　　99

오, 페이시스트라토스여, 우리 딸을
껴안은 저 대담한 팔을 처벌하시오.」
그러자 왕은 너그럽고도 온화하게　　　　　　　　102

평온한 얼굴로 대답하는 듯하였다.
「우리를 사랑하는 사람을 처벌한다면,
우리를 싫어하는 사람은 어떻게 할까?」　　　　　105

그리고 나는 분노에 불붙은 사람들을
보았는데, 어느 젊은이를 돌멩이로
쳐 죽이며 〈죽여라, 죽여라!〉 외쳤다.[20]　　　　108

그런데도 젊은이는 이미 짓누르는
죽음 때문에 땅바닥에 쓰러지면서도
여전히 눈길을 하늘로 향하였고,　　　　　　　　111

딸을 사모하는 청년이 딸에게 입을 맞추었고, 화가 난 그의 아내는 청년을 처벌하라고 말했는데, 그는 우리를 사랑하는 사람을 벌한다면 우리를 증오하는 사람은 어떻게 할 것이냐고 반박하며 용서했다고 한다.

19 아테나이. 처음 도시의 이름을 정할 때 아테나(로마 신화의 미네르바)와 포세이돈이 다투었고 아테나가 승리하여 아테나이로 일컬어졌다고 한다.

20 최초의 순교자 성 스테파누스의 일화이다. 그는 자신을 돌멩이로 쳐 죽이는 무리들을 용서해 달라고 기도하였다.(「사도행전」 7장 54절 이하 참조)

수많은 고통 속에서도 높은 주님께
연민을 불러일으키는 그런 표정으로
박해자들을 용서해 달라고 기도하였다.   114

나는 내 영혼이 자신의 바깥에 있는
외부의 현실적인 것들로 돌아왔을 때[21]
나의 환상이 거짓이 아님을 깨달았다.   117

마치 잠에서 깨어나는 사람과 같은
내 모습을 바라본 스승님이 말했다.
「몸을 가누지 못하니 무슨 일이냐?   120

너는 포도주나 잠에 취한 것처럼
눈을 감고 다리를 비틀거리면서
벌써 반 마일 이상이나 걸어왔다.」   123

나는 말했다. 「오, 자애로운 아버지,
제 말을 들어 주신다면, 저의 다리가
비틀렸을 때 나타난 것을 말하지요.」   126

그분은 말하셨다. 「네가 얼굴 위에 백 개의
탈을 쓰고 있더라도, 너의 아무리 사소한

---

21 환상에서 깨어났을 때.

생각도 나에게 감추지 못할 것이다. 129

네가 본 것은, 영원한 샘에서 퍼지는
평화의 물을 향해 마음을 여는 것을
거부하지 못하도록 하기 위함이다. 132

내가 〈무슨 일이냐〉고 물은 것은,
육신이 영혼 없이 누워 못 보는
눈으로 보는 것 때문이 아니라, 135

네 다리에 힘을 주기 위해 물었다.
제정신이 돌아와도 느리게 움직이는
게으름뱅이는 그렇게 재촉해야 하니까.」 138

저녁 무렵에 우리는 눈부신 석양의
햇살을 마주 보고 눈길이 닿는 곳
너머까지 주의 깊게 보면서 걸었다. 141

그런데 마치 밤처럼 검은 연기가
차츰차츰 우리를 향하여 다가왔고,
그 연기를 피할 장소도 없었으니 144

우리의 눈과 맑은 대기를 앗아 갔다.

제16곡

두 시인은 셋째 둘레에서 분노의 죄인들이 벌받고 있는 짙은 연기 속을 뚫고 나아간다. 그 영혼들 중에서 롬바르디아 사람 마르코가 단테에게 말한다. 그는 단테의 부탁을 받고 이 세상이 도덕적으로나 정치적으로 타락한 이유에 대해 설명한다. 그리고 롬바르디아 지방의 도덕적 타락을 한탄한다.

지옥의 어두움도, 더할 나위 없이
짙은 구름에 어두워진 하늘 아래
온갖 별빛마저 없는 밤의 어둠도　　　　　　　　　　　3

거기서 우리를 뒤덮은 연기처럼 두꺼운
휘장을 내 눈에 치지 못했고, 그렇게
거친 털 같은 느낌을 주지 못했으며,　　　　　　　　　6

눈을 뜨고 있는 것이 힘들었기에
믿음직하고 현명한 안내자는 나에게
다가와서 어깨를 기대도록 해주었다.　　　　　　　　9

눈먼 이이 길을 잃지 않고, 또 부딪쳐서
다치거나 혹시 죽을 수도 있는 것을
피하려고 안내자의 뒤를 따라가듯이,　　　　　　　　12

나는 그 쓰라리고 강렬한 대기 속에서
〈나에게서 떨어지지 않게 조심하라〉는
스승님의 말을 들으면서 나아갔다.   15

나는 목소리들을 들었는데, 각자가
죄를 씻는 하느님의 어린양처럼
평화와 자비를 기도하는 것 같았다.   18

〈하느님의 어린양〉[1] 하고 시작했는데,
모든 목소리가 한결같이 한 소리가 되어
마치 완벽한 조화를 이루는 듯하였다.   21

「스승님, 제가 듣는 것은 영혼들입니까?」
내가 말하자 그분은 말하셨다. 「정확히 맞혔다.
저들은 분노의 죄를 씻으며 가고 있다.」   24

「그대는 누구이기에 우리의 연기를 가르고,
마치 아직도 달력으로 시간을 나누듯이[2]
우리에 대하여 말하고 있습니까?」   27

---

1 원문에는 라틴어 *Agnus Dei*로 되어 있는데, 그리스도를 일컫는 표현이다. 〈보라, 세상의 죄를 없애시는 하느님의 어린양이시다.〉(「요한 복음서」 1장 29절)
2 마치 아직도 살아 있는 사람처럼.

목소리 하나에서 그런 말이 들려왔고,
나의 스승님이 말하셨다. 「대답하라.
그리고 여기서 올라가는지 물어보아라.」 30

그래서 나는 말했다. 「오, 그대를 만드신 분께
아름답게 돌아가려고 죄를 씻는 이여,
나와 함께 가면 놀라운 말³을 들으리다.」 33

그가 대답했다. 「허용되는 대로 따라가겠소.
연기가 보는 것을 허용하지 않더라도
그 대신 듣는 것은 함께할 수 있으리다.」 36

나는 말했다. 「나는 죽음이 흩어 버리는
육체의 짐을 지고 위로 가는 중이며,
지옥의 고통을 거쳐 여기에 왔답니다. 39

하느님께서 은총으로 나를 감싸 주시어
근래의 관례와는 전혀 다른 방법으로⁴
나에게 당신의 궁전을 보여 주려 하시니, 42

---

3 아직 살아 있는 몸으로 저승 여행을 하고 있다는 사실을 가리킨다.
4 아이네아스와 사도 바오로(「지옥」 2곡 13행 이하 참조) 이후에는 살아 있는 몸으로 저승을 여행하는 특권이 누구에게도 주어지지 않았다는 것을 암시한다.

제16곡 **171**

그대는 죽기 전에 누구였는지 숨김없이
말하고, 내가 제대로 가는지 말해 주오.
당신의 말은 우리의 안내가 되리다.」 45

「나는 롬바르디아 사람이었고 마르코라
불렸으며, 세상일을 알고 지금은 누구도
지향하지 않는[5] 덕성을 사랑했지요. 48

위로 올라가기 위해서는 똑바로 가시오.」
그렇게 대답하고 덧붙였다. 「부탁하건대,
위에 올라가면 나를 위해 기도해 주시오.」 51

나는 말했다. 「부탁하는 것을 해주겠다고
맹세하오. 하지만 내 마음속의 의혹[6]
하나를 풀지 못한다면 터질 것 같소. 54

처음에는[7] 단순했지만 이제 그대의 말로
두 배가 됐으니, 이곳과 다른 곳[8]에서

---

5 원문에는 *disteso l'arco*, 즉 〈활을 겨누지 않는〉으로 되어 있다.
6 왜 지금 세상에는 덕성도 없이 타락하고 부패하였는지 그 이유를 알고 싶은 생각이다.
7 앞에서 귀도 델 두카의 말을 들었을 때이다.(「연옥」 14곡 37행 이하 참조)
8 귀도 델 두카를 만났던 곳.

내가 궁금해하는 것이 분명해졌습니다. 57

그대가 말하듯이 이 세상은 분명히
그렇게 온갖 덕성이 완전히 사라지고
또한 악으로 충만하고 뒤덮여 있는데, 60

부탁하건대 그 이유를 나에게 알려 주오.
누구는 하늘에, 누구는 땅에 있다 하니,
내가 보고 사람들에게 보여 주게 말이오.」 63

그는 슬픔을 쥐어짜듯이 〈후유!〉 한숨을
쉬고 말하기 시작했다. 「형제여, 세상은
눈먼 이인데 그대는 분명 거기서 왔군요. 66

살아 있는 그대들은 온갖 이유를 저 위
하늘로 돌리지요. 마치 거기에서 모든 것을
필연으로 움직이는 것처럼 말입니다. 69

만약 그렇다면 그대들의 자유 의지가
소멸하고, 선에 대한 행복이나 악에
대한 형벌에 정의가 없어질 것이오. 72

하늘은 그대들을 움직이게 만들지만,

제16곡 **173**

모든 사람이 아니고, 만약 그렇다 해도,
그대들에게 선과 악을 구별하는 등불[9]과   75

자유 의지가 주어지니, 그것은 비록
하늘과의 첫 싸움[10]에선 힘들더라도,
잘 길러 놓으면 결국 모든 것을 이깁니다.   78

그대들은 더 큰 힘과 더 나은 본성에
자유롭게 종속되고 그것이 그대들의
마음을 만들며, 하늘은 참견하지 않아요.   81

따라서 지금 세상이 길을 벗어난 것은
그대들에게서 이유를 찾을 수 있으니,
이제 내가 그대에게 올바로 알려 주겠소.   84

창조하기도 전에 사랑하시는 그분의
손에서 나오는 영혼은, 마치 울다가
웃다가 하면서 재롱떠는 어린아이처럼   87

아주 순진하게 아무것도 모르는데,
다만 행복한 창조주에 의해 움직여

---

9 지성 또는 이성의 등불.
10 하늘의 영향들에서 벗어나고 악한 성향들을 억누르기 위한 싸움이다.

즐겁게 해주는 것으로 기꺼이 돌아가지요.　　　　　　90

처음에는 작은 선[11]의 맛을 느끼는데
안내나 재갈이 그 사랑을 이끌지 않으면,
차츰 거기에 속아 그 뒤를 쫓게 됩니다.　　　　　　93

그러므로 재갈을 위한 법을 마련하고,
최소한 진정한 도시의 탑[12]이라도
구별할 줄 아는 왕[13]을 세워야 했지요.　　　　　　96

법은 있지만 누가 그걸 지키게 합니까?
아무도 없고 따라서 인도하는 목자[14]는
되새길 수 있지만 갈라진 발굽이 없지요.[15]　　　99

사람들은 자기 안내자가 그런 선[16]에만
탐내어 기우는 것을 보고, 자기들도

11 지상의 행복을 가리킨다.
12 정의를 상징한다.
13 단테가 『제정론』 여러 곳에서 언급하듯이 세상에서 정의를 구현할 임무를 지닌 황제, 또는 최고의 권력을 가리킨다.
14 양 떼를 인도하는 교황.
15 모세의 율법은 되새김질하지 않고 유대인에게 굽이 갈라지지 않은 짐승의 고기는 먹지 말라고 금지하였다.(「레위기」 11장 2절 이하 참조) 일부 학자들은 여기에서 〈갈라진 발굽〉은 세속의 권력과 교황의 권력 사이를 구별할 줄 아는 것으로 해석하기도 한다.
16 지상의 행복.

제16곡　**175**

그것만 먹고 그 이상을 요구하지 않아요.　　　　　　102

이 세상을 사악하게 만들었던 원인은
그대들에게서 타락한 본성이 아니라
잘못된 통치임을 잘 알 수 있으리다.　　　　　　105

좋은 세상을 만들었던 로마는 으레
두 개의 태양[17]을 갖고 있었기에
세상의 길과 하느님의 길을 보여 주었소.　　　　108

하나가 다른 태양을 껐고, 칼이 목장(牧杖)과
합쳐졌으니,[18] 그 합쳐진 것은 필히
생생한 힘으로 악으로 가기 마련이오.　　　　　111

합쳐진 뒤에는 서로 두려워하지 않으니,
내 말을 못 믿겠으면 이삭을 보시오,
모든 풀은 씨앗으로 알아볼 수 있으니.[19]　　　114

아디제와 포강이 흐르는 고장[20]에는

17　황제와 교황을 가리킨다.
18　로마 말기에 교황의 권력이 황제의 권력을 꺼뜨렸고, 세속의 권력(〈칼〉)이 정신세계의 권력(〈목장〉)과 합쳐졌다.
19　〈나무는 모두 그 열매를 보면 안다.〉(「루카 복음서」 6장 44절)
20　넓은 의미에서의 롬바르디아 지방이다.

페데리코[21]가 분란을 일으키기 전까지
언제나 예절과 명예가 있었는데, 117

수치심에 착한 사람들과 말하거나
가까이하려고 하지 않는 자도 지금은
그곳을 마음대로 지나갈 수 있지요. 120

옛 시대로 새것을 꾸짖는 세 노인이
아직 거기 있는데, 하느님께서 그들을
더 나은 삶으로 인도하심이 늦은 듯하지만, 123

쿠라도 다 팔라초[22]와 착한 게라르도,[23]
프랑스식으로 솔직한 롬바르디아인[24]이라
부르고 싶은 귀도 다 카스텔로[25]지요. 126

---

21 황제 페데리코 2세.(「지옥」 10곡 119행 참조) 그는 교황과 대립하여 이탈리아의 여러 지역에서 분란을 일으켰는데, 북부의 롬바르디아가 그 주요 무대였다.

22 Currado da Palazzo. 브레쉬아의 귀족 가문 출신의 정치가로 명성이 높았다.

23 게라르도 다 카미노Gherardo da Camino. 트레비소 출신으로 오랫동안 그곳을 통치하였다. 단테는 『향연Convivio』 4권 14장 12절에서도 그를 높게 칭찬한다.

24 당시 프랑스 사람들은 이탈리아 모든 지역의 사람들을 단순하게 롬바르디아 사람으로 불렀다고 한다.

25 Guido da Castello. 레조 넬레밀리아 출신 귀족으로 그의 고귀함은 『향연』 4권 16장 6절에서도 언급된다.

이제 그대는 말하리다, 로마의 교회는
그 안에 두 개의 권력을 뒤섞음으로써
진흙탕에 빠져 자신과 임무를 더럽힌다고.」 129

나는 말했다. 「오, 나의 마르코여, 옳은 말이오.
무엇 때문에 레위의 자식들이 유산을
받지 못하게 되었는지[26] 이제 알겠소. 132

그런데 사라진 세대의 모범으로 남아
야만적인 시대를 꾸짖는다고 그대가
말하는 그 게라르도는 누구입니까?」 135

그는 대답했다. 「그대의 말은 나를 속이거나
떠보는 모양이오. 토스카나 말을 하면서
착한 게라르도를 전혀 모르는 것 같으니까요. 138

나는 그의 딸 가이아[27]에서 나온 것 외에
다른 별명으로는 그를 모르오. 더 이상
함께 못 가니 하느님께서 함께하시기를. 141

---

26 레위의 후손들은 사제의 임무를 맡았기 때문에 지상의 재화인 유산을 받지 못하였다.(「민수기」 18장 20~24절, 「여호수아기」 13장 33절 참조)
27 그녀에 대해서는 알려진 것이 거의 없다.

연기 사이로 하얗게 보이는 여명을
보시오. 저기 천사가 있으니 그의
눈에 띄기 전에 나는 떠나야 하오.」　　　　　　　　　144

그는 돌아갔고 내 말을 들으려 하지 않았다.

제17곡

단테는 셋째 둘레의 빽빽한 연기에서 벗어나고, 환상 속에서 벌받은 분노의 일화들을 본다. 그리고 환상에서 깨어나 천사의 안내로 넷째 둘레로 향하는 계단으로 올라간다. 중간에 밤이 되자, 베르길리우스는 단테에게 죄의 원인이 되는 사랑에 대해 설명하고, 죄의 유형에 따라 연옥이 어떻게 구성되어 있는가를 설명해 준다.

독자여, 기억해 보시라, 혹시 높은
산에서 그대가 안개에 둘러싸여
두더지 꺼풀[1]을 통해서만 보다가, 3

빽빽하고 습기 찬 수증기가 엷어지기
시작하면, 태양의 테두리가 희미하게
그 안으로 들어오는 것을 생각해 보면, 6

그러면 그대의 상상력으로 내가
어떻게 벌써 저무는 태양을 다시
보게 되었는가 곧바로 알 것이다. 9

그렇게 나는 스승님의 믿음직한

---

1 단테 시대에 널리 퍼진 통념에 의하면 두더지는 눈에 얇은 막이 씌워 있어서 잘 보지 못한다고 생각하였다.

발자국을 따라 구름 밖, 벌써 낮은
해안에 걸린 저문 햇살로 나왔다.   12

오, 수천 개의 나팔이 주위에 울려도
사람이 깨닫지 못하도록 때로는
외부의 것들을 빼앗는 상상력이여,   15

감각이 모른다면 누가 너를 움직이는가?
아래에서 깨닫는 의지[2]나 그 자체로
하늘에서 형성되는 빛이 너를 움직이는구나.   18

노래하는 것을 가장 즐기는 새로
모습을 바꾸었던 여인[3]의 잔인한
모습이 내 상상 속에서 떠올랐으니,   21

여기에서 내 마음은 자신 안으로
움츠러들었고, 밖에서 어떤 것이
들어오더라도 받아들이지 않았다.   24

그리고 십자가에 못 박힌 자[4]가

---

2 하느님의 의지.
3 밤꾀꼬리로 변한 프로크네.(「연옥」 9곡 14행의 역주 참조) 그녀의 일화는 분노에 따른 벌을 예시한다.
4 페르시아 왕 크세르크세스의 신하 하만. 그는 왕비 에스테르의 아저씨

제17곡 **181**

광포하고 오만한 표정으로 죽은
모습이 아득한 환상 속에서 보였다. 27

그의 곁에는 위대한 아하스에로스와
왕비 에스테르, 말이나 행동에서 너무
깨끗했던 올바른 모르도카이가 있었다. 30

그리고 환상은 저절로 흩어졌는데,
마치 물이 줄어들면 그 아래에서
만들어지는 거품이 꺼지는 듯했고, 33

나의 환상 속에 한 소녀[5]가 나타나서
크게 울면서 말했다. 「오, 어머니,[6]
왜 분노 때문에 죽으려고 했어요? 36

라비니아를 잃지 않으려 자살하셨으니,
나를 잃었어요! 나는 다른 사람[7]보다

모르도카이가 자신을 존경하지 않자 그를 유대인들과 함께 죽이려고 하였다. 하지만 계획이 발각되어 자신이 십자가에 매달려 죽게 되었다.(「에스테르기」 3장 이하 참조)

5 나중에 아이네아스의 아내가 된 라비니아.(「지옥」 4곡 125행 참조)

6 라티움의 왕 라티누스의 아내 아마타. 그녀는 딸 라비니아의 약혼자 투르누스가 아이네아스에게 죽음을 당한 것으로 지레짐작하고, 분노에 못 이겨 자살하였다.(『아이네이스』 12권 595~607행 참조)

7 투르누스

어머니의 죽음 때문에 울고 있어요.」 39

감은 눈에다 갑자기 빛을 비추면
잠에서 깨어나고, 깨어난 잠이
완전히 사라지기 전에 깜박거리듯, 42

우리에게 익숙한 것보다 훨씬 강한
빛이 내 얼굴을 뒤흔들었고 나의
상상은 곧장 아래로 떨어졌다. 45

내가 어디 있는가 보려고 몸을 돌리자
한 목소리가 〈이리 올라간다〉 말했기에
나는 온갖 다른 생각을 떨쳐 버렸고, 48

내 욕망은 누가 말했는지 보고 싶은
생각에 무척이나 사로잡혔으니,
직접 보지 않고는 견딜 수 없었다. 51

하지만 태양이 우리의 시선을 짓누르고
넘치는 빛으로 자기 모습을 가리듯,
나의 힘은 거기에 미치지 못하였다. 54

「이는 성스러운 천사[8]인데, 부탁하지

않아도 위로 가는 길을 가르쳐 주고,
자신의 빛으로 스스로를 감춘단다. 57

사람들이 자신에게 하듯 우리를 대하는데,
사람들은 타인의 필요함을 보고 부탁을
예상하여 악의로 미리 거절하려고 하지. 60

이제 그런 권유에 발걸음을 맞추어,
어두워지기 전에 서둘러 올라가자.
날이 밝기 전까지는 갈 수 없으니까.」 63

나의 안내자가 그렇게 말하셨고,
우리는 계단으로 걸음을 옮겼는데,
내가 첫 층계 위에 올라서자마자 66

곁에서 날개가 움직여 내 얼굴에
부채질하고 말하는 것을 들었다. 「악한
분노 없이, 평화로운 자는 행복하다.」[9] 69

벌써 마지막 햇살이 우리 위로 높직이

---

8 원문에는 *spirito*로 되어 있는데, 〈영(靈)〉 또는 〈정령(精靈)〉을 의미한다.

9 원문에는 라틴어 *Beati pacifici*로 되어 있다. 〈행복하여라, 평화를 이루는 사람들! 그들은 하느님의 자녀라 불릴 것이다.〉(「마태오 복음서」 5장 9절)

비추었고,[10] 곧이어 밤이 뒤따라
사방에서 별들이 나타나고 있었다.   72

「오, 왜 이렇게 내 기운이 빠지는가?」
나는 속으로 말했는데, 두 다리의
힘이 사라짐을 느꼈기 때문이다.   75

우리는 계단이 더 이상 위로 오르지
않는 곳에 있었는데, 마치 해변에
도달한 배처럼 바닥에 붙어 버렸다.   78

새로운 둘레에서 혹시 무슨 소리가
들려올까 나는 잠시 동안 기다렸고,
그런 다음 스승님을 향해 말했다.   81

「자애로운 아버지, 말씀해 주십시오.
이 둘레에서는 어떤 죄를 씻습니까?
발은 멈추어도 말은 멈추지 마십시오.」   84

그분은 말하셨다. 「여기서는 의무에 못 미치는
선에 대한 사랑을 되찾고 있단다.[11]

---

10 이미 해는 졌고 석양의 빛살이 하늘에 높이 걸려 있다.
11 첫째 선, 즉 하느님에 대한 사랑이 제 본분에 미치지 못할 정도로 부족

잘못 늦춘 노를 여기서 다시 젓는다. 87

하지만 네가 좀 더 분명히 이해하도록
내 말에 마음을 기울이면 너는 여기
머무르며 좋은 열매를 거둘 것이다.」 90

그분은 시작하셨다. 「아들아, 창조주나
창조물은 사랑이 없었던 적은 없으니,
알다시피, 자연이나 영혼의 사랑이다.[12] 93

자연의 사랑에는 언제나 오류가 없으나,
영혼의 사랑은 그릇된 대상 때문에, 또는
너무 넘치거나 모자라서 잘못될 수 있다.[13] 96

만약 사랑이 첫째 선[14]을 지향하고
둘째의 선[15]에서 스스로를 절제하면,
사악한 쾌락의 원인이 될 수 없지만, 99

하고 미지근한 죄, 말하자면 나태의 죄를 씻음으로써 충분하고 필요한 사랑을 되찾고 있다.

12 자연의 사랑은 모든 창조물이 갖는 본능적인 사랑이고, 영혼의 사랑은 인간 고유의 이상적인 사랑으로 인간이 자유 의지로 추구한다.

13 인간 영혼의 자유 의지로 이루어지는 사랑은 오류에 빠질 수 있다.

14 하느님에 대한 사랑.

15 지상의 선.

만약에 악을 지향하거나, 아니면 너무
지나치거나 부족하게 선을 지향하면,
창조물은 창조주의 일과 거스르게 된다. 102

따라서 사랑은 너희에게 온갖 덕성도
심어 주고, 벌받아 마땅한 모든 악습도
심어 준다는 것을 너는 알 수 있으리라. 105

그런데 사랑은 그 주체의 행복에서
절대로 눈을 돌리지 않기 때문에
모든 사물은 자신을 증오하지 않고,[16] 108

또 누구도 최초의 존재[17]에서 분리되어
스스로 존재한다고 생각할 수 없으므로
모든 피조물은 그분을 증오할 수 없다. 111

따라서 내가 잘 구별하여 판단한다면,
사람은 이웃의 불행을 사랑하고, 그 사랑은
너희 흙[18]에서 세 가지로 나타난다.[19] 114

---

16 사랑하는 자, 즉 주체는 자신의 행복을 추구하기 때문에 자기 자신을 증오하지 않는다.
17 하느님.
18 하느님은 흙을 빚어 사람을 만들었다.(「창세기」 2장 7절)
19 뒤이어 타인의 불행을 바라는 세 가지 죄, 즉 교만, 질투, 분노에 사로

어떤 사람은 이웃을 억누르기 위해
탁월해지길 바라고 단지 그런 욕심에
자신의 위대함을 떨어뜨리기도 한다. 117

어떤 사람은 권력과 혜택, 명예, 명성을
잃을까 두려워 다른 사람이 뛰어나면
슬퍼하여 그와 정반대를 사랑하고, 120

또 어떤 사람은 자기가 받은 부당함에
대해 복수하고 싶은 욕심에 사로잡혀
다른 사람의 불행을 가져오기도 한다. 123

그런 세 가지 사랑은 이 아래에서[20]
벌받고 있으니, 이제 잘못된 방식으로
행복을 뒤쫓는 다른 사랑을 이해하여라. 126

사람들은 모두 영혼을 평온하게 해주는
선[21]을 희미하게나마 깨닫고 원하며,
따라서 거기에 이르려고 각자 노력한다. 129

잡힌 사람들을 설명한다.
20 지금까지 거쳐 온 세 개의 둘레에서.
21 하느님에 대한 사랑.

만약 그분을 보고 거기 도달하려는 사랑이
너희에게 부족하면, 올바르게 참회한 다음
이 둘레[22]에서 그에 대해 속죄하게 된다.   132

다른 선[23]은 인간을 행복하게 만들지 않아
행복이 아니며, 온갖 선의 열매이자
뿌리가 되는 훌륭한 본질[24]도 아니다.   135

거기에 지나치게 몰입하는 사랑은
우리 위의 세 둘레[25]에서 속죄하는데,
어떻게 셋으로 나뉘었는지 말하지   138

않겠으니, 너 스스로 찾아보기 바란다.」

---

22 넷째 둘레를 가리킨다.
23 지상의 선.
24 천상의 선.
25 다섯째, 여섯째, 일곱째 둘레를 가리킨다.

제18곡

계속해서 베르길리우스는 단테에게 사랑의 본성에 대해 이야기하는데, 특히 자유 의지에 대해 설명한다. 한밤중이 되자 두 시인이 있는 곳 앞으로 나태의 죄를 지은 영혼들이 빠르게 달려가면서 죄를 씻는다. 그들 중에서 산제노의 수도원장이었던 영혼과 이야기를 하고, 단테는 잠에 빠진다.

높으신 스승님은 설명을 끝낸 다음
내가 만족해하는지 살피려는 듯
주의 깊게 내 얼굴을 바라보셨는데, 3

나는 아직도 새로운 갈증에 목말라
겉으로는 침묵했으나 속으로 말했다.
「지나친 질문으로 괴롭히는 모양이다.」 6

그러나 진정한 아버지는 펼치지 못한
내 소심한 욕망을 깨닫고 미리 말해
내가 털어놓고 말하도록 해주셨다. 9

그리하여 나는 말했다. 「스승님, 당신의 빛으로
제 식견이 생생해졌으니, 설명하거나
분석하신 것을 분명히 알겠습니다. 12

따라서 바라건대, 상냥하신 아버지,
모든 선행과 그 반대의 근원으로
보시는 그 사랑을 제게 설명해 주세요.」 15

그분은 말하셨다. 「지성의 날카로운 빛을
나에게 향하면, 자신을 인도하는 눈먼 이들의
오류[1]가 너에게 분명해질 것이다. 18

곧바로 사랑하도록 만들어진 마음은
즐거움에서 깨어나 행동하면 곧바로
좋아하는 모든 것을 향해 움직인단다. 21

너희들의 인식 능력은 실제의 대상에서
그 영상을 끌어내 너희 안에 펼쳐 놓고
그것에 마음이 향하도록 만든다. 24

만약 마음이 그것을 향해 이끌리면, 그
이끌림이 사랑이며 그것이 너희 안에서
즐거움으로 더 새로워지는 것이 본성이다. 27

그리고 마치 불이 자신의 질료 안에서

---

1 〈그들은 눈먼 이들의 눈먼 인도자다. 눈먼 이가 눈먼 이를 인도하면 둘 다 구덩이에 빠질 것이다.〉(「마태오 복음서」 15장 14절)

지속되는 데까지 올라가려는 선천적인
본질 때문에 높은 곳으로 치솟는 것처럼, 30

그렇게 사로잡힌 마음은 정신의 움직임인
열망 속으로 들어가니, 사랑의 대상이
기쁘게 해줄 때까지 결코 쉬지 못한다. 33

모든 사랑은 그 자체로 칭찬할 만하다고
주장하는 사람들에게 진리는 얼마나
감추어져 있는지 이제 너는 알 것이니, 36

혹시 그 질료는 언제나 좋게 보일지
모르겠지만, 밀랍이 아무리 좋아도
모든 봉인이 다 좋은 것은 아니다.」 39

나는 대답했다. 「당신의 말씀과 뒤따르는
제 생각으로 사랑을 깨달았으나, 아직
저는 많은 의혹에 사로잡혀 있습니다. 42

만약 사랑은 밖에서 우리에게 주어지고,
영혼이 다른 다리로 가지 않는다면, 옳든
그르든 영혼의 잘못이 아니기 때문입니다.」 45

그러자 그분은 말하셨다. 「여기서 나는 단지 이성이
보는 것만 너에게 말해 줄 수 있고, 그 너머는
신앙의 작용이니 베아트리체를 기다려라. 48

질료와 구별되면서도 연결되어 있는
모든 실질적 형상[2]은 자체 안에
특수한 능력을 간직하고 있는데, 51

그것은 작용 없이는 지각되지 않고,
푸른 잎으로 식물의 생명이 드러나듯
단지 그 결과를 통해서만 입증된단다. 54

그러므로 기본적인 관념들의 이해나,
기본적인 욕망 대상에 대한 애정이
어디에서 오는지 사람들은 모르는데, 57

그것은 벌들이 꿀을 만드는 본능처럼
너희들 안에 있으니, 그 최초 의지는
칭찬이나 비난의 대상이 되지 않는다. 60

그런데 여기에 다른 의지도 일치하도록
너희들에게는 선천적인 능력이 있어서

2 육체와 구별되면서 동시에 육체와 연결되어 있는 영혼을 가리킨다.

충고하고 허용의 문턱을 지키기도 한다.　　　　　63

바로 그것이 좋은 사랑과 나쁜 사랑을
수용하고 걸러 냄에 따라, 너희들에게
잘잘못의 이유를 따지는[3] 원칙이다.　　　　　66

그 밑바닥까지 추론하면서 탐구했던
사람들은 그 선천적 자유를 깨달았고,
그래서 이 세상에 도덕을 남겼단다.　　　　　69

그러므로 너희들 안에서 불타는 모든
사랑이 비록 필연으로 발생하더라도
너희에게는 그것을 억제할 능력이 있다.　　　72

그런 고귀한 힘을 가리켜 베아트리체는
자유 의지라 부르니, 만약 그것에 대해
너에게 말하거든 마음속에 잘 간직하라.」　75

거의 한밤중이 되도록 늦게 떠오른
달은 마치 불타는 양동이 모양으로[4]

3　칭찬을 받거나 비난을 받는.
4　지금은 연옥에서 둘째 날 밤이며 보름 후 닷새째 되는 날의 밤으로, 달은 점차 이지러지기 시작하는 모양이고, 한밤중이 되기 전 대략 오후 10시경에 떠오른다.

우리에게 별들이 드물어 보이게 만들며,   78

로마에서 보면 사르데냐와 코르시카[5]
사이로 떨어지는 해가 불태우는 길을
따라 하늘을 거슬러[6] 달리고 있었다.   81

그리고 만토바 도시보다 피에톨라[7]를
더 유명하게 만든 상냥한 그림자는
내가 지고 있던 짐[8]을 내려 주었고,   84

그리하여 내 질문에 대해 분명하고
쉬운 설명을 거두어들인 나는 마치
졸면서 배회하는 사람처럼 서 있었다.   87

하지만 그 졸음은 벌써 우리의
등 뒤까지 다가온 사람들로 인해
곧바로 나에게서 사라지고 말았다.   90

5 사르데냐와 코르시카는 이탈리아반도 서쪽에 있는 커다란 두 개의 섬이다.
6 두 가지 해석이 가능한 구절이다. 하나는 달이 밤에 해와는 정반대의 길을 달리고 있다는 의미로 볼 수도 있고, 다른 하나는 달은 날이 갈수록 뜨는 시간이 늦어지므로 마치 서쪽에서 동쪽으로 거슬러 가는 것으로 볼 수도 있다.
7 Pietola. 만토바 근처의 마을로 베르길리우스의 출생지이다.
8 의혹과 질문의 짐.

예전에 테바이 사람들이 바쿠스를
부를 때 밤에 이스메노스와 아소포스⁹
기슭을 따라 광란의 무리가 보였듯이,   93

내가 보기에는 그들도 좋은 의지와
올바른 사랑의 채찍질을 받은 말처럼
그 굽은 둘레를 달려오고 있었다.   96

그 수많은 무리가 모두 달려서 왔기
때문에 곧바로 우리 뒤에 이르렀는데,
앞에 선 두 사람이 울면서 소리쳤다.   99

「마리아는 서둘러 산중으로 달렸고,¹⁰
카이사르는 일레르다를 항복시키려고
마르세유를 공격하고 스페인으로 달렸네.」¹¹   102

뒤이어 다른 자들이 외쳤다. 「어서 서둘러라,

9 둘 다 그리스 보이오티아 지방의 강으로, 바쿠스를 섬기는 테바이 사람들이 강기슭을 따라 광란의 축제를 벌였다고 한다.
10 〈그 무렵에 마리아는 길을 떠나, 서둘러 유다 산악 지방에 있는 한 고을로 갔다. 그리고 즈카르야의 집에 들어가 엘리사벳에게 인사하였다.〉(「루카 복음서」 1장 39~40절)
11 카이사르는 브루투스에게 군대의 일부를 주어 포위하고 있던 마르세유를 공격하도록 맡긴 다음, 자신은 곧바로 스페인에서 폼페이우스를 공격하여 일레르다Ilerda(오늘날에는 레리다Lerida)에서 대패시켰다.

부족한 사랑 때문에 때를 놓치지 마라.
선에 열심히 하면 은총이 되살아나리라.」 105

「오, 아마도 선에 미지근했기 때문에
저지른 게으름과 망설임을 날카로운
열정으로 지금 보상하는 사람들이여, 108

거짓말이 아니라, 살아 있는 이 사람은
태양이 다시 비치면 위로 올라가려 하니
통로가 어디에 있는지 말해 주시오.」 111

나의 길잡이가 그렇게 말하시자, 그
영혼들 중 하나가 말했다. 「우리를
따라오면, 통로를 찾을 것이오. 114

빨리 가려는 욕망에 가득하여 우리는
멈출 수가 없으니, 우리의 행동이
무례하게 보이더라도 용서해 주시오. 117

나는 아직도 밀라노에서 괴로운 심정으로
말하는 훌륭한 〈빨간 수염〉[12] 황제 시절

---

12 이탈리아어로 바르바로사Barbarossa. 호엔슈타우펜 왕가의 프리드리히 1세(1123~1190) 황제의 별명이다. 독일 왕이자 1152년에서 1190년까지

제18곡 **197**

베로나의 산제노의 수도원장[13]이었소. 120

벌써 한쪽 발을 무덤 속에 넣은 자[14]는
곧 그 수도원 때문에 통곡할 것이고,
거기서 휘두른 권력을 슬퍼할 것인데, 123

잘못 태어나 육신이 성하지 못하고
정신은 더욱 나쁜 자신의 아들을 그곳
진정한 목자의 자리에 앉혔기 때문이오.」 126

그리고 그는 벌써 우리를 지나갔으니
더 말을 했는지 침묵했는지 모르지만,
나는 그런 말을 듣고 마음에 들었다. 129

필요할 때마다 나를 도와주는 분이
말하셨다. 「이쪽으로 와서, 게으름을
물어뜯으며 오는 저 두 사람을 보라.」 132

신성 로마 제국의 황제였던 그는 특히 이탈리아를 손에 넣기 위해 무려 여섯 차례나 침입하였는데, 1162년에는 밀라노를 정복하여 파괴하였다.

13 1187년에 사망한 베로나의 산제노San Zeno 수도원의 원장 게라르도Gherardo.

14 베로나의 영주 알베르토 델라 스칼라Alberto della Scala로 1301년에 사망하였다. 그는 1292년 자신의 서자로 불구였던 주세페를 산제노의 수도원장으로 앉혔다. 모세의 율법에 의하면 불구자는 사제가 될 수 없다.(「레위기」 21장 17절 이하 참조)

둘은 모두의 뒤에서 소리쳤다. 「바다가
눈앞에서 열렸던 사람들[15]은 요르단이
자기 후손을 보기 전에 이미 죽었노라.」 135

그리고 외쳤다. 「안키세스의 아들과 함께
끝까지 시련을 겪지 않은 사람들[16]은
영광 없는 삶에 자신을 바쳤노라.」 138

그 그림자들이 우리에게서 멀어져
더 이상 보이지 않게 되었을 때, 내
마음속에는 새로운 생각이 떠올랐고 141

또 거기서 다른 여러 생각이 생겼으니,
나는 이런 생각에서 저런 생각으로
방황했고 방황 속에서 눈을 감았는데, 144

그런 생각들이 꿈으로 바뀌었다.

---

15 이스라엘 사람들. 이집트에서 도망칠 때 홍해가 갈라져 목숨을 구했던 그들은 나중에 모세의 가르침을 따르지 않았기 때문에, 요르단강 변의 〈젖과 꿀이 흐르는 땅〉에 이르기 전에 모두 죽었다.(「여호수아기」 5장 6절 참조)

16 트로이아에서 탈출한 사람들 중에서 일부는 아이네이스(「지옥」 1곡 74~75행 참조)와 함께 끝까지 고생을 하지 않고 시칠리아섬에 남았다.(『아이네이스』 5권 700행 이하 참조)

제19곡

새벽녘 꿈에 단테는 죄의 유혹을 암시하는 세이렌을 본다. 잠에서 깨어난 단테는 베르길리우스와 함께 다섯째 둘레로 올라간다. 그곳에는 탐욕으로 인색했던 영혼들이 땅바닥에 엎드려 속죄하고 있다. 그중에서 단테는 교황 하드리아누스의 영혼과 이야기를 나눈다.

한낮의 열기가, 땅의 냉기나 때로는
토성에 의해 식어서[1] 달의 차가움을
더 이상 따뜻하게 만들지 못할 무렵,   3

그리고 땅점 점쟁이들[2]이 새벽 전에
동쪽의 어슴푸레한 길로 솟아오르는
〈최고의 운수〉[3]를 보게 될 무렵,   6

내 꿈에 어떤 여자가 나타났는데,
말더듬이에 사팔뜨기 눈, 뒤틀린 다리,

---

1 중세의 관념에 의하면 낮에 태양에 의해 따뜻해진 지구의 열기는 땅 자체의 냉기에 의해 식어 새벽녘에는 완전히 없어진다고 생각하였다. 그리고 토성은 원래 차가운데, 특히 지평선 상에 있을 때에는 지구의 열기를 식힌다고 믿었다.
2 땅바닥에 특히 별자리에 해당하는 점들을 그려 놓고 서로 연결하여 그 모습을 보고 점을 치는 사람들이다.
3 물병자리와 물고기자리가 결합하여 형성된다고 한다. 이 별들이 동녘에 나타나는 것은 대략 해 뜨기 2시간 전이다.

끊어진 두 손에 창백한 모습이었다.[4] 9

내가 그녀를 바라보자, 마치 태양이
밤에 언 차가운 사지를 녹여 주듯이
내 시선은 그녀의 혀를 풀어 주었고, 12

잠깐 사이에 그녀가 똑바로 일어서게
만들었으며, 창백하던 얼굴은 발그스레
물들어 사랑스럽게 보일 정도였다. 15

일단 자유롭게 말할 수 있게 되자
노래를 부르기 시작하였는데, 나는
그녀에게서 관심을 돌리기 힘들었다. 18

그녀는 노래했다. 「나는 달콤한 세이렌,
나는 듣기 좋은 즐거움으로 넘치니,
바다 한가운데서 뱃사람들을 홀리노라. 21

울릭세스를 방랑의 길에서 내 노래로

---

4 뒤에서 나오듯이(19~24행) 세이렌으로 〈사악한 쾌락의 원인〉(제17곡 99행)이 되는 유혹의 상징이다. 연옥의 다섯째, 여섯째, 일곱째 둘레에서 벌받는 세 가지 죄(인색, 탐식, 음욕)로 유혹한다. 그런 유혹은 실제로는 매우 추한 모습이지만, 일단 거기에 사로잡히게 되면 아름답게 보인다고 한다 (10~15행).

향하게 했고,⁵ 나와 함께 지내는 자는
흠뻑 취하게 하니 다시 떠나지 못하지!」 24

아직 그녀의 입이 채 닫히기도 전에
내 곁에 성스럽고 재빠른 여인⁶이
나타났고 그녀를 어지럽게 만들었다. 27

「오, 베르길리우스여, 이게 누구인가?」
그 여인이 단호하게 말하자, 스승님은
그 진지한 여인만을 응시하면서 왔다. 30

여인은 그녀를 붙잡아 옷 앞자락을
찢어 젖히고 나에게 배를 보여 주었는데,
거기서 나오는 악취에 나는 잠이 깼다. 33

나는 눈을 돌렸고 착한 스승님이 말하셨다.
「적어도 세 번은 너를 불렀노라. 어서
일어나 오너라. 들어갈 입구를 찾아보자.」 36

---

5 울릭세스를 유혹하여 붙잡아 뒀던 것은 세이렌이 아니라 키르케였다.(「지옥」 26곡 91~93행) 『오디세이아』에서 그는 세이렌의 유혹에 대비하여 미리 선원들의 귀를 밀랍으로 막고 자신은 배의 돛대에 묶여 있음으로써 유혹에서 벗어났다고 한다.
6 그녀가 누구인지 분명하지는 않으나 하느님의 은혜의 상징인 루치아, 또는 이성이나 양심, 또는 철학이나 진리를 상징한다고 해석된다.

나는 벌떡 일어났고, 성스러운 산의 모든
둘레는 벌써 높은 햇살로 가득하였으니,
우리는 새로운 태양[7]을 등지고 걸어갔다.[8]   39

나는 고개를 숙이고 그분을 뒤따랐는데,
생각의 짐을 지고 있어서 활꼴 다리의
중간처럼 몸을 구부린 사람과 같았는데,   42

그때 썩어 없어질 이승에서 들을 수 없는
달콤하고 너그러운 목소리로 〈오너라,
이곳이 통로다〉 말하는 소리를 들었다.   45

그렇게 말한 분[9]은 백조의 깃 같은
날개를 활짝 편 채, 단단한 두 암벽
사이로 우리를 올라오게 하시더니,   48

깃털을 움직여서 우리를 부쳐 주었다.[10]
또 〈슬퍼하는 사람들〉[11]은 그들의 영혼이

---

7 연옥에서 셋째 날의 태양이다.
8 그러니까 연옥 산의 북쪽을 지나 서쪽을 바라보며 걸어가고 있다.
9 다섯째 둘레의 입구를 지키는 천사이다.
10 단테의 이마에 있는 네 번째 P 자를 지워 준다.
11 원문에는 라틴어 *Qui lugent*로 되어 있다. 〈행복하여라, 슬퍼하는 사람들! 그들은 위로를 받을 것이다.〉(「마태오 복음서」5장 4절)

위로받을 것이므로 행복하다고 말했다. 51

「무슨 일로 너는 땅바닥만 바라보느냐?」
우리 둘이 천사를 지나 약간 올라가자
길잡이께서 나에게 말을 시작하셨다. 54

나는 말했다. 「저를 잡아끄는 새로운 환상이
수많은 의혹과 함께 가도록 만드니,
그 생각을 떨쳐 버릴 수가 없습니다.」 57

그분은 말하셨다. 「너는 이 위에서 울게 만드는[12]
그 늙은[13] 요부를 보았고, 사람들이
어떻게 거기서 벗어나는지 본 것이다. 60

이제 충분하니, 발뒤꿈치로 땅을 박차고
영원한 왕께서 거대한 바퀴들과 함께
돌리시는[14] 말씀에게로 네 눈을 향하라.」 63

처음에는 발끝만 쳐다보던 매가

---

12   연옥 상부의 세 둘레에서는 사악한 쾌락의 유혹에 빠진 죄 때문에 속죄하고 있다.
13   사악한 쾌락의 유혹은 태초부터 있었기 때문에 나이를 많이 먹었다는 뜻이다.
14   하느님이 천국의 하늘들을 돌리고 있는.

부르는 소리에 몸을 돌려 욕심이
나는 먹이를 향해 몸을 뻗치듯이 66

나도 그랬으니, 위로 올라가는 자에게
길이 되도록 갈라진 암벽을 통하여
다음 둘레가 시작되는 곳까지 갔다. 69

다섯째 둘레로 들어서자 나는 그곳
사람들이 모두 얼굴을 땅에 대고
엎드려서 울고 있는 것을 보았다. 72

「내 영혼이 땅바닥에 붙었습니다.」[15]
그들은 너무나도 큰 한숨과 함께
말했기에 말을 알아듣기 힘들었다. 75

「정의와 희망[16]이 고통을 덜어 주는,
오, 하느님께 선택받은 사람들이여,
우리에게 위로 오를 길을 가르쳐 주오.」 78

---

15 원문에는 라틴어 *Adhaesit pavimento anima mea*로 되어 있다. 〈정녕 저희 영혼은 먼지 속에 쓰러져 있으며, 저희 배는 땅바닥에 붙어 있습니다.〉(「시편」 44편 26절)

16 자신들의 죄에 대해 정당하게 벌받고 있다는 생각과, 천국에 오를 수 있다는 희망을 가리킨다.

「그대들이 엎드리는 형벌 없이 와서
더 빠른 길을 찾고자 한다면, 언제나
그대들의 오른쪽을 밖으로 하시오.」[17]   81

시인께서 부탁하시자 바로 우리 앞에서
그런 대답이 들려왔기에, 그 말소리에
나는 숨어 있던[18] 다른 자를 알아보았고,   84

그래서 안내자의 눈을 바라보았는데,
그분은 가벼운 눈짓으로 내 욕망의
시선이 원하는 것[19]을 허락해 주었다.   87

내 마음대로 할 수 있게 된 나는
조금 전의 말로 내 관심을 끌었던
그 영혼 곁으로 다가가서 말했다.   90

「하느님께 돌아가는 데 필요한 것[20]을

---

17 이 구절의 뜻은 분명하지 않다. 시인들은 연옥의 산을 오른쪽으로 돌면서 올라가고 있기 때문에 오른쪽은 언제나 바깥을 향하고 있다. 오른쪽은 올바름과 좋은 방향을 상징하기 때문에, 올바른 마음을 탐욕의 유혹에서 멀리 하라는 뜻으로 해석하기도 한다.

18 영혼들은 모두 땅바닥에 엎드려 있기 때문에 얼굴이 보이지 않는다는 뜻이다.

19 방금 대답한 영혼과 이야기하고 싶은 욕망이다.

20 형벌로써 죄를 씻는 것. 원문에는 〈그것 없이는 하느님께 돌아갈 수 없

눈물로 무르익게 하는 영혼이여, 잠시
나를 위해 그 중대한 일을 멈추어 주오.   93

그대는 누구이며, 왜 등을 위로 향하고
있는지, 내가 살아서 떠나온 저곳에서
그대에게 해주기 원하는 것을 말해 주오.」   96

그는 나에게 말했다.「무엇 때문에 우리의 등을
하늘로 향하고 있는지 그대는 알겠지만,
먼저 내가 베드로의 후계자[21]였음을 아시오.   99

세스트리와 키아바리[22] 사이로 멋진
시냇물이 하나 흐르는데, 그 이름으로
내 가문은 최대의 장식을 하고 있지요.[23]   102

흙탕물을 조심하는 자에게 큰 망토[24]가

는)으로 되어 있다.
  21 교황을 가리킨다.(「지옥」2곡 22~24행) 그는 하드리아누스 5세로 속명은 오토부오노 피에스키이고 제노바 출신이었다. 1276년 7월 교황으로 선출되었으나, 불과 38일 만에 사망하였다. 그가 인색의 죄를 지었다는 데 대해서는 어떤 자료도 남아 있지 않다.
  22 세스트리Sestri와 키아바리Chiavari는 둘 다 제노바 근처에 있는 소읍이다.
  23 시내의 이름은 라바냐Lavagna이고, 그의 가문은 콘티 디 라바냐Conti di Lavagna로 불리기도 하였다.
  24 교황의 복장.

얼마나 무거운지 나는 한 달 남짓 동안
겪었으니 다른 짐은 모두 깃털 같지요.   105

나의 회개는, 아하! 이미 늦었지만,
로마의 목자가 된 다음에야 나는
인생이 헛된 것임을 깨달았답니다.   108

거기서도[25] 마음은 편안해지지 않았고
그 삶에서 더 이상 오를 수 없었기에,
이런 사랑[26]이 내 마음속에 불붙었지요.   111

그때까지도 나는 하느님에게서 떨어져
비참하고 온통 탐욕스러운 영혼이었기에,
그대 보다시피, 지금 여기서 벌받고 있소.   114

탐욕이 무슨 짓을 하는지, 여기 회개한
영혼들의 죄 씻음에서 분명히 드러나니,
이 산에서 이보다 더 쓰라린 형벌은 없소.   117

우리의 눈은 위로 향할 줄을 모르고
지상의 재물에 고정되었으니, 여기서

---

25 교황의 지위에 올랐어도.
26 지상의 재물에 대한 사랑.

정의는 눈을 땅으로 향하게 만들지요. 120

탐욕이 모든 선에 대한 우리의 사랑을
꺼뜨려 우리의 선행을 방해하였듯이,
여기서 정의는 우리의 손과 발을 묶어 123

꼼짝하지 못하게 움켜쥐고 있으니,
정의로우신 주님의 마음에 들 때까지
우리는 꼼짝 않고 엎드려 있을 것이오.」 126

나는 무릎을 꿇고 말하려고 했으나,
말을 꺼내자 그는 듣기만 했는데도
나의 존경하는 마음을 깨닫고 말했다. 129

「무슨 이유로 그렇게 몸을 숙이시오?」
나는 그에게 말했다. 「그대의 권위 앞에 곧게
서 있는 것이 제 양심을 찔렀습니다.」 132

그는 대답했다. 「형제여, 다리를 펴고
일어나오. 우리는 다른 사람들과 함께
한 권능 밑에 똑같으니, 실수하지 마오. 135

〈결혼하지 않을 것이다〉[27]라고 말씀하신

제19곡 **209**

그 성스러운 복음 말씀을 이해한다면,
내가 이렇게 말하는 이유를 알 것이오.   138

이제 가시오, 더 붙잡고 싶지 않으니.
그대 말대로 눈물로써 무르익는 것을
그대의 머무름이 방해하기 때문이오.   141

저기[28]에 알라자[29]라는 조카가 있는데,
우리 집안에 그녀에게 나쁜 본보기를
보여 주지 않는다면 원래 착한 아이지요.   144

단지 그녀만 저곳에 남아 있답니다.」

---

27 원문에는 라틴어 *Neque nubent*로 되어 있다. 〈시집가지 않을 것이다〉라는 뜻으로, 「마태오 복음서」 22장 30절((부활 때에는 장가드는 일도 시집가는 일도 없이 하늘에 있는 천사들과 같아진다))에 나오는 표현이다. 죽은 뒤에는 이승의 신분이나 지위와 상관없이 모두 평등하다는 뜻이다.

28 산 자들의 세상.

29 Alagia. 루니자나 사람 모로엘로 말라스피나의 아내가 되었다. 단테는 망명 중에 루니자나에 갔을 때 말라스피나의 집에 머문 적이 있다.

제20곡

인색의 죄인들 중에서 한 영혼이 가난함과 너그러움의 예들을 노래한다. 그는 프랑스 왕가의 조상 위그 카페의 영혼으로 자기 후손인 프랑스 왕들의 부패와 타락에 대하여 한탄한다. 두 시인은 계속해서 앞으로 나아가는데, 갑자기 천지가 진동하는 소리가 들리고 하느님의 영광을 찬양하는 노래가 들려온다.

의지는 더 큰 의지와 싸우기 어려우니,[1]
그의 기쁨을 위해 내 기쁨을 꺾었고
가득 차지 못한 해면을 물에서 꺼냈다. 3

나는 걸음을 옮겼고 스승님은 마치
벽에 바짝 붙어 성벽 위를 가는 것처럼
암벽을 따라 비어 있는 곳[2]으로 걸었는데, 6

온 세상을 점령하고 있는 악을 눈에서
방울방울 떨어뜨리는 사람들이 너무
바깥쪽에 가까이 있었기 때문이었다. 9

늙어 빠진 암늑대[3]야, 저주받아라.

1 단테는 교황 하드리아누스와 더 대화를 나누고 싶었으나, 대화보다 죄를 씻으려는 교황의 의지가 더 강하므로 거기에 거스르기 어렵다는 뜻이다.
2 엎드려 속죄하는 영혼들이 없는 곳으로.
3 탐욕과 무절제의 상징이다.(「지옥」 1곡 49행 참조)

제20곡 211

끝없이 탐욕스러운 너의 굶주림으로
다른 모든 짐승보다 약탈이 심하구나.   12

오, 하늘이시여, 그대의 회전에 따라
이 아래의 상황이 바뀐다고 믿는데,
이놈을 쫓아낼 자[4]는 언제 올 것인가?   15

우리는 느리고 더딘 걸음으로 걸었고,
나는 그림자들이 애처로울 정도로
울고 탄식하는 소리를 듣고 있다가   18

우연하게도 〈인자하신 마리아여〉 하고
우리 앞에서 마치 해산 중의 여인처럼
눈물 속에서 부르는 소리를 들었는데,   21

계속해서 이어졌다. 「당신이 얼마나
가난했는지 당신의 거룩하신 아기를
눕히신 그 거처로 알 수 있습니다.」[5]   24

뒤이어 들렸다. 「오, 착한 파브리키우스,[6]

---

4 암늑대를 사냥할 사냥개.(「지옥」1곡 111행 참조)
5 마구간에서 예수를 해산한 성모 마리아의 청빈함을 찬양한다.
6 카이우스 파브리키우스 루스키누스Caius Fabricius Luscinus. 기원전 282년 로마의 집정관을 지냈는데, 성품이 매우 청렴하고 결백하여 재임 당시

부당하게 큰 재물을 소유하는 것보다
가난하지만 차라리 덕성을 원했구나.」 27

그 말들은 무척 내 마음에 들었기에,
나는 그런 말을 한 영혼을 알고 싶은
마음에 몸을 앞으로 바싹 내밀었다. 30

이어서 그는 니콜라우스[7]가 처녀들에게
젊은 시절을 명예롭게 살아가게 해준
너그러운 마음에 대하여 이야기하였다. 33

나는 말했다. 「좋은 이야기들을 하는 영혼이여,
그대는 누구인지, 또한 왜 그대 혼자
그 합당한 칭찬들을 하는지 말해 주오. 36

종말을 향해 날아가는 저곳 삶[8]의 짧은
노정을 마저 채우러 내가 돌아가면

여러 전쟁에서 포로들의 몸값을 협상하는 과정에서 뇌물을 거절하였다. 그가 사망했을 때에는 너무나도 가난하여 나라의 공금으로 장례식을 치렀다고 한다.
7 성 니콜라우스Nicolaus(270~343)를 가리킨다. 이탈리아 남동부 도시 바리의 수호성인인 그는 전설에 의하면 어떤 사람이 너무 가난하여 세 딸을 팔려고 하자, 그가 밤에 몰래 창문으로 세 처녀에게 지참금을 넣어 주었다고 한다. 바리에서는 성 니콜라우스가 바로 산타클로스라고 주장한다.
8 이승에서의 삶.

그대의 말에 보상이 없지 않으리다.」⁹ 39

그러자 그는 말했다. 「내가 그대에게 말하는 것은,
그곳에서 기대하는 위안 때문이 아니라,
죽기 전에 그대에게 비추는 은총 때문이오. 42

나는 그리스도인의 땅에 온통 그림자를
드리우고, 따라서 훌륭한 열매를 따기
어려운 사악한 나무의 뿌리[10]였지요. 45

하지만 두에, 릴, 겐트, 브뤼허[11]가 곧
그에 대해 복수할 수 있기를[12] 나는
모든 것을 판단하는 분[13]께 기도한다오. 48

---

9 산 자들의 세상에 돌아가면 그대를 위해 기도하겠다는 뜻이다.
10 프랑스 카페Capet 왕가의 조상이 되는 위그Hugues 카페를 가리키는데, 그는 프랑스와 부르고뉴의 공작이며 파리의 백작이었다. 987년 카롤링거 왕가의 루이 5세가 후손 없이 사망하자 그의 둘째 아들로 이름이 동일한 위그 카페가 프랑스 왕으로 선출되면서 왕가의 기틀이 되었다. 카페 왕가는 14세기에는 프랑스와 스페인, 나폴리 왕국을 지배하였다.
11 Douai, Lille, Ghent, Brugge. 모두 플랑드르 지방의 도시들로 여기에서는 플랑드르 전체를 가리킨다.
12 1299년 카페 왕가의 필리프 4세는 플랑드르 지방을 강제로 점령하였는데, 이에 대한 복수를 가리킨다. 실제로 1302년 쿠르트레 전투에서 플랑드르 사람들이 승리하여 프랑스 사람들을 쫓아냄으로써 복수를 하게 된다.
13 하느님.

거기에서 나는 위그 카페라 불렸고,
요즘 프랑스를 다스리는 필리프들과
루이들[14]은 모두 나에게서 태어났지요.　　　　　　51

나는 파리의 어느 백정의 아들[15]이었고,
옛 왕가[16]의 왕들이 모두 죽고 잿빛
옷을 입은 한 사람[17]만 남았을 때,　　　　　　54

내 손아귀에 왕국을 다스릴 고삐와
새로 획득하게 될 커다란 권력과
많은 추종자들을 장악하게 되었고,　　　　　　57

그리하여 임자 없이 외로운 왕관은
내 아들의 머리에 씌워졌고, 거기서
축성받은 뼈들[18]이 시작되었지요.　　　　　　60

14　1060년에서 1310년 사이에 프랑스는 카페 왕가의 필리프 1세, 2세, 3세, 4세와 루이 6세, 7세, 8세, 9세에 의해 통치되었다.
15　여기에서 단테는 아버지 위그 공작과 프랑스 왕 위그 카페를 혼동하는 것 같다. 속설에 의하면 위그 공작은 백정의 아들이었다고 하지만 분명하지 않다.
16　카롤링거 왕가.
17　수도자가 된 사람을 가리키는데, 그가 누구인지는 분명하지 않다. 루이 5세의 사망 후 카롤링거 왕가의 유일한 사람으로 그의 숙부인 로렌의 공작 샤를이 있었지만, 그 역시 위그 카페에 의해 감옥에 갇혀 사망하였다.
18　위그 카페 왕 이후의 프랑스 왕들.

제20곡　**215**

프로방스의 엄청난 지참금이 나의
혈족에게 부끄러움을 빼앗기 전에는[19]
보잘것없었지만 사악하지는 않았는데,　　　　　　　　　　63

그때부터 무력과 속임수로 약탈을
시작했고, 그것을 보상하듯 퐁티외,[20]
노르망디, 가스코뉴를 차지했답니다.　　　　　　　　　　66

카를로[21]는 이탈리아로 왔고, 그것을
보상하듯 코라디노[22]를 희생자로 삼았고
또한 토마스[23]를 천국으로 가게 하였소.　　　　　　　　69

19　1246년 카를로 단조 1세(「지옥」 19곡 98행 참조)는 프로방스 백작 레몽 4세의 상속녀 딸 베아트리스와 결혼하였고, 그 결과 프로방스는 프랑스 왕가에 속하게 되었다.

20　퐁티외Ponthieu 백작령.

21　카를로 단조 1세는 프랑스 왕 루이 9세의 형제로 1266년 나폴리 왕국을 정복하기 위해 이탈리아로 침입하였다.

22　Corradino(1252~1268). 시칠리아 왕이자 신성 로마 제국 황제였던 페데리코 2세의 손자 코라도(독일어 이름은 콘라트Konrad) 5세(코라디노는 코라도의 애칭으로 어린 나이에 왕위에 올랐기 때문에 그렇게 불렸다). 그는 카를로 단조 1세에 대항하여 나폴리와 시칠리아 왕국을 되찾으려다 포로가 되어 16세의 나이로 살해되었다. 그의 죽음으로 호엔슈타우펜 왕가도 실질적으로 막을 내리게 되었다.

23　이탈리아 출신의 뛰어난 스콜라 학자 성 토마스 아퀴나스Thomas Aquinas(1226~1274)를 가리킨다.(「천국」 10곡 99행 이하 참조) 당시의 소문에 의하면 그는 1274년 리옹의 공의회에 참석하기 위해 나폴리를 떠났고, 카를로 단조 1세는 자신의 비행을 고발할까 두려워서 그를 로마 근처의 포사누오바에서 독살하였다고 한다.

내가 보기에는 지금부터 머지않아
또 다른 샤를[24]이 프랑스에서 나와
자신과 자기 혈족을 알게 할 것이오. 72

그는 무기도 없이 나와 단지 유다가
갖고 장난하던 창[25]만으로 찔러서
피렌체의 배가 터지게 만들 것이오. 75

그렇다고 땅을 얻지도 못하고 죄와
오명만 얻을 것인데, 그것은 가볍게
여길수록 자신에게 더 무거울 것이오. 78

전에 배에 붙잡혔다 나온 다른 놈[26]은
해적들이 여자를 노예로 사고팔듯이
자기 딸을 팔고 흥정하는 것이 보인다오. 81

24 필리프 4세의 동생인 발루아의 샤를을 가리킨다. 그는 교황 보니파키우스 8세에 의해 피렌체 정쟁의 조정자로 파견되었으나, 궬피 흑당이 백당을 몰아내고 정권을 장악하게 도와주었다. 그 희생자 중에는 단테도 포함되어 있었다.
25 예수 그리스도를 팔아먹은 유다 이스카리옷의 배신을 가리킨다.
26 카를로 단조 1세의 아들 카를로 2세. 그는 1284년 아라곤의 함대와 나폴리 만에서 싸우다가 패배하여 붙잡힌 적이 있었다. 소문에 의하면 그는 1305년 페라라의 데스테 가문의 아초 8세와 자신의 딸 베아트리스가 결혼하는 대가로 막대한 금전적 이익을 챙겼다고 한다.

오, 탐욕이여, 너에게 사로잡힌 내 핏줄이
자신의 살붙이도 돌보지 않는 마당에
너는 더 이상 무엇을 할 수 있는가? 84

과거와 미래의 악이 작아 보이도록,[27]
백합[28]이 알라냐에 들어와 그리스도가
대리자의 몸으로 붙잡히는 것이 보인다오.[29] 87

그분이 또다시 조롱당하시고, 식초와
쓸개[30]를 맛보시고, 살아 있는 도둑들[31]
사이에서 죽임당하시는 것이 보이는군요. 90

27 지금까지 열거한 모든 죄악보다 더 큰 죄악을 저지를 것이라고 암시한다. 즉 교황을 학대함으로써 예수를 모독하는 것과 같은 대죄를 저지를 것이라는 예언이다.

28 백합꽃은 프랑스 왕가의 문장(紋章)이었다.

29 필리프 4세와 보니파키우스 8세 사이의 갈등이 오래 계속되던 중 1303년 4월 성직자에 대한 과세 문제로 필리프 4세가 파문당하였다. 이에 대해 프랑스 왕은 교황의 폐위를 도모하여 기욤 드 노가레와 쉬아라 콜론나를 보냈고, 그들은 로마 근처의 소읍 알라냐Alagna(현대 이탈리아어로는 아나니 Anagni로 보니파키우스 8세의 고향이다)에서 교황을 3일 동안 붙잡아 가두었다. 그 와중에서 교황은 뺨까지 맞았다고 한다. 교황은 그리스도의 대리인이므로, 그 사건은 그리스도에 대한 모독과 동일시되고 있다. 그 치욕적인 사건의 여파 때문인지 보니파키우스 8세는 한 달 뒤에 사망하였다.

30 〈그들이 쓸개즙을 섞은 포도주를 예수님께 마시라고 건넸지만, 그분께서는 맛을 보시고서는 마시려고 하지 않으셨다.〉(「마태오 복음서」 27절 34절)

31 교황을 사로잡은 기욤 드 노가레와 쉬아라 콜론나를 가리킨다.

너무 잔인한 새로운 빌라도는 거기에
만족하지 않고 법도 없이 성전 안에
탐욕의 돛을 펼치는 것이 보이는군요.[32]   93

오, 나의 주여, 당신의 비밀 속에
감추어진 분노를 풀어 주는 복수를
제가 언제 즐겁게 볼 수 있을까요?   96

내가 성령의 그 유일한 신부[33]에 대해
말한 것, 그대가 어떤 설명을 듣고자
나에게 몸을 돌리게 했던 그 말[34]은   99

낮 동안에는 우리의 모든 기도에 대한
대답이지만, 밤이 되면 우리는 그와
정반대되는 소리를 듣게 된답니다.[35]   102

그러면 우리는 반복해서 되새기지요.
황금에 눈이 멀어 배신자에다 도둑,

---

32 필리프 4세(〈새로운 빌라도〉)는 새로운 교황 클레멘스 5세의 결정을 기다리지도 않고(〈법도 없이〉), 제1차 십자군 원정 때 만들어진 〈성전 기사단〉을 1312년경 강제로 해산시키고 그 재산을 압수하였다.

33 성령으로 그리스도를 잉태한 성모 마리아.

34 앞에서(19~24행) 마리아의 가난함에 대해 노래한 것을 가리킨다.

35 낮에는 청빈과 자비의 예들을 노래하고, 밤에는 반대로 인색에 대한 벌의 사례들을 노래한다.

친족 살해자가 된 피그말리온[36]과,   105

게걸스러운 자기 욕심만 뒤따르다가
영원한 웃음거리가 된 탐욕스러운
미다스[37]의 초라함을 기억하지요.   108

또한 봉헌물을 훔친 어리석은 아칸[38]을
모두 기억하니, 마치 여호수아의 분노가
여기에서 아직도 그를 물고 있는 듯하고,   111

또한 사피라와 그녀의 남편[39]을 비난하고,
헬리오도로스를 찼던 발굽[40]을 찬양하며,

36 포이니키아 지방 티로스의 왕으로 자신의 누이 디도(「지옥」 5곡 60~61행 참조)의 남편이자 숙부인 시카이오스의 재산을 탐내어 그를 죽였다.(『아이네이스』 1권 340행 참조)

37 프리기아 왕으로 황금을 너무 좋아한 나머지 바쿠스로부터 손에 닿는 것마다 황금으로 변하도록 하는 능력을 받았다가 나중에 후회하게 되었다.

38 유대인 아칸은 예리코의 봉헌물 중 일부를 감추었다가 여호수아에게 발각되었고, 사람들이 던진 돌에 맞아 죽었다.(「여호수아기」 7장 18절 이하 참조)

39 사도들을 속이고 재산을 빼돌린 하나니아스와 그의 아내 사피라를 가리킨다. 〈하나니아스라는 사람이 자기 아내 사피라와 함께 재산을 팔았는데, 아내의 동의 아래, 판 값의 일부를 떼어 놓고 나머지만 가져다가 사도들의 발 앞에 놓았다.〉(「사도행전」 5장 1~2절)

40 헬리오도로스는 시리아의 왕 셀레우코스의 명령에 따라 예루살렘의 성전에 있는 돈을 몰수하러 들어갔는데, 갑자기 무시무시한 기사를 태운 말이 나타나 앞발을 쳐들고 그에게 달려들었다.(「마카베오기 하권」 3장 1~25절 참조)

폴리도로스를 죽인 폴리메스토르[41]의 114

오명이 산[42] 전체를 돌도록 되새기고,
마지막으로 외치지요. 〈크라수스[43]야,
말해 보아라, 황금이 무슨 맛이더냐?〉 117

때로는 강렬하게 또 때로는 약하게
감정이 우리에게 박차를 가함에 따라
하나는 크게 하나는 낮게 말한답니다. 120

그러니 조금 전 나는 낮에 말하는 선을
혼자 말한 것이 아니라, 근처의 다른
사람이 목소리를 높이지 않았을 뿐이오.」 123

우리는 이미 그에게서 떠났고, 힘이

---

41 트라키아 왕 폴리메스토르는 트로이아 왕 프리아모스가 맡긴 아들 폴리도로스를 죽여 재산을 빼앗고 그 시체를 바다에 버렸다. 프리아모스의 왕비 헤카베는 바다에서 아들의 시체를 발견하였고(「지옥」 30곡 16~21행 참조), 나중에 폴리메스토르에게 접근하여 그의 두 눈을 빼 죽임으로써 복수하였다.(『변신 이야기』 13권 429행 이하 참조)

42 연옥의 산이다.

43 Marcus Licinius Crassus(B.C. 112?~B.C. 53). 카이사르, 폼페이우스와 함께 로마의 삼두정치를 이끌었던 인물로 매우 부유하고 욕심이 많기로 유명하였다. 그가 파르티아인들과의 싸움에서 패배하여 목이 잘렸을 때, 파르티아 왕은 잘린 머리의 입 안에 황금 녹인 물을 부어 넣으면서 〈아직도 황금에 목마르거든 마셔라〉 하고 말했다고 한다.

우리에게 허용하는 데까지 많은 길을
가려고 무척이나 서두르고 있었는데,   126

나는 무엇이 떨어지듯 산이 떨리는 것을
느꼈으며, 마치 죽음 앞에 나서는
사람처럼 차갑게 얼어붙어 버렸는데,   129

하늘의 두 눈알[44]을 해산하기 위하여
레토가 그 안에 둥지를 만들기 전의
델로스도 그렇게 흔들리지 않았으리라.   132

그리고 사방에서 함성이 시작되었고,
스승님은 나에게 가까이 와서 말하셨다.
「내가 안내하는 동안 두려워 마라.」   135

「하늘 높은 곳에는 하느님께 영광.」[45]
가까이 있는 자에게서 들으니 그렇게

---

44 해와 달, 즉 아폴로와 디아나를 가리킨다. 그들 쌍둥이 남매의 어머니 레토는 유피테르의 사랑을 받았으나 유노의 질투로 떠돌다가 델로스섬에 이르렀고, 거기에서 남매를 낳았다. 원래 델로스섬은 떠도는 섬이었으나, 그 후에는 더 이상 떠돌지 않게 되었다고 한다.(『변신 이야기』 6권 189행 이하 참조)

45 원문에는 라틴어 *Gloria in excelsis Deo*로 되어 있다. 「루카 복음서」 2장 14절에 나오는 표현으로, 그리스도가 탄생하였을 때 천사들이 불렀던 노래이다

외쳤고, 나는 함성을 이해할 수 있었다. 138

그 노래를 처음 들었던 목동들처럼,
노래가 끝나고 떨림이 멈출 때까지
우리는 꼼짝하지 않고 멈춰 있었다. 141

그리고 벌써 땅바닥에 엎드려 또다시
전처럼 통곡하는 영혼들을 바라보며
우리는 성스러운 길을 다시 걸었다. 144

이에 대한 내 기억이 틀리지 않다면,
어떤 모르는 일도 그때 내가 생각하며
품고 있던 것만큼 강렬하게 알고 싶은 147

욕망을 나에게 불러일으킨 적이 없었지만,
서두름 때문에 감히 물어보지도 못했고,
또 거기서는 아무것도 볼 수 없었기에 150

나는 소심하게 생각에 잠겨 걸었다.

제21곡

두 시인은 로마 시대의 시인 스타티우스의 영혼을 만나는데, 그는 이제 죄를 완전히 씻고 천국으로 올라가는 중이다. 스타티우스는 연옥 산의 속성과 조금 전에 있었던 지진과 함성의 원인에 대해 설명한다. 그리고 함께 있는 사람이 존경하던 베르길리우스임을 알고 기뻐한다.

사마리아의 여인이 얻고자 청하였던
물[1]이 아니라면 결코 채워지지 않을
자연스러운 갈증[2]은 나를 괴롭혔고,　　　　　　　　　　3

길잡이를 뒤따라 거추장스러운[3] 길을
가야 하는 조급함은 나를 재촉하였고,
정의로운 복수[4]는 나를 위로해 주었다.　　　　　　　　6

그런데 루카가 기록하였듯이, 일찍이

1　예수가 야곱의 우물에 물 길러 온 사마리아 여자에게 물을 좀 달라고 청하자, 그녀는 유대인이 물을 청하는 이유를 물었고 예수는 이렇게 대답했다. 〈이 물을 마시는 자는 누구나 다시 목마를 것이다. 그러나 내가 주는 물을 마시는 사람은 영원히 목마르지 않을 것이다. 내가 주는 물은 그 사람 안에서 물이 솟는 샘이 되어 영원한 생명을 누리게 할 것이다.〉 그러자 사마리아 여인은 그 물을 좀 달라고 청하였다.(「요한 복음서」 4장 7~15절)
2　연옥이 흔들리고 커다란 함성이 일어난 이유를 알고 싶은 욕망이다.
3　엎드려 속죄하는 영혼들 때문이다.
4　죄에 합당한 형벌.

무덤 동굴에서 부활하신 그리스도께서
길 가던 두 사람에게 나타나신 것처럼,[5]   9

한 영혼[6]이 나타나 우리 뒤에 왔는데,
발치에 엎드린 무리를 보느라 우리가
미처 깨닫지 못하자, 그가 먼저 말했다.   12

「오, 형제들, 그대들에게 하느님의 평화가!」
우리는 바로 돌아섰고, 베르길리우스는
거기에 합당한 인사를 그에게 한 다음,   15

말을 시작하셨다. 「영원한 귀양길[7]로
나를 보내신 오류 없는 법정이 그대를
축복받은 무리의 평화 안에 두시기를!」   18

「어떻게?」 우리가 서둘러 가는 동안 그가
말했다. 「하느님께 오를 영혼들이 아니라면,
누가 그대들을 이 계단으로 인도하였소?」   21

5 부활한 예수가 엠마오를 향하여 길을 가던 두 제자에게 나타나 함께 이야기를 나누었으나, 그들은 그리스도인 줄 몰랐다.(「루카 복음서」 24장 13~18절)

6 로마 시대의 시인 스타티우스Publius Papinius Statius(45?~96)의 영혼이다. 대표적인 서사시로 오랜 세월에 걸쳐 완성한 『테바이스Thebais』 12권과 미완성 작품 『아킬레이스Achilleis』 일부가 남아 있다.

7 천국에 돌아가지 못하고 영원히 림보에 머무는 것을 가리킨다.

나의 스승님은 말하셨다. 「이 사람이 지니고 있는,
천사가 그려 준 표시⁸를 본다면, 그는
복된 자들과 가야 한다는 것을 알리다. 24

하지만 클로토⁹가 각자를 위해 감아 두는
실타래에서 밤낮으로 실을 감는 여인¹⁰이
아직 이자의 실을 다 끝내지 않았으니, 27

그대와 내 영혼의 누이인 그의 영혼은
아직 우리가 그러듯이 볼 수 없으므로¹¹
위로 오르는 데 혼자 올 수 없었지요. 30

그래서 나는 그를 인도하러 지옥의 넓은
목구멍¹²에서 끌려 나왔고, 내 가르침이
허용하는 데까지 그에게 보여 줄 것이오. 33

그런데 그대가 안다면 말해 주오. 조금 전
왜 그렇게 산이 요동하였고, 왜 모두 젖는

8 단테의 이마에 남아 있는 세 개의 P 자.
9 운명의 세 여신들 중 하나로 생명의 실을 잣는다.(「지옥」 33곡 125행 역주 참조)
10 라케시스
11 단테의 영혼은 아직 육신에서 벗어나지 못했기 때문에 우리처럼 밝게 보지 못한다는 뜻이다.
12 지옥에서 가장 넓은 림보.

발목[13]까지 한목소리로 함성을 질렀소?」 36

그분은 그렇게 질문하여 내 욕망의
바늘귀를 꿰어 주셨고, 그래서 희망과
함께 내 갈증은 덜 허기지게 되었다. 39

그가 말하기 시작하였다. 「이 거룩한
산에서는 질서가 없거나 관습에서
벗어나는 일은 절대 일어나지 않아요. 42

이곳은 모든 변화에서 자유로우며,
하늘이 그 자체로서 받아들이는 것
이외에는 전혀 영향을 받지 않습니다. 45

그러므로 짧은 세 계단[14] 위에서는
비나 우박, 눈도 전혀 내리지 않고,
또 이슬이나 서리도 내리지 않지요. 48

짙은 구름이나 엷은 구름, 번갯불이나,
저곳[15]에서는 이따금 자리를 바꾸는

---

13 바다의 물결에 젖는 연옥 산 아래의 해변을 가리킨다.
14 본격적인 연옥으로 올라가는 입구의 계단을 가리킨다.(「연옥」 9곡 76행 이하 참조)
15 산 자들의 세상.

타우마스의 딸[16]도 나타나지 않아요.   51

내가 말한 베드로의 대리자[17]가 발바닥을
딛고 있는 세 개의 계단 너머로는 마른
증기[18]도 더 이상 올라오지 못합니다.   54

혹시 저 아래 땅이 다소 흔들리더라도,
이유는 모르지만, 땅속에 숨은 바람[19]
때문에 이곳 위가 진동하지는 않아요.   57

다만 어떤 영혼이 스스로 깨끗함을 느끼고
일어나거나 위로 오르기 위해 움직일 때
이곳이 흔들리고 함성이 뒤따른답니다.   60

깨끗함은 오직 의지[20]만이 증명하는데,

---

16 무지개의 여신 이리스를 가리킨다. 그녀는 바다의 신 타우마스와 님페 엘렉트라 사이에 태어났다. 무지개는 아침에는 서쪽에, 저녁에는 동쪽에 나타나기 때문에 자리를 바꾼다.
17 연옥의 입구를 지키는 천사.(「연옥」9곡 103~105행 참조)
18 아리스토텔레스의 『기상학』에 의하면, 땅에서 솟아나는 수증기에서 세 가지가 있다고 한다. (1) 젖은 증기는 비나 눈, 이슬, 서리가 되고, (2) 마른 증기는 바람이 되고, (3) 마르고 강한 기운은 지진을 일으킨다. 즉 땅속에서 강한 바람이 밖으로 나올 구멍을 찾아 나올 때 지진이 일어난다는 것이다.
19 지진을 유발하는 마르고 강한 기운의 분출.
20 천국에 오르고자 하는 의지.

자유롭게 거처를 옮길 수 있는[21] 의지는
영혼을 놀라게 하고 의지를 부여하지요.   63

영혼은 처음부터 그것을 원하나, 죄지었을
때처럼 의지와는 반대로, 거룩한 정의의
형벌을 받으려는 욕구 때문에 중단되지요.[22]   66

5백 년이 넘게 이 고통 속에 엎드려 있던
나는 이제야 더 좋은 문턱[23]에 대한
자유로운 의지를 느끼게 되었답니다.   69

그래서 그대는 진동과 이 산의 경건한
영혼들이 주님을 찬양하는 것을 들었으니,
주님, 그들을 빨리 위로 올려 주십시오.」   72

그가 이렇게 말했으니, 갈증이 클수록
물을 마시는 기쁨도 큰 것처럼,
말할 수 없을 정도로 유익한 말이었다.   75

---

21 형벌로써 죄를 완전히 씻어 깨끗해진 영혼은 천국에 오를 수 있으므로 거처를 옮기는 셈이다.
22 영혼은 처음부터 천국에 오르고 싶어 하지만, 지상에서 그런 의지(절대적 의지)에 거슬러 죄를 지었듯이, 연옥에서는 정의로운 형벌을 받아 죄를 빨리 씻고 싶은 욕구(상대적 의지)가 그보다 앞선다는 뜻이다.
23 천국으로 올라가는 문.

현명한 스승님은 말하셨다. 「여기 그대들을 사로잡는
그물과, 어떻게 영혼이 거기서 풀려나고,
왜 땅이 울리고 환호하는지 이제 알겠소.   78

그런데 그대는 누구였는지 알려 주오.
그리고 무엇 때문에 많은 세기 동안
이곳에 엎드려 있었는지 말해 주오.」   81

그는 말했다. 「착한 티투스[24]가 최고 왕[25]의
도움과 함께, 유다가 팔아먹었던 피가
흘러나온 상처[26]를 복수하던 시절에[27]   84

나는 저 세상에서 아주 명예롭고 오래
지속되는 이름[28]과 함께 상당히 널리
알려져 있었지만 아직 신앙은 없었지요.   87

내 노래의 영감은 감미로워서 툴루즈

---

24 Titus Flavius Vespasianus(39~81). 베스파시아누스 황제의 아들로 형 도미티아누스의 뒤를 이어 79~81년 로마 황제의 자리에 올랐다.
25 하느님.
26 예수 그리스도의 상처.
27 티투스는 황제의 자리에 오르기 전 66~70년에 있었던 유대인들의 반란을 진압하였고, 결국 70년에는 예루살렘을 약탈하고 파괴하였는데, 단테는 그것을 예수 그리스도의 처형에 대한 하느님의 형벌로 간주하였다.
28 시인이라는 이름.

출신[29]의 나를 로마가 데려갔고, 나는
도금양[30]으로 관자놀이를 장식하였지요. 90

저기 사람들은 나를 스타티우스라 부르니,
나는 테바이를 노래했고 위대한 아킬레스를
노래하다가 두 번째 짐과 함께 쓰러졌지요.[31] 93

내 열정[32]의 씨앗이 되고 나를 불태운 것은,
수많은 시인들을 비추어 주었던
성스러운 불꽃[33]의 불티들이었답니다. 96

내가 말하는 것은 나의 어머니이고 시의
유모였던 『아이네이스』이니, 그것 없이
나는 중요한 것을 쓰지 못했을 것이오. 99

베르길리우스가 살았을 때 나도 거기서

---

29 원래 스타티우스는 나폴리 태생이다. 여기에서 단테는 당시의 관례대로 프랑스 남부 툴루즈 출신의 수사학자 루키우스 스타티우스 Lucius Ursulus Statius와 혼동하고 있다. 스타티우스가 나폴리 출신이라는 사실은 15세기에 들어와서야 확인되었다.

30 도금양(桃金孃)은 지중해 지방에서 많이 나는 상록수 관목의 일종으로 월계수와 같이 시인에게 명예의 관으로 씌워 주었다. 스타티우스는 세 번 계관(桂冠) 시인이 되었다고 한다.

31 서사시 『아킬레이스』를 완성하지 못하고 사망하였다.

32 시적 열정.

33 뒤이어 말하듯이 베르길리우스의 『아이네이스』를 가리킨다.

제21곡 **231**

살았다면, 한 해 더 귀양에서 벗어나지
못하는 것³⁴도 마다하지 않을 것이오.」   102

이 말을 들은 베르길리우스는 나를 향해
말없는 눈짓으로 〈말하지 말라〉고 했지만
의지의 힘이 모든 것을 할 수는 없으니,   105

웃음이나 울음은 그것이 발생하게 하는
감정의 뒤를 가깝게 뒤따르기 때문에,
진정한 의지를 더 이상 따르지 않는다.   108

나는 눈짓만 하는 사람처럼 웃고 있었고,
그 영혼은 침묵하고 나를 쳐다보았는데,
표정이 잘 드러나는 내 눈을 응시하였다.   111

그리고 말했다. 「이 힘든 노정이 잘 끝나기를.
조금 전 그대 얼굴에 웃음이 반짝였는데
무슨 일인지 나에게 설명해 주겠소?」   114

이제 나는 이쪽과 저쪽 사이에 있었으니,
한쪽은 침묵하라고, 또 한쪽은 말하라고
요구했기에 내가 한숨을 쉬자 스승님이   117

34 연옥에서 1년 더 형벌을 받는 것을 의미한다.

이해하고 말씀하셨다. 「두려워하지 말고
말하도록 하라. 그리고 그토록 간절히
요구하는 것을 그에게 말해 주어라.」 120

그래서 나는 말했다. 「오래된 영혼이여, 아마도
내가 웃음을 띤 것에 놀라는 모양이나,
그대가 더 놀랄 만한 것을 알려 주겠소. 123

내 눈을 높은 곳으로 인도하는 이분이
바로 베르길리우스이니, 그대가 신과
인간을 노래하는 힘을 얻은 분이지요. 126

다른 이유로 내가 웃었다고 생각했다면
사실이 아니며, 이분에 대해 그대가
말한 것 때문이었다는 것을 믿으시오.」 129

그는 벌써 스승의 발을 껴안으려 무릎을
꿇었으나 그분이 말하셨다. 「하지 마오,
형제여, 그대나 나는 모두 그림자이니.」 132

그는 몸을 일으키며 말했다. 「그대에 대한 뜨거운
내 사랑이 얼마나 큰지 이제 아시겠지요.
나는 우리의 몸이 텅 비었음을 잊고 135

그림자를 단단한 것처럼 다루었군요.」

제22곡

두 시인은 스타티우스와 함께 여섯째 둘레로 올라간다. 베르길리우스의 질문에 스타티우스는 자신이 인색과는 정반대로 낭비의 죄를 지었다고 대답하고, 또한 어떻게 해서 그리스도인이 되었는가를 이야기한다. 그들은 오르지 못하도록 아래쪽이 가느다랗게 생긴 나무를 보는데, 나뭇잎들 사이에서 탐식의 절제를 예시하는 노래가 들려온다.

어느덧 천사는 우리의 뒤에 남았는데,
내 얼굴에서 죄 하나[1]를 지워 주고
우리를 여섯째 둘레로 인도한 천사였다. 3

천사는 우리에게 정의에 목마른 자들은
행복하다고 말했는데, 그의 목소리는
다른 말 없이 〈목마른〉[2]으로 끝났다. 6

그리고 나는 다른 어귀들[3]보다 한결
가볍게 걸었으니,[4] 전혀 힘들지 않게

---

1 이마에 찍힌 다섯 번째 P 자.
2 원문에는 라틴어 *Sitiunt*로 되어 있다. 「마태오 복음서」 5장 6절의 라틴어 문장 *Beati qui esuriunt et sitiunt justitiam*(〈행복하여라, 의로움에 주리고 목마른 사람들〉)에 나오는 말인데, 천사의 노래가 마지막 단어 *justitiam*(〈의로움〉)을 빼고 끝났다는 뜻이다.
3 이미 지나온 연옥의 다른 둘레들.
4 이마에 새겨진 P 자들이 지워짐에 따라 죄의 무게가 점차로 가벼워지

재빠른 두 영혼을 뒤따라 위로 올랐다.   9

베르길리우스는 말하셨다. 「덕성에 불붙은
사랑은 자기 불꽃을 밖으로 드러내면
언제나 다른 것을 불붙게 하는 법이지.   12

그러니 지옥의 림보에 있는 우리들
사이로 유베날리스[5]가 내려와서
나에게 그대의 애정을 밝혀 준 이후로,   15

그대에 대한 나의 애정은 전혀 본 적 없는
사람을 아주 친밀하게 해주었으니
지금 이 계단들이 더욱 짧게 보인다오.   18

하지만 말해 주오. 너무 솔직해서 말을
자제하지 못하지만 친구처럼 용서하고,
이제 친구처럼 나에게 이야기해 주시오.   21

그대는 열심히 노력하여 그토록 많은
지혜로 가득하였는데, 어떻게 그대

기 때문이다.
5 Decimus Junius Juvenalis(55~140?). 로마 시대의 풍자 시인으로 16편의 풍자시를 남겼는데, 스타티우스와 동시대인이지만 그보다 더 오래 살았다.

품 안에 인색이 자리 잡을 수 있었소?」   24

이 말에 스타티우스는 먼저 미소를
약간 지은 다음 대답했다. 「당신의 말은
모두 나에게 소중한 사랑의 표시입니다.   27

진짜 이유들이 감추어져 있기 때문에
잘못된 주제를 의심하도록 만드는
일들이 정말로 자주 나타나지요.   30

당신의 질문을 들으니 아마도 내가
다른 삶[6]에서 탐욕스러워 저쪽
둘레[7]에 있었다고 믿는 모양이군요.   33

그런데 인색은 나에게서 너무나도 멀리
떨어져 있었고,[8] 그런 무절제로 인해
수천 달 동안[9] 벌을 받았음을 아시오.   36

만약 당신이 인간의 본성을 꾸짖듯

6 이승에 살았을 때.
7 다섯째 둘레.
8 인색과는 정반대가 되는 낭비의 죄를 지었다는 뜻이다.
9 스타티우스는 다섯째 둘레에서 500년 동안 있었기 때문에(21곡 67~69행), 달로 치면 6천 개월 동안 벌을 받았다.

〈황금에 대한 저주받을 탐욕이여, 너는
왜 인간의 식욕을 다스리지 못하는가?〉[10]   39

외치신 대목을 읽었을 때 내 마음을
바로잡지 않았더라면, 무거운 짐을
굴리며 격렬히 부딪치고 있을 것이오.[11]   42

그때서야 내 손들이 너무 활개를 펴고
낭비하고 있음을 깨달았고, 나는 다른
죄들과 마찬가지로 그 죄를 뉘우쳤지요.   45

얼마나 많은 사람들이 무지로 인하여
살아서 죽을 때까지 그 죄를 뉘우치지
않다가 잘린 머리카락으로[12] 일어날까?   48

그러니 어느 죄와 정반대되는 죄도
여기서는 그런 죄와 함께 싱싱함을

---

10 『아이네이스』 3권 56~57행에 나오는 표현으로 라틴어 원문은 *Quid non mortalia pectora cogis / Auri sacra fames?*(〈황금에 대한 저주받을 탐욕이여, 너는 인간에게 무엇을 하도록 강요하지 않겠는가?〉)로 되어 있다.

11 아마 지옥의 넷째 원에 떨어져서 인색한 자들과 낭비자들처럼(「지옥」 7곡 25행 이하 참조) 가슴으로 무거운 짐을 굴리면서 서로 맞부딪치는 형벌을 받고 있을 것이라는 뜻이다.

12 낭비의 죄를 지은 자들은 최후의 심판 때 머리카락이 잘린 채 다시 일어난다.(「지옥」 7곡 56~57행)

잃고 말라 죽는다는 것[13]을 아십시오. 51

따라서 나는 죄를 씻기 위해 인색을
참회하는 사람들 사이에 있었지만,
그와 정반대의 죄를 지었던 것이오.」 54

그러자 전원시인[14]이 말하셨다. 「그런데
그대가 이오카스테의 두 겹 슬픔이 된
잔인한 전쟁[15]에 대해 노래하였을 때, 57

거기서 클리오[16]와 어울린 것을 보면,
선행에 없어서는 안 될 신앙을 아직은
충실하게 뒤따르지 않았던 모양이오. 60

만약 그렇다면 어떤 태양이나 촛불이

---

13 죄에 대한 형벌을 받는다는 뜻이다.
14 베르길리우스는 10편의 「전원시Bucolica」를 남긴 시인으로도 유명하다.
15 이오카스테는 테바이 왕 라이오스의 아내였으나, 나중에 자신의 아들인 줄 모르고 오이디푸스와 결혼하여 두 아들 에테오클레스와 폴리네이케스를 두었는데, 그들은 오이디푸스의 뒤를 이어 테바이의 왕권을 두고 싸우다가 함께 죽었다.(「지옥」 26곡 52~53행 참조) 그 싸움 이야기는 스타티우스의 『테바이스』에도 나온다.
16 클리오(그리스어 이름은 클레이오)는 아홉 무사 여신들 중 하나로 역사를 관장한다. 스타티우스는 『테바이스』 첫머리에서 클리오에게 기원하고 그녀의 덕을 찬양한다.

그대에게 어둠을 몰아내 주었기에,
돛을 펴 어부[17]를 뒤따르게 되었소?」 63

그는 말했다. 「당신이 최초로 나를 파르나소스[18]
동굴의 샘물을 마시도록 안내하셨고,
최초로 나를 하느님께로 비춰 주셨지요. 66

당신은 마치 밤에 등불을 등 뒤로 들어
자신에게 유익하기보다 뒤의 사람들을
현명하게 만들어 주는 분처럼 말했지요. 69

〈이제 새로운 시대가 시작된다. 정의가
돌아오고 인류의 첫 시기가 돌아오며,
하늘에서 새로운 자손들이 내려온다.〉[19] 72

당신 덕택에 나는 시인이자 그리스도인이

---

17 성 베드로를 가리킨다. 원래 그는 어부였는데 예수의 제자가 됨으로써 〈사람 낚는 어부〉가 되었다.(「마태오 복음서」 4장 19절)

18 그리스 중부 델포이 근처의 산으로 그리스 신화에서 아폴로에게 바쳐진 산이며 동시에 무사 여신들이 기거하는 곳이다. 그곳 동굴의 샘물을 마신다는 것은 무사 여신들의 영감을 받는 것을 의미한다.

19 베르길리우스의 「전원시」 IV 5~7행에 나오는 표현이다. 라틴어 원문은 다음과 같다. *Magnus ab integro saeclorum nascitur ordo / Iam redit et Virgo, redeunt Saturnia regna, / Iam nova progenies caelo demittitur alto.* 교부 아우구스티누스는 이 구절이 예수와 그리스도교의 도래를 예언한 것으로 해석하기도 하였다.

되었으니,[20] 내가 대충 말하는 것을 잘
이해하도록 손을 펼쳐서 색칠을 하지요.[21] 75

그 당시 세상은 이미 영원한 왕국[22]의
심부름꾼들이 씨를 뿌려 놓았던 참다운
신앙으로 완전히 충만해 있었지요.[23] 78

그리고 방금 전에 말한 당신의 말씀은
새로운 설교자들[24]과 일치하였으니
나는 습관처럼 그들을 찾게 되었지요. 81

그들은 나에게 너무나 성스럽게 보였기에
도미티아누스[25]가 그들을 박해했을 때
나의 눈물 없이 그들의 울음은 없었으며, 84

저 세상에서 사는 동안 나는 그들을
도와주었고, 그들의 올바른 생활을 보고

---

20 하지만 스타티우스가 그리스도인이었다는 실증적인 사료는 발견되지 않았다.
21 보다 자세하게 설명하겠다는 뜻이다.
22 하느님의 왕국.
23 그리스도교가 이미 널리 퍼져 있었다는 뜻이다.
24 그리스도교의 포교자들.
25 Titus Flavius Domitianus(51~96). 69년에 로마의 황제가 되었으며, 특히 81~96년 사이에 그리스도교 신자들을 잔인하게 박해하였다.

다른 모든 종파들을 경멸하게 되었지요. 87

나의 시에서 그리스인들을 테바이강 변으로
인도하기 전에,[26] 나는 세례를 받았지만
두려움 때문에 숨은 그리스도인이 되어 90

오랫동안 마치 이교도인 것처럼 꾸몄으며,
그 미지근함으로 인하여 넷째 둘레에서
나는 4백 년 이상 동안 벌을 받았습니다. 93

당신은 나에게 감추어진 뚜껑을 열어
내가 이렇게 좋은 말을 하게 하셨는데,
우리는 아직 올라가야 할 시간이 있으니, 96

우리의 옛 테렌티우스[27]와 카이킬리우스,[28]
플라우투스,[29] 바리우스[30]가 어디 있는지,

---

26 『테바이스』 9권에서 아드라스토스왕은 그리스인들을 이끌고 테바이 근처의 두 강 이스메노스와 아소포스에 도달한다. 그러니까 『테바이스』 9권을 끝내기 전에 세례를 받았다는 뜻이다.

27 Publius Terentius Afer(B.C. 190?~B.C. 150?). 로마 시대의 대표적인 희극 시인으로 6편의 작품을 남겼다.

28 Caecilius Statius(B.C. 230?~B.C. 168?). 로마 시대의 희극 시인이었다.

29 Titus Maccius Plautus(B.C. 254?~B.C. 184). 로마 시대의 탁월한 희극 시인이었다.

30 Lucius Varius Rufus. 기원전 1세기 아우구스투스 시대의 대표적인 시

저주받았다면 어느 원[31]에 있는지 말해 주오.」   99

나의 안내자는 대답하셨다. 「그들과 페르시우스,[32]
나와 다른 많은 사람들은, 무사 여신들이
누구보다 젖을 많이 먹인 그리스인[33]과 함께   102

눈먼 감옥의 첫 번째 원 안에 있으니,
우리는 우리의 유모들이 언제나 살고 있는
그 산[34]에 대해 종종 이야기한답니다.   105

우리와 함께 에우리피데스,[35] 안티폰,[36]
시모니데스,[37] 아가톤,[38] 또 월계수로
머리를 장식한 많은 그리스인들이 있소.   108

인 중 하나로 베르길리우스와 호라티우스의 친구였다.
 31 지옥의 어느 원에 있는지.
 32 Aulus Persius Flaccus(34~62). 로마 시대의 풍자 시인으로 당시의 부패한 상황을 신랄하게 비판하였다.
 33 고전 시대 최고의 시인 호메로스를 가리킨다.
 34 파르나소스산을 가리킨다. 이 산에 대해 말한다는 것은 시에 대해 이야기한다는 뜻이다.
 35 Euripides(B.C. 480?~B.C. 406?). 아이스킬로스, 소포클레스와 더불어 그리스 3대 비극 시인 중의 하나였다.
 36 Antiphon(B.C. 480?~B.C. 411?). 그리스의 웅변가이며 소피스트 철학자로 아테나이의 정치 싸움에 연루되어 처형당하였다.
 37 Simonides(B.C. 556?~B.C. 468). 그리스의 서정시인
 38 Agathon(B.C. 448?~B.C. 400). 아테나이 출신의 비극 시인.

그리고 그대의 사람들[39]로 안티고네[40]와
데이필레,[41] 아르게이아,[42] 그리고 전처럼
슬픔에 잠긴 이스메네[43]도 그곳에 있소. 111

란기아 샘을 가르쳐 준 여인[44]도 거기 있고,
테이레시아스의 딸[45]과 테티스,[46] 그리고
데이다메이아[47]도 자매들과 함께 있어요.」 114

이제 암벽 사이의 오르막길을 올라
자유로운 두 시인은 주위를 둘러보는
데에 몰두하여 다시금 말이 없었다. 117

---

39 스타티우스가 자신의 작품들에서 노래한 사람들.
40 오이디푸스와 이오카스테 사이에 태어난 딸이다.
41 티데우스(「지옥」 32곡 130행 참조)의 아내이며, 디오메데스의 어머니이다.
42 데이필레의 자매이며 폴리네이케스의 아내이다.
43 오이디푸스와 이오카스테 사이의 딸로 안티고네의 동생이다. 약혼자 아티스가 죽은 후 평생을 불행 속에 살았다고 한다.
44 렘노스섬의 힙시필레.(「지옥」 18곡 93행 참조) 그녀는 해적에게 잡혀 네메아 왕 리쿠르고스에게 팔려가 왕자들을 돌보는 하녀가 되었는데, 테바이를 공격하는 여러 왕과 병사들이 목말라하는 것을 보고 란기아 샘을 가르쳐 주었다고 한다.(『테바이스』 4권 774행 참조)
45 만토를 가리킨다. 단테는 「지옥」 20곡 52~56행에서 예언 능력이 있는 그녀를 여덟째 원의 넷째 구렁에 집어넣었는데, 지금 림보에 있다고 말하는 것은 실수로 보인다.
46 바다의 여신으로 아킬레스의 어머니이다.
47 아킬레스의 연인이다.(「지옥」 26곡 61행 참조)

낮의 시녀들 네 명은 뒤에 남았고,[48]
벌써 다섯째 시녀가 키[49]를 잡고
불타는 뿔을 곧장 위로 몰고 있었다.   120

그때 나의 스승님이 말하셨다. 「으레 하던 대로
오른쪽 어깨를 끄트머리로 삼아서[50]
산을 돌아가는 것이 좋을 것이다.」   123

거기에서는 습관이 우리의 길잡이였고,
또한 그 가치 있는 영혼[51]의 도움으로
우리는 별다른 의혹 없이 길을 걸었다.   126

그들은 앞서 가고 나는 혼자 뒤에
가면서 시에 대해 나에게 많은 것을
깨우쳐 주는 그들의 말에 귀를 기울였다.   129

하지만 곧 듣기 좋은 말도 중단되었으니,
길 한가운데서 향기롭고 좋은 열매들이

---

48 시녀들은 시간을 가리킨다.(「연옥」 12곡 81행 참조) 네 명이 뒤에 남았다는 것은 해가 뜬 후 4시간이 지났다는 뜻이며, 따라서 현재 시간은 오전 10시에서 11시 사이이다.
49 태양 마차의 고삐.
50 오른쪽 어깨가 산 둘레의 끄트머리가 되게, 즉 오른쪽으로 돌면서.
51 스타티우스.

달린 나무 한 그루를 보았기 때문이다. 132

전나무는 가지들이 위로 가늘어지는데,
그 나무는 아래쪽으로 가늘어졌으니
위로 오르지 못하게 그런 것 같았다. 135

우리의 길이 가로막힌 쪽[52]에서는
높은 암벽에서 맑은 물이 떨어져
잎사귀들 위로 널따랗게 퍼졌다. 138

두 시인이 나무에 가까이 다가가자
잎들 사이에서 한 목소리가 외쳤다.
「이 열매로는 양식을 삼지 못하리라.」 141

또 이어서 외쳤다. 「마리아는 지금 너희를 위해
대답하는 입보다 결혼식[53]을 훌륭하고
완전하게 하실 것을 더 생각하셨노라. 144

또 옛날 로마의 여자들은 마실 것으로
물로 만족하였으며,[54] 또한 다니엘은

52 올라가는 길의 왼쪽은 산의 절벽으로 가로막혀 있다.
53 카나의 혼인 잔치.(「요한 복음서」 2장 1절 이하 참조) 여기에서 예수는 물을 포도주로 바꾸는 첫 번째 기적을 행하였다.
54 고대 로마에서 여자들은 술을 마시지 않았다고 한다.

음식을 경멸하고도 지혜를 얻었노라.[55]   147

황금처럼 아름다웠던 최초 시대[56]에는
굶주림이 도토리를 맛있게 했고 갈증이
모든 개천의 물을 감로주로 만들었노라.   150

들꿀과 메뚜기는 사막에서 세례자[57]를
먹여 살린 음식이었으니 그렇기 때문에
그는 복음서가 너희에게 열어 보이듯이,   153

그렇게 영광되고 가장 위대하였노라.」[58]

---

55 예언자 다니엘은 바빌로니아의 네부카드네자르왕이 제공하는 술과 요리를 피하고 채소와 물만 먹고도 다른 사람들보다 뛰어난 지식과 지혜를 얻었다.(「다니엘서」 1장 3절 이하 참조)

56 인류 최초의 황금시대.

57 세례자 요한. 〈요한은 낙타 털로 된 옷을 입고 허리에 가죽 띠를 둘렀다. 그의 음식은 메뚜기와 들꿀이었다.〉(「마태오 복음서」 3장 4절)

58 〈여자에게서 태어난 이들 가운데 세례자 요한보다 더 큰 인물은 나오지 않았다.〉(「마태오 복음서」 11장 11절)

제23곡

탐식의 죄인들이 해골처럼 비쩍 마른 모습으로 세 시인 앞을 지나간다. 그들 중에서 포레세 도나티가 단테를 알아보고 이야기한다. 그는 영혼들이 야윈 이유를 설명하고, 피렌체 여인들의 도덕적 타락에 대해 비난을 퍼붓는다. 단테는 포레세에게 자신의 저승 여행에 대해 이야기한다.

어린 새들을 뒤쫓느라 자신의 삶을
낭비하는 사람[1]이 으레 그렇듯 내 눈이
푸른 잎사귀를 뚫어지게 응시하는 동안,   3

아버지보다 더한 분[2]이 말하셨다. 「아들아,
이제 오너라. 우리에게 허용된 시간을
좀 더 유용하게 나누어 써야 하겠구나.   6

나는 곧 얼굴을 돌리고 걸음을 재촉하여
현자들 곁으로 따라갔으니, 그분들의
이야기에 내 길은 전혀 힘들지 않았다.   9

그런데 갑자기 〈주님, 제 입술을〉[3] 하고

---

1 재미 삼아 새들을 사냥하는 데 시간을 보내는 사람을 가리킨다.
2 베르길리우스.
3 원문에는 라틴어 *Labia mea, Domine*로 되어 있다. 「시편」 51편 17절 (〈주님, 제 입술을 열어 주소서. 제 입이 당신의 찬양을 널리 전하오리다〉)의

울고 노래하는 소리가 들려왔는데, 마치
즐거움과 고통을 동시에 낳는 듯하였다.   12

「오, 다정하신 아버지, 무슨 소리입니까?」
나는 말을 꺼냈고, 그분은 말하셨다. 「영혼들이
아마 죄의 매듭을 풀며 가는 것 같구나.」   15

생각에 잠긴 순례자들이 길을 가다가
낯선 사람들을 따라잡으면 걸음을
멈추지도 않은 채 그들을 돌아보듯이,   18

말 없고 경건한 영혼들의 무리가
우리 뒤에서 좀 더 빠르게 다가와
지나쳐 가면서 우리를 바라보았다.   21

모두들 눈이 검게 움푹 파여 있었고,
창백한 얼굴은 얼마나 야위었는지
뼈에 가죽만 붙어 있는 모습이었다.   24

에리시크톤[4]이 굶주림 때문에 메마른

첫 구절이다. 탐식의 죄는 입을 쾌락의 도구로 전락시키는 데에서 나온다. 하지만 입은 무엇보다 하느님을 찬양해야 한다는 의미에서 여섯째 둘레의 노래로 삼았다.
4 테살리아 왕 트리오파스의 아들로 곡물의 여신 케레스(그리스 신화에

제23곡 **249**

껍질처럼 말라서 아주 무섭게 보였을
때에도 그렇게 마르지는 않았으리라. 27

나는 속으로 생각하며 말했다. 「그래,
마리아가 자기 자식을 잡아먹었을 때
예루살렘을 잃어버린 사람들 같구나.」[5] 30

눈구멍은 보석이 빠진 반지 같았으며,
사람 얼굴에서 OMO[6]를 읽는 자는
거기서 손쉽게 M 자를 알아볼 것이다. 33

어떻게 그런지 모른다면, 과일 냄새와
물의 냄새가 욕망을 자극함으로써
그렇게 만들었다고 그 누가 믿겠는가? 36

아직 그 이유를 분명히 몰랐기 때문에

서는 데메테르)의 신성한 숲에서 나무를 잘랐다가 그 벌로 끊임없는 굶주림에 시달리게 되었다. 음식을 사기 위해 자신의 모든 재산을 팔았고 심지어 자기 딸도 팔았으며, 마지막에는 자신의 사지까지 먹고 죽었다고 한다.

5 70년 티투스가 예루살렘을 포위하였을 때(제21곡 82~84행 참조), 마리아라는 어느 여인은 배고픔을 못 이겨 자기 자식을 잡아먹었다고 한다.

6 OMO. 라틴어로 사람*homo*을 뜻하는데, 중세의 속설에 의하면 창조주가 사람 얼굴에 그 글자를 새겨 넣었다고 한다. 즉 좌우의 O는 두 눈이고, M은 코와 눈썹 언저리에 해당한다. 특히 마른 사람에게서는 이런 형상이 뚜렷이 나타난다.

무엇이 그들을 굶겨서 그렇게 야위고
창백하게 만들었는지 생각하고 있을 때,　　　　　　39

문득 한 영혼이 머리의 깊은 곳에서
나에게 눈을 돌려 뚫어지게 응시하더니
크게 외쳤다. 「나에게 무슨 은혜인가?」　　　　　　42

나는 그 얼굴을 알아보지 못했을 텐데,
겉모습이 그렇게 망가뜨린 원래 모습을
그의 목소리가 분명하게 밝혀 주었다.　　　　　　45

그 불티[7]는 바뀌어 버린 모습에 대한
나의 기억을 완전히 되살려 주었으니,
나는 포레세[8]의 얼굴을 알아보았다.　　　　　　48

그는 말했다. 「아하, 피부를 창백하게
만드는 메마른 딱지에 신경 쓰지 말고,
내 살이 없어진 것에 신경 쓰지 마라.　　　　　　51

---

7 목소리.
8 포레세 도나티Forese Donati. 단테의 아내 젬마 도나티의 사촌이자, 궬피 흑당의 우두머리였던 코르소(「연옥」 24곡 82행 이하 참조)의 형제이다. 그는 젊었을 때의 단테와 가까운 사이였고, 서로 농담 어린 저속한 소네트들을 교환하기도 하였는데, 거기에서도 단테는 포레세의 탐식을 거론하였다. 포레세는 1296년에 사망하였다.

그보다 너에 대하여, 너를 안내하는
저기 두 영혼이 누구인지 말해 다오.
숨김없이 모두 나에게 이야기하라.」 54

나는 대답했다.「내가 눈물을 흘렸던
죽은 그대 얼굴이 이렇게 변한 것을
보니 똑같은 고통으로 눈물이 나는군. 57

세상에, 왜 이렇게 말랐는지 말해 다오.
너무 놀라우니 말 시키지 마라, 다른
생각에 이끌린 사람은 말할 수 없지.」 60

그는 말했다.「저 뒤에 있는 물과 나무⁹에
영원한 충고의 힘이 담겨 있으니,
그로 인해 이처럼 야위게 된다네. 63

울면서 노래하는 이 사람들은 모두
지나치게 목구멍의 즐거움을 찾았기에,
여기서 배고픔과 갈증으로 깨끗해지지. 66

열매에서 나는 냄새와 잎사귀 위로

---

9 앞에서 말한 나무와 절벽에서 떨어지는 맑은 물.(「연옥」 22곡 131행 이하 참조)

흩어져 퍼지는 물의 냄새는 먹고
마시고 싶은 욕망을 더 부채질하지.   69

우리 괴로움은 단 한 번이 아니라
이 둘레를 돌고 나면 새로워지는데,
괴로움이 아니라 위안이라 해야겠지.   72

그리스도께서 피로 우리를 구하실 때
기꺼이 〈엘리〉[10]를 말하시게 이끌었던
그 의지가 우리를 나무로 인도한다네.」   75

나는 말했다. 「포레세, 그대가 보다
나은 삶으로 세상을 바꾸던 날부터
지금까지 다섯 해가 넘지 않았네.   78

우리를 하느님께 다시 연결해 주는
좋은 고뇌의 순간[11]이 오기 전에
그대에게 죄지을 힘이 끊어졌다면,   81

어떻게 벌써 이곳에 올라와 있는가?[12]

10 예수는 숨을 거두기 직전에 *Eli, Eli, lama sabacthani?*(저의 하느님, 저의 하느님, 어찌하여 저를 버리셨습니까?) 하고 외쳤다.(「마태오 복음서」 27장 46절 참조)
11 참회.

제23곡 253

시간으로 시간을 보상하는 아래에서[13]
그대를 만날 것으로 생각하였는데.」 84

그러자 그는 말했다. 「내가 이토록 빨리 속죄의
달콤한 형벌을 마시도록 이끈 것은
나의 넬라[14]였으니, 그녀는 쏟아지는 87

눈물과 경건한 기도와 한숨들을 통해
기다리는 해변[15]에서 나를 끌어냈고
다른 둘레들에서 벗어나게 하였지. 90

내가 무척 사랑했던 홀어미 그녀가
좋은 일을 할 때 외로울수록 더욱
하느님께 사랑받고 즐겁게 했으니, 93

사르데냐의 바르바자[16]에서 오히려

12 더 이상 죄를 지을 힘이 없는 사망의 순간까지 회개를 미루었다면, 어떻게 벌써 연옥에서 벌을 받고 있는가 묻고 있다. 죽기 직전에 회개한 사람은 이승에서 살았던 세월만큼 연옥의 바깥에서 기다려야 한다. (「연옥」 4곡 130~132행, 11곡 127행 이하 참조)
13 회개하기 전까지 흐른 시간에 해당하는 시간을 기다려야 하는 입구 연옥에서.
14 Nella. 포레세의 아내 조반나Giovanna의 애칭이다.
15 입구 연옥.
16 Barbagia. 사르데냐섬 남부 산골에 있는 지방의 이름으로 옛날에는 야만족이 살고 풍기가 문란하였다고 한다.

내가 떠나온 바르바자[17]보다 훨씬 더
여자들이 정숙하기 때문이라네.   96

정다운 형제여, 내가 무슨 말을 할까?
지금 이 순간이 오랜 옛날이 아닐[18]
미래 시간이 벌써 내 눈앞에 보이니,[19]   99

그때는 뻔뻔스러운 피렌체 여자들이
젖꼭지까지 가슴을 드러내고 다니는 것을
설교단에서 금지하게 될 것이네.   102

어떤 야만족이나 사라센 여자들[20]에게
몸을 가리고 다니게 하려고 어떤 정신적
규범이나 어떤 다른 규범이 필요했던가?   105

하늘이 곧이어 자신들에게 마련할 것을
그 부끄러움 모르는 여자들이 알고 있다면
벌써 입을 열고 비명을 지를 것이네.   108

여기서 내다보는 것이 틀리지 않다면,

17 타락한 피렌체를 빗대어하는 말이다.
18 앞으로 머지않은 미래.
19 여기에서 포레세는 머지않은 미래의 피렌체에 대해 예언한다.
20 이교도 여자들.

지금 자장가에 편히 잠든 아이의 뺨에
털이 나기도 전에 그녀들은 슬퍼할 테니.　　　　　111

아, 형제여, 이제 나에게 감추지 마라.
보아라, 나뿐만 아니라 이 사람들 모두
그대가 해를 가리는 곳을 보고 있노라.」　　　　114

그래서 나는 말했다. 「그대가 나에게 누구였는지,
내가 그대에게 누구였는지 생각해 보면
지금의 기억은 더욱 가슴 아플 것이야.　　　　　117

내 앞에 가는 분이 나를 저곳의 삶에서
데려오신 엊그제[21] 저것의……」 나는 해를
가리켰다. 「누이[22]는 동그란 모습이었네.[23]　　　120

저분은 당신을 뒤따르는 이 살아 있는
육신과 함께 진정으로 죽은 자들[24]의
깊숙한 밤 속으로 나를 안내하셨으며,　　　　　123

21　정확히 말하자면 2~3일 전이 아니라 5일 전이다. 단테는 4월 8일 여행을 시작하였고, 지금은 12일이다.
22　달.
23　보름달이었을 때. 어두운 숲속에 있던 4월 7일은 보름달이었다.(「지옥」 20곡 127행 참조)
24　지옥의 영혼들. 육신을 잃고 하느님을 잃었기 때문에 완전히 죽었다는 뜻이다.

또한 그분의 위안으로 그곳을 벗어나,
세상을 잘못되게 한 그대들을 바로잡는
이 산을 돌면서 올라가는 중이라네. 126

베아트리체가 있는 곳에 갈 때까지만
나를 안내해 주겠다고 말씀하시니,
거기서는 그분 없이 나 혼자 남겠지. 129

내가 말하는 분은 베르길리우스라네.」
나는 그분을 가리켰다. 「또 다른 분은
그대들의 왕국을 벗어나는 영혼이니, 132

그 때문에 아까 온 산기슭이 진동하였지.」

제24곡

포레세는 단테에게 탐식의 영혼들 몇 명을 소개한다. 그중에는 시인 보나준타와 교황 마르티누스 4세가 있는데, 보나준타는 단테와 함께 시에 대해 이야기한다. 포레세는 피렌체의 미래를 예언하고 떠난다. 세 시인은 벌받은 탐식의 예들을 노래하는 두 번째 나무를 본 다음, 일곱째 둘레로 안내하는 천사를 만난다.

말이 걸음을 늦추거나, 걸음이 말을
늦추지 않았으니 우리는 마치 순풍에
달리는 배처럼 말하며 빨리 걸었는데,　　　　　3

마치 두 번 죽은 것처럼 보이는[1]
영혼들은 내가 살아 있음을 깨닫고
눈구멍 밖으로 놀라움을 드러냈다.　　　　　6

나는 내 이야기를 계속 이어서 말했다.
「저분[2]은 천천히 올라가지만, 다른
이유가 아니라면 그렇지 않을 것이야.[3]　　　　　9

1　너무나도 야위고 말랐기 때문이다.
2　스타티우스
3　베르길리우스와 함께 가기 때문에 천천히 올라가고 있다.

그런데 피카르다[4]가 어디 있는지 알면
말해 다오. 또 나를 보는 이 사람들 중에
눈여겨볼 만한 사람이 있으면 말해 다오.」 12

「아름다움과 착함 중에서 어느 것이
더한지 모를 나의 누이는 벌써 높은
올림포스[5]에서 승리의 영광을 누리지.」 15

먼저 이렇게 말했고, 이어서 말했다. 「여기서는
굶주림에 우리 모습이 오그라들어서
누구의 이름을 대도 상관없을 거야. 18

이 사람은……」 그는 손가락으로 가리켰다.
「보나준타,[6] 루카의 보나준타이고,
저기 다른 사람들보다 더 야윈 얼굴은 21

---

4 Piccarda. 포레세와 코르소(「연옥」 24곡 82행 이하 참조)의 누이이며, 단테의 아내 젬마와 사촌이다. 클라라 수녀회의 수도자였던 그녀의 영혼은 천국에 있다.(「천국」 3곡 43행 이하 참조)

5 천국을 가리킨다. 단테는 종종 그리스 로마 신화의 이미지들을 그리스도교적 의미로 전용하여 사용한다.

6 보나준타 오르비차니Bonagiunta Orbicciani는 13세기 중엽 루카 태생의 공증인이자 법관, 시인이었다. 그는 페데리코 2세의 궁정에서 꽃피웠던 〈시칠리아 학파〉의 시를 토스카나 지방에 도입하였고, 단테가 속한 〈달콤한 새로운 문체〉 시인들과는 논쟁적인 입장이었다.

성스러운 교회를 자기 팔에 안아 보았으니,[7]
투르 출신이었고 볼세나의 뱀장어와
베르나차 포도주[8]를 정화하고 있지.」   24

다른 많은 이름들도 하나씩 지명했는데,
모두 이름 불리는 것에 만족해 보였고
나는 어두운 기색을 전혀 볼 수 없었다.   27

우발디노 달라 필라[9]와, 주교 지팡이로
많은 사람들을 이끌던 보니파초[10]가
배고픔에 헛되이 이빨을 움직이는 걸 보았다.   30

또 메세르 마르케세[11]를 보았는데, 그는

---

7 교황 마르티누스Martinus 4세(재위 1281~1285)를 가리킨다. 속명은 시몬 드 브리옹으로 프랑스 투르 근처에서 1210년경에 태어났다. 전통적으로 교회는 신부에 비유되었다.

8 마르티누스 4세는 미식가로 라치오 지방의 볼세나Bolsena 호수에서 잡은 뱀장어를 베르나차Vernaccia 포도주(토스카나의 산지미냐노에서 생산되는 고급 포도주)에 넣어 취하게 한 다음 요리해서 먹었다고 한다.

9 Ubaldino dalla Pila. 토스카나의 우발디니 가문 출신으로 오타비아노 추기경(「지옥」 20곡 118~120행)의 형제이며, 루제리 대주교(「지옥」 33곡 13행 이하 참조)의 아버지이다.

10 Bonifacio Fieschi. 교황 인노켄티우스 4세의 조카로 1274~1295년 라벤나의 대주교였는데, 상단의 모양이 독특한 주교 지팡이를 사용하였다고 한다.

11 messer Marchese. 포를리의 유명한 가문 출신으로 1296년 파엔차의 포데스타가 되었는데, 술을 좋아하여 언제나 취해 있었다고 한다.

포를리에서 별로 목이 마르지 않는데도
계속 술을 마시면서 만족할 줄 몰랐다.   33

그런데 누구보다 자세히 살펴보고 평가하는
사람처럼 나는 루카 사람[12]을 보았는데,
나에게 가장 관심이 많은 듯했기 때문이다.   36

그는 중얼거렸으며, 나는 그들을 야위게
만드는 정의의 고통을 느끼는 곳[13]에서
〈젠투카〉[14] 하는 비슷한 소리를 들었다.   39

나는 말했다. 「오, 나와 말하고 싶은 듯한
영혼이여, 그대의 말을 알아듣게 해주오.
그대 말은 그대와 나를 충족시켜 주니까요.」   42

그가 말했다. 「그녀는 여자로 태어나 아직
베일을 쓰지 않았는데,[15] 사람들이 나의
도시를 비난해도 그대 마음에 들게 하리다.[16]   45

12 루카의 보나준타.
13 입을 가리킨다.
14 Gentucca. 뒤에서 나오듯이 루카 출신 여자이지만 구체적으로 누구인지 분명하지는 않다. 다만 아마도 단테가 망명 중에 알게 된 여인으로 짐작된다.
15 아직 결혼하지 않았다는 뜻이다. 당시의 관례에 의하면 결혼한 여자들만 베일을 쓰고 다녔다.

제24곡 **261**

그대는 이 예언과 함께 나아갈 것이니,
만약 그대가 나의 말을 오해한다면,
미래의 사실들이 그대에게 밝혀 줄 것이오. 48

그런데 지금 내가 〈사랑을 이해하는
여인들이여〉[17] 하고 시작하는 새로운
시를 쓴 사람을 보고 있는지 말해 주오.」 51

나는 말했다. 「나는 사랑이 영감을 줄 때
기록하고, 사랑이 마음에 속삭이는 것을
그대로 표현하는 사람일 뿐입니다.」 54

그가 말했다. 「형제여, 공증인,[18] 귀토네,[19] 내가
어떤 매듭 때문에 그 달콤한 새로운
문체[20]에 미치지 못했는지 이제 알겠소. 57

16 비록 루카가 부패하여 평판이 좋지 않더라도, 젠투카로 인해 단테는 그 도시를 좋아할 것이라는 예언이다.

17 *Donne ch'avete intelletto d'amore*. 베아트리체에 대한 사랑을 이야기하는 단테의 초기 작품 『새로운 삶 *La vita nuova*』 19장에 나오는 시의 첫머리이다. 단테는 자신의 시를 가리켜 〈새로운 시 *nove rime*〉라고 말하고 있는데, 〈달콤한 새로운 문체〉 시들의 새로운 성격을 강조하고자 한다.

18 자코모 다 렌티니 Giacomo da Lentini(1210?~1260?)를 가리킨다. 그는 〈시칠리아 학파〉의 가장 대표적인 시인 중 하나였다.

19 귀토네 다레초 Guittone d'Arezzo(1235~1294). 아레초 출신 시인으로 초기 〈시칠리아 학파〉의 서정시에 깊은 관심을 기울였다.

20 *dolce stil novo*. 〈청신체(淸新體)〉로 번역되기도 한다.

그대들의 펜은 받아쓰게 하는 자[21]의 뒤를
충실히 뒤따른다는 것을 이제 잘 알겠소.
우리들의 시는 분명 그렇지 않았지요.   60

그리고 좀 더 깊이 탐구해 보려는 사람은
더 이상 서로의 문체를 구별 못 하지요.」
그리고 그는 만족한 듯 입을 다물었다.   63

나일강 변에서 겨울을 나는 새[22]들이
때로는 공중에서 무리를 이룬 다음
한 줄로 늘어서서 빠르게 날아가듯이,   66

그렇게 그곳에 있던 사람들은 모두
야윔과 의지[23]로 더욱 가벼워져서
고개를 돌리고 발걸음을 재촉하였다.   69

또한 마치 달리기에 지친 사람이
동료들은 가도록 놔두고 숨 가쁜
가슴이 진정될 때까지 걸어가듯이,   72

---

21 52~55행에서 말했듯이 시상(詩想)을 불러일으키는 사랑을 가리킨다.
22 나일강 변의 겨울 철새인 두루미를 가리킨다.
23 죄를 씻으려는 의지.

포레세는 그 거룩한 무리가 앞서 가게
놔두고 나와 함께 뒤에 가며 말했다.
「언제쯤 내가 그대를 다시 보게 될까?」 75

나는 대답했다. 「내가 얼마나 살지 모르나,
그다지 빨리 여기 돌아오지 못할 것이네.
원한다고 강둑에 먼저 도달하지 않으니까. 78

내가 살아가야 할 곳[24]이 매일같이
점점 더 선을 잃어 가면서 비참하게
멸망할 운명처럼 보이기 때문이야.」 81

그가 말했다. 「걱정 말게. 가장 죄 많은 자[25]가
짐승의 꼬리에 매달려 용서받지 못할
계곡으로 끌려가는 것이 눈에 보이네. 84

짐승은 매번 뛸 때마다 더욱더 빠르게
속도를 내고, 마침내 그를 떨어뜨려
끔찍하게 부서진 육신을 남기는구나.」 87

24 고향 피렌체 또는 이탈리아 전체를 가리킨다.
25 포레세의 형제이며 궬피 흑당의 우두머리인 코르소 도나티를 가리킨다. 그는 1308년 자신의 정적들에 의해 반역죄로 몰려 도망치다가 잡혀 죽임을 당한다. 확실하지는 않으나 일부에 의하면 달리는 말에서 떨어져 끌려가다가 죽었다고 한다.

그는 눈을 하늘로 향하고 말했다. 「저 바퀴들이
그리 많이 돌기 전에 내 말이 더 이상
밝힐 수 없는 것을 분명히 볼 것이네.   90

이제 그대는 뒤에 오게. 이 왕국에서는
시간이 귀중한데 이렇게 그대와 나란히
간다면 너무 많은 시간을 잃을 것이네.」   93

마치 말을 타는 무리 사이에서 이따금
치달아 달려 나오는 기사가 첫째로
돌진하는 명예를 얻고자 달리듯이,   96

그는 재빠른 걸음으로 우리를 떠났고,
나는 세상의 아주 위대한 스승이었던
두 분과 함께 길에 남아 있게 되었다.   99

그는 빠르게 우리 앞에서 멀어졌고,
그의 말[26]을 뒤쫓는 내 마음처럼
나의 눈이 그를 뒤쫓고 있는 동안,   102

싱싱하고 열매 많은 다른 나뭇가지들이
보였고, 방금 모퉁이를 돌았기 때문에

---

26 포레세가 했던 예언들.

그다지 멀리 떨어져 있지는 않았다. 105

그 아래에서 사람들은 손을 쳐들고
나뭇잎을 향해 무언가 소리쳤는데,
마치 무턱대고 조르는 어린아이들이 108

애원해도, 애원받는 사람은 대답 않고
욕망을 더욱 강렬하게 자극하기 위해
원하는 것을 높이 들어 보여 주는 듯했다. 111

그리고 사람들은 실망한 듯이 떠났고,
우리는 이제 수많은 애원과 눈물 들을
거부하는 그 커다란 나무에 이르렀다. 114

「가까이 오지 말고 그냥 지나가거라.
하와가 깨문 나무[27]는 저 위에 있고,
이 나무는 거기에서 나온 것이니라.」 117

그렇게 나뭇잎 사이에서 누군가 말했기에,
베르길리우스와 스타티우스, 나는 함께

---

27 〈선과 악을 알게 하는 나무〉(「창세기」 2장 9절 및 17절)로 하와는 뱀에게 속아 그 열매를 따 먹은 죄로 에덴에서 쫓겨났다. 그 지혜의 나무는 연옥 산의 꼭대기에 있는 지상 천국에 있다.

붙어서 암벽이 솟은 쪽으로 지나갔다. 120

목소리가 말했다. 「기억하라, 구름에서
태어났고, 술에 취해 두 겹 가슴으로
테세우스와 싸웠던 저주받은 자들을.[28] 123

또한 물을 마시며 약하게 보였기 때문에
기드온이 미디안을 향해 언덕을 내려갈 때
동료로 원하지 않았던 히브리인들을.」[29] 126

그렇게 목구멍의 죄와 거기에 따른
불쌍한 결과에 대해 들으면서 우리는
통로 한쪽 끝[30]에 바싹 붙어 지나갔다. 129

그러고는 좀 더 넓어진 외로운 길에서
우리는 각자 말없이 생각에 잠긴 채

---

28 켄타우로스들을 가리킨다.(「지옥」 12곡 55행 이하 참조) 상반신은 사람이고 하반신은 말로 된 그들은 페이리토스와 히포다메이아의 결혼식 때 술에 취해 테세우스와 싸우다가 많이 죽었다. 사람과 말의 형상이 가슴 부근에서 합쳐져 있기 때문에 〈두 겹 가슴〉이라 표현한다.

29 기드온이 미디안을 칠 때 주님의 명령대로 물가에서 물을 마시는 자세로 병사들을 뽑았는데, 욕심을 누르지 못하고 〈무릎을 꿇고 물을 마시는 자들〉은 돌려보냈다. 그리하여 그들은 승리의 영광을 함께 나누지 못하였다.(「판관기」 7장 5~7절)

30 왼쪽의 암벽과 나무 사이의 통로에서 암벽 쪽을 가리킨다.

천 걸음도 넘게 걸어갔을 무렵에, 132

「너희 셋은 무엇을 생각하며 가느냐?」
갑작스러운 목소리가 말하였기에, 나는
겁 많은 동물이 놀라듯 소스라쳤다. 135

나는 누군가 보려고 머리를 들었는데,
용광로에서 유리나 쇳덩어리가 그렇게
빨갛고 빛나는 것을 본 적이 없었다. 138

나는 누군가[31]를 보았고 그가 말했다.
「위로 오르려면 여기에서 꺾어야 한다.[32]
평화를 찾는 자는 이 길로 가야 한다.」 141

그의 얼굴은 내 눈을 부시게 했으니,
나는 단지 듣고만 가는 사람처럼
스승님들의 뒤를 따라 몸을 돌렸다. 144

그러자 마치 하루의 새벽을 알리는
5월의 산들바람이 풀과 꽃들로 흠뻑
젖어 움직이면서 향기를 내뿜듯이, 147

---

31 일곱째 둘레의 입구를 지키는 천사이다.
32 왼쪽으로 돌아 올라가야 한다는 뜻이다.

나의 이마 한가운데로 한 가닥 바람이
불어왔고 암브로시아[33] 향기를 풍기는
날개가 움직이는 것을 분명히 느꼈다.[34]   150

그리고 들었다. 「커다란 은총의 빛을
받는 자는 행복하구나. 맛의 사랑이
가슴에 지나친 욕망을 불사르지 않고,   153

언제나 옳은 일에 굶주리기 때문이다.」[35]

---

33 그리스 신화에서 신들의 음식으로 이것을 먹으면 늙지도 않고 죽지도 않는다고 한다. 그리고 여기에서 유래한 약초의 이름으로 쓰이기도 한다.
34 천사는 단테의 이마에 새겨진 P 자 하나를 지워 준다.
35 〈행복하여라, 의로움에 주리고 목마른 사람들! 그들은 흡족해질 것이다.〉(「마태오 복음서」 5장 6절)

제25곡

일곱째 둘레로 올라가는 길에 단테는 연옥의 영혼들에게 음식이 필요 없는데 왜 그렇게 야윌 수 있는가 질문한다. 베르길리우스의 부탁으로 스타티우스는 육체와 영혼의 본질, 말하자면 육체의 생성과 영혼의 발생, 죽음 뒤 영혼의 상태 등에 대해 설명해 준다. 세 시인은 일곱째 둘레로 올라가고 불꽃 속에서 영혼들이 순결의 일화들을 노래하는 것을 본다.

태양은 자오선 둘레를 황소자리에
넘기고, 밤을 전갈자리에 넘겼으니,[1]
이제 지체 없이 올라가야 할 때였고, 3

그래서 어떤 필요성의 충동에 사로잡힌
사람은 앞에 무엇이 나타나든 멈추지
않고 자신의 길만 가는 것과 같이, 6

그렇게 우리는 좁은 통로로 들어섰는데
너무 좁아 한 사람씩 오를 수밖에 없는
계단을 한 줄로 늘어서서 올라갔다. 9

마치 황새 새끼가 날고 싶어 날개를
펼쳤다가 감히 둥지를 떠날 시도를

---

1 시간상으로는 대략 오후 2시경이다.

못하고 다시 날개를 접는 것처럼, 12

그렇게 나도 묻고 싶은 욕망에 불타다
꺼졌으니, 말을 꺼내려고 준비하는
사람과 똑같은 동작에 이르러 있었다. 15

걸음은 빨라도 다정한 나의 아버지는
참지 못하고 말하셨다. 「말의 활시위를
놓아라, 화살촉까지 팽팽히 당겼으니까.」 18

그래서 나는 안심하고 입을 열어 말했다.
「영양분을 취할 필요가 없는 곳에서
도대체 어떻게 야윌 수가 있습니까?」 21

그분은 말하셨다. 「나무토막이 다 탔을 때 어떻게
멜레아그로스[2]가 죽었는지 기억하면
그것은 너에게 그리 어렵지 않으리라. 24

또한 네가 움직임에 따라 거울 속의

---

2 칼리돈의 왕 오이네우스와 알타이아 사이의 아들이다. 그가 태어났을 때 운명의 여신은 나무토막 하나를 난로 안에 던지고 그것이 불타는 동안까지 살 것이라고 예언하였다. 그러자 어머니 알타이아는 불을 끄고 나무토막을 간직하였다. 나중에 성장한 멜레아그로스가 외삼촌 두 명을 죽였고, 이에 격분한 알타이아는 나무토막을 꺼내 불 속에 던져 태우자 그도 죽었다.

네 모습도 움직이는 것을 생각하면
어려워 보이는 것도 쉽게 알 것이다.　　　　　　27

하지만 네 바람이 마음속에 가라앉도록
여기 스타티우스를 보라. 그를 불러
네 상처를 치유해 달라고[3] 부탁하노라.」　　　30

스타티우스가 대답했다. 「당신 앞에서
제가 영원한 견해를 그에게 설명하더라도,
당신을 거부할 수 없음을 용서하십시오.」　　　33

그리고 시작했다. 「아들아, 네 마음이
나의 말을 받아들여 잘 살펴본다면,
네가 말한 〈어떻게〉를 밝혀 줄 것이다.[4]　　　36

목마른 혈관에 의해 흡수되지 않는
완벽한 피는 마치 식탁에서 따로
떼어 놓은 음식처럼 그대로 남아　　　　　　39

심장 속에서 인간의 모든 사지를

---

3 궁금해하는 것에 대해 자세히 설명해 달라고.
4 뒤이어 스타티우스는 육체와 영혼의 본질에 대해 설명하는데, 육체의 생성(37~60행)과 영혼의 발생(68~75행), 죽음 후 영혼의 상태(79~107행)를 설명한다.

형성할 힘을 얻는데, 혈관 속을
흐르며 사지를 형성하는 피와 같다.   42

더욱 정제된 피는 말보다 침묵이 나을
곳[5]으로 내려가고, 그곳에서 자연의
그릇[6] 속 다른 피 위로 방울져 떨어지지.   45

거기서 서로가 서로를 함께 받아들이는데,
하나는 수동적이고, 다른 하나는 그것이
나오는 완벽한 장소[7] 때문에 능동적이며,   48

다른 것과 결합된 후 작용하기 시작하여,
자신의 질료로 이루어진 것을 처음에는
엉기게 하고 다음에는 살아나게 만든다.   51

능동적인 힘은 이제 영혼이 되고 식물의
영혼과 비슷하나, 후자[8]는 이미 완성됐고,
전자[9]는 진행 중이라는 점에서 다르다.   54

5 말로 표현하는 것보다는 차라리 침묵하는 것이 나을 곳. 대개 생식기를 가리키는 것으로 보나, 일부에서는 어느 미지의 장소를 가리키는 것으로 해석하기도 한다.
6 자궁.
7 피의 샘이 되는 심장.
8 식물의 영혼.
9 태아의 영혼. 그것은 앞으로도 발전하여 느끼고 움직이고 이해하게

제25곡 273

그 후 계속 작용하여 바다의 해면[10]처럼
움직이고 느끼기 시작하며, 거기에서
씨앗의 능력을 기관들로 만들게 된다. 57

아들아, 낳는 자의 심장에서 나온 힘은
자연이 모든 사지를 위해 마련하는
장소에서 이제 펼쳐지거나 확장된단다. 60

하지만 어떻게 동물에서 사람으로 되는지
너는 아직 모르는데, 그 점은 너보다
더 현명한 사람[11]도 그르쳤던 것으로, 63

그는 자신의 학설에서 가능 지성과
영혼을 서로 분리하였는데, 거기에
적합한 기관을 보지 못했기 때문이다. 66

펼쳐지는 진리에 네 가슴을 열고,
그리고 알아야 하는데, 태아에게
두뇌의 형성이 완성되자마자 바로 69

된다.
10 바다의 하등 동물로 동물성의 초기 단계를 의미한다.
11 아베로에스(「지옥」 4곡 144행 참조)를 가리킨다. 그는 인간의 합리적 지성을 육체나 영혼과는 분리된 그 자체의 존재로 간주하였다.

최초의 원동자[12]께서는 자연의 이 멋진
재주에 즐거워하며 거기에다 힘에
넘치는 새로운 정신을 불어넣으시고, 72

그것은 거기에서 활동하는 것을 자신의
실체 안에 흡수해 한 영혼을 형성하고,
살고 느끼고 또 자체 안에서 순환한다. 75

네가 나의 말에만 현혹되지 않으려면,
태양의 열이 포도나무 속에 흐르는 즙과
어우러져서 포도주가 되는 것을 보아라. 78

라케시스[13]의 실이 더 이상 없을 때,
영혼은 육체에서 벗어나는데 인간적이고
신적인 능력[14]을 잠재적으로 간직한다. 81

하지만 다른 모든 능력은 이제 침묵하고
기억과 지성, 그리고 의지는 이전보다
훨씬 더 날카롭게 활동하게 된단다. 84

12 이 세상을 최초로 움직이는 하느님.
13 운명의 세 여신들 중 하나로 운명의 실을 잰다.(「지옥」 33곡 125행 역주 참조)
14 인간적인 능력은 동식물과 마찬가지로 육체적인 감각, 느낌 등이고, 신적인 능력은 정신적인 능력으로서 기억, 이해, 의지 등이다.

지체 없이 영혼은 놀랍게도 자기 스스로
두 강변들 중의 하나[15]에 떨어지는데,
거기에서 비로소 자기 길을 알게 된다. 87

그리고 그 장소에 둘러싸이면 곧바로
영혼의 형성 능력은 주위로 퍼지고,
살아 있는 사지와 똑같은 모양이 되며, 90

그래서 대기가 비에 잔뜩 젖어 있을 때
그 안에서 반사되는 다른 빛으로 인해
다채로운 색깔들로 치장하게 되듯이,[16] 93

마찬가지로 그곳 주위에 있는 대기도
거기 머무르게 된 영혼이 잠재적으로
새겨 주는 그런 형체를 갖추게 된단다. 96

또한 마치 불이 어느 곳으로 움직이든
불꽃도 함께 따라다니는 것처럼
그 새로운 형체는 영혼을 따라다니지. 99

---

15 육체가 죽은 뒤 영혼은 지옥으로 들어가는 아케론의 강변(「지옥」 3곡 70행 이하), 또는 연옥으로 가기 위해 테베레의 강변(「연옥」 2곡 100행 이하)으로 가게 된다.

16 공기 속의 작은 물 입자들에 햇빛이 반사되어 무지개를 이루듯이.

그것은 공기로 겉모습을 갖추었기 때문에
그림자라 부르는데, 거기에서 심지어는
시각까지 모든 감각 기관을 형성하고, 102

그러므로 우리는 말하고 웃기도 하며,
그러므로 네가 산에서 들은 것처럼
우리는 눈물도 짓고 한숨도 쉰단다. 105

욕망과 다른 감정이 우리를 사로잡음에
따라 그림자는 자신의 모습을 바꾸며,
그것이 바로 네가 궁금해하는 이유이다.」 108

우리는 이미 마지막 굽이에 이르러
오른손 쪽으로 방향을 돌렸고, 벌써
다른 광경을 주의 깊게 바라보았다. 111

그곳 절벽은 바깥으로 불꽃을 내뿜었고,
그 끝에서 바람이 위로 불어 불길을
굽히면서 좁은 통로를 만들어 주었다. 114

우리는 그 좁게 트인 쪽으로 한 명씩
가야 했으니, 이쪽으로는 불길이 무섭고
저쪽으로는 아래로 떨어질까 무서웠다. 117

나의 안내자가 말하셨다. 「이곳에서는
눈의 고삐를 꽉 잡아야 할 것이다,
자칫 잘못하면 헛디딜 수 있으니까.」 120

그때 〈가장 자애로우신 하느님〉[17] 하는
노래가 엄청난 불길 속에서 들려왔기에
나는 그곳으로 몸을 돌려 바라보았고, 123

불길 속을 걸어가는 영혼들을 보았으니,
나는 내 눈길을 서로 번갈아 던지면서
그들을 보고 또 내 발끝을 쳐다보았다. 126

성가가 끝날 무렵에 그들은 큰 소리로
소리쳤다. 「나는 남자를 모르노라.」[18]
그리고 낮은 성가가 다시 시작되었고, 129

그 성가 역시 끝나자 또다시 소리쳤다.
「디아나는 숲속에 남았고, 베누스의

---

17 원문에는 라틴어 *Summae Deus clementiae*로 되어 있다. 7세기경 쓰인 작가 미상 성가의 첫머리이다. 이 성가는 옛 성무일도에서 토요일 새벽 기도 때 불렸는데, 육체의 유혹을 물리치기 위해 하느님의 도움을 청하는 내용으로 되어 있다.

18 원문에는 라틴어 *Virum non cognosco*로 되어 있다. 「루카 복음서」 1장 34절에서 천사의 수태고지를 받은 마리아는 이렇게 말한다. 〈저는 남자를 알지 못하는데, 어떻게 그런 일이 있을 수 있겠습니까?〉

독을 맛보았던 헬리케[19]를 쫓아냈노라.」 132

그리고 또다시 노래를 시작했고, 또다시
덕성과 혼인에 따라 정조를 지켰던
여자들과 남편들을 큰 소리로 외쳤다. 135

불길이 그들을 불태우는 동안 줄곧
그런 식으로 계속되는 것 같았으니,
그러한 배려와 그러한 음식으로[20] 138

마지막 상처는 다시 아물고 있었다.

---

19 유피테르의 유모였던 두 님페 중 하나로 크로노스가 그녀들을 벌주려고 뒤쫓자 유피테르는 하늘로 올려 큰곰자리와 작은곰자리로 만들었다. 헬리케는 숲의 님페 칼리스토와 동일시되기도 하는데, 칼리스토는 아르카디아 왕 리카온의 딸 또는 님페이다. 그녀는 처녀성을 지켜야 하는 디아나의 추종자였는데, 유피테르와 정을 통하게(〈베누스의 독을 맛보게〉) 되었다. 그래서 디아나에게서 쫓겨났고, 질투에 찬 유노의 복수로 곰이 되었으며, 죽은 뒤 유피테르와의 사이에서 낳은 아들 아르카스와 함께 하늘로 올라가 각각 큰곰자리와 작은곰자리가 되었다고 한다.(『변신 이야기』 2권 453~465행)

20 성가를 부르고 정조의 본보기를 크게 외침으로써.

제26곡

저녁 무렵 세 시인은 일곱째 둘레에서 벌받고 있는 음욕의 영혼들을 본다. 영혼들은 단테가 살아 있음을 알고 이야기를 건넨다. 그때 다른 한편에서 수간(獸姦)의 죄를 지은 영혼들의 무리가 와서 서로의 죄를 상기시킨다. 영혼들 중 귀니첼리가 단테와 이야기를 나누고, 프로방스의 시인 아르노를 소개한다.

그렇게 우리가 가장자리를 따라 한 명씩
가는 동안 친절한 스승님은 자주 말하셨다.
「조심해라. 내 충고¹를 잊지 마라.」 3

태양은 오른쪽 어깨 위로 비쳤으며,
벌써 햇살로 서쪽의 하늘을 완전히
새하얀 빛깔로 바꾸어 놓고 있었는데, 6

나의 그림자로 인하여 불꽃은 더욱
붉게 보였으며, 그러한 표시에 많은
영혼들이 지나가면서 관심을 기울였다. 9

그런 이유 때문에 그들은 나에 대해
말하기 시작했고 이렇게 말을 꺼냈다.
「저자는 가짜 육신처럼 보이지 않아.」 12

1 조심해서 가라는 충고.(앞의 25곡 118~120행 참조)

그리고 몇 사람이 불타지 않는 곳으로
나가지 않으려고 언제나 조심하면서
가능한 한 나를 향해 가까이 다가왔다.   15

「오, 느려서가 아니라 아마 존경심 때문에
다른 사람들 뒤에서 가고 있는 그대여,
불과 목마름[2]에 타는 나에게 대답하오.   18

그대의 대답이 필요한 것은 나 혼자가
아니라 이들 모두가 인도나 에티오피아
사람보다 더 시원한 물에 목말라하지요.   21

그대는 마치 아직 죽음의 그물 속에
들어가지 않은 것처럼 어떻게 태양을
가로막을 수 있는지 말해 주십시오.」   24

그들 중 하나가 나에게 그렇게 말했으나,
때마침 나타난 새로운 광경에 이끌리지
않았다면 나는 이미 나를 밝혔을 것이다.   27

불타는 길 한가운데로 그들과 얼굴을
마주 보면서 오는 한 무리가 있었기에

---

2 단테에 대해 알고 싶은 욕망이나 궁금증.

나는 멈추어 서서 그들을 바라보았다. 30

양쪽의 영혼들은 모두 서둘러 서로
입을 맞추었으나 그 짤막한 인사에
만족한 듯 멈추지 않는 것을 보았다. 33

마치 길게 무리를 이룬 개미들이
아마도 길과 먹이를 찾기 위해
서로 입을 맞추는 것과 비슷했다. 36

다정한 환영의 인사가 끝나자마자
그들은 채 한 걸음을 옮기기도 전에
각자 지칠 정도로 크게 고함을 질렀다. 39

새 무리는 〈소돔과 고모라〉[3]라고 외치고
다른 무리는 〈파시파에[4]가 암소 속에
들어가고 황소는 음욕을 채우네〉라고 외쳤다. 42

---

3 『성경』에 나오는 팔레스티나의 도시들로 타락의 극에 이르렀다가 유황불로 멸망하였다.(「창세기」 18~19장)
4 크레테 왕 미노스의 아내로 수간(獸姦)의 상징이다. 그녀는 포세이돈이 선물한 황소를 사랑하였고, 다이달로스가 만들어준 나무 암소 속에 들어가 황소와 관계를 가졌다. 그리하여 몸은 사람이고 머리는 소인 괴물 미노타우로스(「지옥」 12곡 13행 참조)를 낳았다.

그리고 마치 두루미들이, 일부는 태양이
싫어 리페⁵산으로 날아가고, 일부는
추위가 싫어 모래밭으로 날아가듯이,   45

한 무리는 가고 다른 무리는 오면서
눈물과 함께 자신에게 어울리는 외침과
이전의 노래들을 다시 시작하였다.   48

조금 전 나에게 부탁했던 사람들은
전처럼 나에게 가까이 다가왔는데,
주의 깊게 귀를 기울이는 표정이었다.   51

두 번이나 그들의 바람을 본 나는
말을 꺼냈다. 「오, 언젠가는 분명
평화의 상태를 갖게 될 영혼들이여,   54

익지도 않고 설익지도 않은⁶ 내 육신은
저곳⁷에 남지 않고 여기 자기 피와
뼈마디들을 갖고 나와 함께 있답니다.   57

---

5 고대인들이 막연하게 유럽의 북쪽에 있다고 믿었던 산들로 대개 현재의 우랄산맥으로 본다.
6 아주 젊거나 늙지도 않은.
7 이승 세계.

더 이상 눈멀지 않도록 위로 가는 중이며,
저 위의 여인[8]이 나에게 은총을 베풀어
죽을 몸으로 그대들의 세상을 가고 있지요.　　　　　60

그대들의 커다란 열망이 빨리 충족되어,
사랑으로 가득하고 방대하게 펼쳐진
하늘이 그대들을 받아들이기 바란다면,　　　　　63

내가 나중에 종이에 적을 수 있도록
그대들은 누구이며 또 그대들 등 뒤로
가는 저 무리는 누구인지 말해 주시오.」　　　　　66

마치 단순하고 순박한 산골 사람이
도시에 가면 놀라서 어리둥절하고
말없이 주위를 두리번거리는 것처럼,　　　　　69

모든 그림자가 그런 모습이었는데,
그렇지만 점잖은 영혼들이 으레
그러하듯 놀라움이 가라앉은 다음　　　　　72

아까 나에게 물었던 자가 말을 꺼냈다.
「보다 나은 죽음을 위해 이 우리의

8　베아트리체.

구역들을 체험하는 그대는 행복하오. 75

우리와 함께 가지 않는 무리는 예전에
카이사르가 개선할 때 자신을 여왕이라
부르는 소리를 들었던 죄⁹를 지었다오. 78

그래서 그대가 들었듯이 스스로를
꾸짖어 〈소돔〉이라 소리치고 가면서
수치심에 더욱더 강하게 불에 타지요. 81

우리의 죄는 양성애의 죄였지만,
우리는 인간의 법도를 따르지 않고
짐승들처럼 정욕만 추구하였답니다. 84

서로 헤어질 때 수치심을 더하기 위해
짐승 모양의 나무 조각 속에서 짐승이 된
그녀¹⁰의 이름을 우리에게 외치지요. 87

이제 우리의 행실과 어떤 죄를 지었는지
알 것이며, 혹시 우리의 이름을 알고

---

9 동성애를 가리킨다. 카이사르는 비티니아 왕 리코메데스와 관계를 가졌다는 소문이 있었으며, 따라서 개선식 행진 중에 병사들이 그렇게 놀렸다고 한다.
10 파시파에.

싶겠지만 시간이 없어 말할 수 없군요. 90

다만 나에 대한 궁금증을 풀어 주겠소.
나는 귀도 귀니첼리,[11] 죽기 전에
일찍 뉘우쳤으니 벌써부터 씻고 있지요.」 93

마치 리쿠르고스[12]의 슬픔 속에서
두 아들이 어머니를 다시 만난 것처럼
나도 그랬으나 거기에 미치지 못했다. 96

달콤하고 우아한 사랑의 시들에 있어
나보다 뛰어난 자들과 나의 아버지라고
자신의 이름을 밝히는 말을 들었을 때, 99

---

11 Guido Guinizzelli. 13세기 중반에 태어난 볼로냐 출신의 시인으로 그의 삶에 대해서는 자세히 알려진 바가 없다. 그의 작품들은 시칠리아와 토스카나의 영향을 받았으나 새로운 방식을 보이고 있으며, 본문에서 밝히듯이 단테는 그에게서 많은 영향을 받았다.

12 그리스 신화에 등장하는 네메아 왕으로 힙시필레(「연옥」 22곡 112행 참조)가 하녀로 팔려오자 두 아들을 돌보도록 맡겼다. 하지만 힙시필레는 테바이를 공격하는 병사들에게 란기아 샘을 가르쳐 주기 위해 아이들을 풀밭에 내버려 두었고 아이들은 뱀에게 물려 죽었다. 이에 분노한 왕이 그녀를 죽이려 하자, 이아손과 힙시필레 사이에 난 두 아들이 병사들 사이에서 나타나 어머니를 구했다고 한다. 귀도 귀니첼리를 만난 기쁨을 단테는 두 아들을 만난 힙시필레의 기쁨에 비유하지만, 불 때문에 가까이 다가가지 못하여 거기에 미치지는 못한다고 말한다.

나는 생각에 잠겨 듣지도 말하지도 않고
한참 동안이나 그를 바라보면서 걸었고,
불 때문에 가까이 다가가지도 못하였다. 102

나는 실컷 바라본 다음, 다른 사람이
믿을 만한 맹세와 함께 온몸으로 그를
섬길 준비가 되어 있다고 다짐하였다. 105

그는 말했다. 「그대 말을 들으니 그대는
나에게 너무 분명한 흔적을 남기는데
레테[13]도 지우거나 흐리지 못할 것이오. 108

그런데 그대 말이 진실을 맹세한다면,
그대가 나를 사랑한다는 것을 말과
눈으로 드러내는 이유를 말해 주시오.」 111

나는 말했다. 「그대의 달콤한 글들은
새로운 방식[14]이 지속되는 한 계속
그 잉크[15]를 사랑하게 만들 것이오.」 114

---

13 고전 신화에서 죄의 기억을 씻어 없애 주는 망각의 강으로 단테는 연옥 꼭대기의 지상 천국에 배치하고 있다.(「연옥」 28곡 130행 참조)
14 원문에는 *uso moderno*, 즉 〈새로운 용법〉으로 되어 있는데 새로운 작시법(作詩法)을 가리킨다.
15 글로 쓴 작품을 가리킨다.

그가 말했다. 「오, 형제여, 내가 가리키는 이자는,」
그러면서 앞의 영혼을 손으로 가리켰다.
「모국어의 아주 훌륭한 대장장이였소.[16]   117

사랑의 시들과 이야기 산문에서 모두를
능가했으니, 리모주의 시인[17]이 그보다
낫다고 생각하는 멍청이들은 내버려 두오.   120

그들은 진실보다 소문에 고개를 쳐들고,
그래서 솜씨나 도리를 잘 들어 보기 전에
자신들의 의견을 확정해 버린답니다.   123

많은 옛사람이 귀토네[18]에 대하여
그렇게 높이 외치며 칭찬했으나 결국
많은 사람들과 함께 진리가 승리했소.   126

그런데 만약 그대가 넓은 은혜를 입어
그리스도께서 수도원장으로 계시는

---

16 뒤에서 구체적으로 밝히듯이 아르노 다니엘Arnaut Daniel(이탈리아어 이름은 아르날도 다니엘로Arnaldo Daniello)로, 1180~1210년 사이에 활동했던 프로방스의 음유 시인으로 알려져 있다.
17 프랑스 남부 리모주Limoges 출신 음유 시인 기로 드 보르넬Giraut de Bornelh(1175~1220)을 가리킨다.
18 아레초 사람 귀토네.(「연옥」24곡 55~57행 참조)

그 수도원[19]에 들어가도록 허용되었다면,   129

나를 위해 주님의 기도[20]를 한번 해주오.
우리가 더 이상 죄를 지을 수 없는
이 세계에서 우리에게 필요한 만큼만.」[21]   132

그러고는 뒤에 가까이 있던 다른 자에게
자리를 내주듯이 불 속으로 사라졌는데,
물고기가 물 밑으로 들어가는 것 같았다.   135

나는 조금 전 손으로 가리킨 자에게 좀 더
다가가서 그의 이름을 알고 싶은 나의
바람은 멋진 자리를 마련했다고 말하자,   138

그는 기꺼이 나에게 말하기 시작했다.[22]

19 천국.
20 그리스도가 가르쳐 준 기도문.(「마태오 복음서」 6장 9절 및 「루카 복음서」 11장 2절 참조)
21 주님의 기도 마지막 구절(〈저희를 유혹에 빠지지 않게 하시고 악에서 구하소서〉)은 연옥의 회개한 영혼들에게는 불필요하므로 생략하라는 뜻이다.(「연옥」 11곡 22~24행 참조)
22 뒤이어 나오는 아르노의 말은 프로방스어로 되어 있는데 원문은 다음과 같다. *Tan m'abellis vostre cortes deman, / qu'ieu no me puesc ni voill a vos cobrire. / Ieu sui Arnaut, que plor e vau cantan; / consiros vei la passada folor, / e vei jausen lo joi qu'esper, denan. / Ara vos prec, per aquella valor / que vos guida al som de l'escalina, / sovenha vos a temps de ma dolor.*

「그대의 친절한 질문은 나를 기쁘게 하니,
나를 감출 수도 없고 또 그러기도 싫소.   141

나는 아르노, 노래하며 울고 가는 중이오.
지나간 어리석음을 슬프게 되돌아보고,
내가 바라는 앞날을 즐겁게 기다린다오.   144

이 계단 꼭대기까지 그대를 인도하는
덕성의 이름으로 그대에게 바라건대,
이따금 나의 아픔을 기억해 주오!」   147

그리고 정화하는 불 속으로 사라졌다.

제27곡

해 질 무렵 천사가 세 시인에게 불길을 뚫고 지나가라고 인도한다. 단테는 처음에는 꺼리지만 베아트리체를 상기시키는 말에 용기를 내어 불 속으로 뛰어든다. 그들은 암벽 사이의 계단을 오르다가 밤이 되자 그곳에서 잠이 든다. 단테는 꿈에 예언적인 환상을 보고, 잠이 깬 세 시인은 지상 천국으로 올라간다.

창조주께서 당신의 피를 뿌린 곳[1]에
태양이 최초의 햇살을 흩뿌릴 때면,
에브로[2]는 높은 저울자리 아래 있고   3

갠지스의 물결은 한낮의 열기로 들끓는데,
바로 그렇게 날이 저물고 있을 무렵[3]
하느님의 천사가 우리 앞에 나타났다.   6

그는 불꽃의 바깥쪽 산기슭 위에서
우리보다 생생한 목소리로 〈행복하여라,
마음이 깨끗한 사람들〉[4]이라고 노래하였다.   9

---

1 예루살렘.
2 스페인 북부의 강 이름으로 여기서는 스페인을 가리킨다.
3 현재 연옥은 저녁 6시 무렵이며, 따라서 예루살렘은 아침, 인도는 한낮, 스페인은 한밤중이다.
4 원문에는 라틴어 *Beati mundo corde*로 되어 있다. 〈행복하여라, 마음이 깨끗한 사람들! 그들은 하느님을 볼 것이다.〉(「마태오 복음서」 5장 8절)

그리고 〈불길에 물리지 않고는 더 이상
가지 못하니, 성스러운 영혼들아, 불 속으로
들어가 저기 노랫소리를 귀담아들어라.〉 12

우리가 가까이 가자 그렇게 말했으니,
그 말을 듣고 나는 마치 구덩이 속에
파묻힌 사람과 똑같은 모양이 되었다. 15

나는 두 손을 맞잡아 높이 쳐들고
불길을 바라보았고, 전에 본 불타는
사람들의 모습이 생생하게 떠올랐다.[5] 18

좋은 길잡이들은 나에게 몸을 돌렸고
베르길리우스가 말하셨다. 「내 아들아,
여기 고통은 있겠지만 죽음은 없단다. 21

기억해라! 게리온[6]을 타고도 내가
너를 무사히 안내했는데, 하느님께
더 가까워진 지금 무엇을 하겠느냐? 24

분명히 믿어라, 이 불꽃 한가운데서

---

5 화형당하는 사람들이 불타는 광경을 보았던 기억이다.
6 「지옥」 17곡 참조.

네가 만약 천 년 동안 있다고 해도
네 털끝 하나라도 태우지 않으리라. 27

혹시 내가 너를 속인다고 생각하거든
불 쪽으로 다가가 네 손으로 너의
옷자락으로 시험해 보고 믿도록 해라. 30

이제 모든 두려움을 내려놓고 이쪽으로
와서 안심하고 들어가라.」 그래도 나는
양심에 거스르며[7] 꼼짝하지 않았다. 33

내가 고집스럽게 꼼짝하지 않자 그분은
약간 당황하여 말하셨다. 「아들아, 보아라,
너와 베아트리체 사이에 이 장벽이 있다.」 36

마치 죽어 가는 피라모스가 티스베의
이름에 눈을 떠 그녀를 바라보고
그리하여 오디가 붉게 물들었듯이,[8] 39

---

7 스승의 충고에 따라야 한다는 양심의 말에도 불구하고.
8 오비디우스는 『변신 이야기』 4권 55~166행에서 피라모스와 티스베의 비극적인 사랑 이야기를 이야기한다. 사랑하는 두 젊은이는 양쪽 부모의 반대로 몰래 만나곤 하였다. 어느 날 밤 밀회 장소에 티스베가 먼저 왔는데 사자가 나타나자 동굴 속으로 숨었고, 사자는 그녀가 떨어뜨린 베일을 갈기갈기 찢었다. 나중에 도착한 피라모스는 찢어진 베일을 보고 그녀가 죽었다고 생각하여 칼로 자결하였다. 숨어 있던 티스베는 죽어 가는 피라모스에게 자기 이름을 말

나의 마음속에 언제나 솟아오르는
이름을 듣자 내 고집도 누그러져
현명한 길잡이에게로 몸을 돌렸다. 42

그러자 그분은 고개를 저으며 말하셨다.
「세상에! 여기 그대로 있을까?」 그리고
사과에 굴복한 아이에게 하듯 미소 지었다. 45

그런 다음 앞장서서 불 속으로 들어갔고,
상당히 오랜 길을 우리와 함께 왔던
스타티우스에게 뒤따라오라고 하셨다. 48

나도 불 속으로 들어갔는데, 끓는 유리
속이라도 뛰어들어 식히고 싶을 정도로
그 불 속의 뜨거움은 끝없이 강렬하였다. 51

다정하신 아버지는 나를 위로하려고
가면서 베아트리체 이야기를 계속했다.
「벌써 그녀의 눈이 보이는 것 같구나.」 54

하자 그는 눈을 떠 마지막으로 그녀를 보고 죽었다. 그러자 티스베도 피라모스의 칼로 자결하였고, 곁에 있던 뽕나무에 피가 튀어 오디가 빨갛게 물들었다고 한다.

저쪽에서 들려오는 노랫소리가 우리를
인도하였고, 우리는 거기에만 관심을
기울이며 위로 오르는 곳으로 나왔다. 57

「오너라, 내 아버지의 복을 받은 자들이여.」[9]
그곳의 빛에서 그런 소리가 들려왔는데,
너무 눈부셔서 나는 쳐다볼 수 없었다. 60

그리고 덧붙였다.「해는 기울고 저녁이
오니, 아직 서쪽이 어두워지기 전에
너희는 멈추지 말고 걸음을 재촉하라.」 63

벌써 나지막한 태양의 빛살을 내가
앞에서 가로막고 있는 방향[10]으로
길은 암벽 사이로 곧장 올라갔다. 66

우리가 계단 몇 개를 올라갔을 때,
내 그림자가 스러졌기에 현자들과
나는 등 뒤에서 해가 졌음을 깨달았다. 69

---

9   원문에는 라틴어 *Venite, benedicti Patris mei*로 되어 있다. 〈내 아버지께 복을 받은 이들아, 와서, 세상 창조 때부터 너희를 위하여 준비된 나라를 차지하여라.〉(「마태오 복음서」 25장 34절)
10 단테의 그림자가 드리우는 동쪽을 가리킨다.

그리하여 방대한 수평선이 사방으로
온통 하나의 색깔로 변하기 전에,
또 밤이 온 사방으로 퍼지기 전에 72

우리는 각자 계단 하나씩을 침대로
삼았으니 산의 특성이 위로 올라가는
즐거움과 능력을 빼앗았기 때문이다.[11] 75

마치 염소들이 배불리 풀을 뜯기 전에
산 위를 빠르고 날렵하게 돌아다니다
햇살이 뜨거워질 때면 그늘 아래에서 78

조용히 되새김질을 하며 쉬고 있고,
보살피는 목동은 지팡이에 기댄 채
그들의 편안한 휴식을 지켜 주듯이, 81

또한 마치 밖에서 잠을 자는 목동은
조용한 가축 떼 옆에서 밤을 지새며
들짐승이 흩어 버리지 않게 지키듯이, 84

그때 우리 셋은 모두 그러하였으니

---

11 연옥의 산에서는 밤이 되면 어둠이 의지를 사로잡아 힘을 잃게 된다.(「연옥」 7곡 56~57행 참조)

이쪽저쪽 높은 바위에 둘러싸인 채
나는 염소 같고 두 분은 목동 같았다. 87

그곳 바깥은 조금밖에 보이지 않았지만[12]
나는 그 약간의 틈으로 평소보다
훨씬 더 밝고 커다란 별들을 보았다. 90

그렇게 별들을 바라보고 되새김질하던
나는 잠이 들었는데, 종종 그렇듯이
어떤 사실을 미리 알려 주는 잠이었다. 93

언제나 사랑으로 불타는 것처럼 보이는
키테레아[13]가 동쪽의 하늘에서 산에
처음으로 빛살을 비추는 시간에 나는 96

꿈에 젊고 아름다운 여인을 본 듯했는데,
그녀는 꽃을 따면서 들판을 거닐었고
노래를 불렀는데 이렇게 말하였다. 99

「누구든 내 이름을 알고 싶으면 아세요,

---

12 사방이 암벽들로 둘러싸여 있기 때문이다.
13 베누스의 다른 이름으로 여기서는 샛별을 가리킨다. 일설에 의하면 베누스는 바다에서 태어난 후 바로 그리스 남서부의 키테라섬으로 갔기 때문에, 또는 그곳에 그녀의 신전이 있었기 때문에 그런 별명을 갖게 되었다고 한다.

나는 레아,[14] 아름다운 손을 사방으로
움직여 화환을 만들면서 가는 중입니다.　　　　　　102

거울 앞에서 즐겁기 위해 여기에서 나를
치장하지만, 내 동생 라헬은 자기 거울을
떠나지 않고 하루 종일 앉아 있답니다.　　　　　　105

그녀는 멋진 자기 눈을 바라보기 좋아하고,
나는 손으로 치장하기 좋아하며, 그녀는
보는 것을, 나는 일하는 것을 좋아하지요.」　　　　108

집으로 돌아갈 길이 멀지 않은 곳에서
밤을 보내는 순례자들에게 더욱더
반갑게 솟아오르는 새벽의 여명으로　　　　　　　111

어둠은 벌써 사방에서 달아났으며,
그와 함께 내 잠도 달아나 일어났고,
벌써 일어나 계신 스승님들을 보았다.　　　　　　114

「사람들이 수많은 가지들 사이에서

14　라반의 큰딸로 동생 라헬과 함께 야곱의 아내가 되었다.(「창세기」 29장 16절 이하 참조) 라헬이 관상 생활을 상징하는 것과는 대조적으로, 레아는 활동적인 삶의 상징이다.

열심히 찾아다니는 그 달콤한 열매가
오늘 너의 배고픔에 평화를 주리라.」 117

베르길리우스는 나를 향해 그런 말을
하셨으니, 거기에 비할 만큼 즐거운
소식은 전혀 들어 본 적이 없었다. 120

빨리 위로 날아오르고 싶은 욕망이
나를 사로잡았으니, 이후 걸음마다
날개가 돋아서 날아가는 것 같았다. 123

우리가 달려 올라온 계단들이 모두
발밑에 있고, 맨 위 계단에 이르자
베르길리우스는 내 눈을 응시하면서 126

말하셨다. 「아들아, 너는 순간의 불과
영원의 불[15]을 보았고, 이제는 내가
더 이상 알지 못하는 곳에 이르렀다. 129

내 지성과 재주로 여기까지 인도했으나,
이제부터는 네 기쁨을 안내자로 삼아라.

15 일정한 기간 동안만 지속되는 연옥의 형벌과, 영원히 계속되는 지옥의 형벌이다.

이제 험난하고 힘든 길에서 벗어났으니, 132

보아라, 태양이 네 이마 위에 비치고,
여기 땅에서 저절로 혼자 자라나는
풀잎과 꽃들, 작은 나무들을 보아라. 135

눈물을 흘리며 나를 너에게 보냈던
아름다운 눈[16]이 즐겁게 오는 동안
너는 이곳에 앉거나 거닐어도 좋다. 138

나의 말이나 눈짓을 기다리지 마라.
네 의지는 자유롭고 바르고 건강하여
거기에 따르지 않음은 잘못일 것이니, 141

너에게 왕관과 주교관(主敎冠)[17]을 씌우노라.」

---

16 베아트리체의 눈이다.
17 왕관은 세속적 권위를 상징하고 주교관은 정신적 권위를 상징한다. 이제 완전히 자유로운 의지에 따라 행동해도 좋다는 뜻이다.

제28곡

세 시인은 마침내 지상 천국으로 들어간다. 에덴동산처럼 아름다운 낙원을 거닐던 단테는 맑은 강물 건너에서 아름다운 여인 마텔다가 노래를 부르며 꽃을 따는 모습을 바라본다. 단테의 요청에 마텔다는 지상 천국의 속성과 그곳에 흐르는 두 개의 강에 대하여 설명해 준다.

새날의 햇살을 눈에 부드럽게 가려 주는
신선하고 우거진 성스러운 숲속[1]과
그 주위를 돌아보고 싶은 욕망에 나는

더 이상 기다리지 않고 암벽을 떠났고,
사방으로 향기를 내뿜는 흙을 밟으며
들판으로 한 걸음 한 걸음 들어갔다.　　　　　　　6

조금도 변함없이 불어오는 감미로운
미풍이 내 이마를 스쳐 지나갔는데
가벼운 바람보다도 더 부드러웠다.　　　　　　　9

바람결에 가지들은 가볍게 흔들리며
성스러운 산이 첫 그림자를 던지는
방향[2]을 향하여 모두 휘어졌지만,　　　　　　　12

1　지상 천국의 숲이다.

곧은 나무는 그다지 많이 흔들리지
않았기에, 가지 끝에 앉은 새들은
온갖 재주 부리기를 멈추지 않았고,   15

마음껏 즐겁게 노래를 부르면서
그 노래에 맞춰 흔들리는 잎새들
사이에서 아침 시간을 맞이했으니,   18

아이올로스[3]가 시로코를 풀어놓을 때
키아시[4] 해변의 소나무 숲에서
나뭇가지들의 소리가 모이는 듯했다.   21

나의 느린 걸음걸이는 어느새 나를
오래된 숲속으로 인도했으니 내가
어디로 들어갔는지 알 수 없었는데,   24

강물 하나가 앞을 가로막았으며,
자그마한 물결들로 기슭에 돋아난

---

2 아침에 연옥의 산이 그림자를 던지는 곳은 서쪽이다.
3 그리스 신화에 나오는 바람의 신으로 여러 종류의 바람을 동굴 속에 가두고 있다가 풀어 준다. 시로코는 북아프리카에서 유럽 남부를 향해 부는 따뜻한 바람으로 이탈리아에 자주 불어온다.
4 Chiassi. 현재의 이름은 클라세Classe. 라벤나 근처의 항구로 주위에 무성한 소나무 숲으로 유명하다. 단테는 바로 그곳을 모델로 연옥의 지상 천국을 묘사하였다고 주장하는 사람도 있다.

풀을 왼쪽으로 휘어지게 만들었다.⁵   27

그곳에서는 영원한 그늘⁶ 아래로
해나 달의 빛이 전혀 비치지 못하여
아주 검은 빛깔로 흐르고 있었지만,   30

이 세상에서 가장 깨끗한 물이라 해도
전혀 감추는 것 없는 그 물에 비하면
안에 찌꺼기가 있는 것처럼 보이리라.   33

나는 걸음을 멈추었고, 눈을 들어
시냇물 건너편을 바라보니, 온갖
신선한 꽃가지들이 널려 있었는데,   36

마치 갑자기 무엇인가가 나타나서
놀라게 하고 다른 생각들을 모두
흩어 버리듯이 한 여인⁷이 내 앞에   39

---

5 뒤에서 이름이 나오듯이 레테의 강이다. 시냇물이 왼쪽 방향으로 흐르기 때문에 기슭의 풀들도 그쪽으로 눕혀진다. 단테는 동쪽을 바라보며 지상 천국에 올라왔고, 따라서 왼쪽은 북쪽을 가리킨다.

6 우거진 숲의 그늘이다.

7 마텔다Matelda. 하지만 그녀의 이름은 뒤늦게 33곡 118행에서야 밝혀진다. 그녀가 어떤 구체적인 인물을 가리키는지 분명하지 않다. 일부에서는 신성 로마 제국 황제 하인리히 4세와 교황 그레고리우스 7세가 대립하였을 때 교황의 편에 섰던 카노사의 여백작 마틸다Matilda(1046~1115)를 가리키는 것

나타났으며, 그녀는 홀로 노래하면서
길가에 온통 다채로운 색깔로 물든
이 꽃 저 꽃을 따면서 가고 있었다.   42

나는 말했다. 「오, 아름다운 여인이여,
마음을 비쳐 주는 얼굴을 믿는다면,
사랑의 빛살로 따뜻한 여인이여,   45

바라건대 그대가 부르고 있는 노래를
내가 알아들을 수 있도록 이쪽으로,
이 시냇물 앞으로 와주기 바라오.   48

그대는 어머니가 그녀를 잃고 그녀는
봄을 잃었을 때 프로세르피나가 어디에서
어떤 모습이었는지 상기시켜 주는군요.」[8]   51

으로 보기도 하지만, 그녀가 지상 천국의 성격과 어울리는지 알 수 없다. 다만 앞의 27곡 100~108행에 나오는 레아처럼 그녀는 분명히 영혼의 활동적인 삶을 상징하는 듯하다. 베아트리체가 관상 생활을 대변하는 것과 대조적이다.

[8] 유피테르와 케레스 사이의 딸 프로세르피나는 들에서 님페들과 함께 꽃을 따고 있을 때 저승 세계의 왕 플루토에게 납치되어 하데스로 끌려갔다. 절망에 빠진 대지의 여신 케레스가 초목을 말라 죽게 만들자, 유피테르는 플루토에게 명령하여 그녀를 풀어 주게 했으나 1년에 4개월, 즉 겨울 동안은 저승에 데리고 있도록 허락하였다. 프로세르피나가 어머니에게 돌아가는 시기가 바로 봄의 시작이다. 따라서 화창한 봄날의 아름다운 프로세르피나를 상기시킨다는 뜻이다.

마치 춤추는 여자가 두 발을 모으고
땅바닥에 가까이 댄 채 몸을 돌리며
한쪽 발을 다른 발 앞에 놓은 것처럼,   54

그녀는 빨간 꽃과 노란 꽃 들 위에서
나를 향해 몸을 돌렸으니, 처녀가
순박한 눈길을 낮추는 것 같았다.   57

그렇게 그녀는 내 부탁을 들어주어
가까이 다가왔으니, 나는 달콤한
노랫소리를 알아들을 수 있었다.   60

아름다운 강물의 물결에 풀들이
젖는 곳에 이른 그녀는 곧바로
나에게 눈을 들어 바라보았으니,   63

아마 베누스가 예상치 않게 아들의
화살에 찔렸을 때 눈썹 아래의
빛[9]도 그렇게 빛나지는 않았으리.   66

---

9 베누스는 실수로 자기 아들인 사랑의 신 쿠피도(그리스 신화의 에로스)의 화살에 찔렸고, 아름다운 청년 아도니스를 사랑하게 되었다.(『변신 이야기』 10권 525~532행) 그렇게 사랑에 불타는 베누스의 눈빛을 가리킨다.

그녀는 씨앗도 없이 그 높은 땅에서
피어나는 다채로운 꽃들을 손에 들고
맞은편 기슭에 서서 웃고 있었다. 69

강물은 우리를 세 걸음 떼어 놓았지만,
지금도 인간의 모든 오만함을 경고하는,
크세르크세스[10]가 건넜던 헬레스폰토스가 72

세스토스와 아비도스 사이의 파도 때문에
레안드로스에게서 받은 증오도,[11] 그때
열리지 않아[12] 내게서 받은 것만 못하리라. 75

그녀는 말을 꺼냈다. 「그대들은 새로 왔기
때문에, 인류에게 보금자리로 선택된
이곳에서 내가 웃는 것을 보고 아마도 78

10 페르시아 왕 다리우스의 아들로 기원전 480년 5백만 대군을 이끌고 헬레스폰토스 해협(현재의 다르다넬스 해협)을 건너 그리스를 공격했으나 살라미스 해전에서 대패하였고 간신히 도망쳐 고깃배를 타고 돌아갔다. 이것은 인간의 오만함이 벌을 받은 사례라는 것이다.
11 아비도스와 세스토스는 헬레스폰토스 해협 양쪽의 해안 마을이다. 아비도스의 청년 레안드로스는 세스토스의 처녀 헤로를 사랑했는데, 그녀는 베누스 신전의 사제였다. 따라서 레안드로스는 남몰래 매일 밤 해협을 헤엄쳐 건너가 그녀를 만났으나 하루는 너무 높은 파도에 휩쓸려 빠져 죽었다. 이를 안 헤로도 바다에 몸을 던져 죽었다고 한다. 이 이야기는 오비디우스의 『여걸들의 서한집 Heroides』 18권 139행 이하에 나온다.
12 가로막은 강물이 갈라지지 않아서.

놀라서 어떤 의혹을 갖는 모양이지만,
〈나를 기쁘게 하셨다〉[13]는 〈시편〉의 빛이
그대들 지성의 안개를 걷어 줄 것이오.   81

내 앞에서 나에게 부탁한 그대여, 다른
듣고 싶은 것을 말하세요. 나는 그대의
모든 질문에 충분히 대답하려고 왔지요.」   84

나는 말했다. 「이 강물과 숲의 소리는
내가 새로 얻은 믿음과 어긋나는데,
그와 상반되는 말을 들었기 때문이오.」[14]   87

그녀가 말했다. 「그대를 놀라게 만드는 것이
왜 그런지 이유를 설명하여 지금 그대를
둘러싸고 있는 안개를 걷어 주겠소.   90

오로지 그 자체만 기쁘게 하는 최고의
선은 인간을 착하고 선하게 만드셨고
이곳을 영원한 평화의 담보로 주셨지요.   93

13 원문에는 라틴어 *Delectasti*로 되어 있는데, 「시편」 91편 5절에 나오는 표현이다. 한국 천주교 주교회의의 새 번역 『성경』에서는 의역되어 있다.
14 앞에서(「연옥」 21곡 43행 이하 참조) 스타티우스는 연옥의 산에서는 바람이나 비 같은 어떤 기상 변화도 있을 수 없다고 말했는데, 지상 천국에 강물이 흐르고 숲에 바람이 있는 것을 보고 의아하게 생각한다.

인간은 제 잘못으로 여기 잠시만 머물렀고,
제 잘못으로 순수한 웃음과 즐거운
놀이를 눈물과 괴로움으로 바꾸었지요.   96

물이나 땅에서 내뿜어져 나와 최대한
열기를 뒤쫓아 가는 기운으로 인하여
저 아래에서 발생하는 혼란스러움[15]이   99

조금이라도 인간을 괴롭히지 않도록
이 산은 하늘을 향해 높이 솟았으니,
닫힌 곳[16]은 그런 것에서 자유롭지요.   102

그리고 최초의 회전[17]과 함께 모든
공기는 한꺼번에 같이 돌기 때문에,
그 원의 어느 곳이 부서지지 않는 한   105

완전히 순수한 공중에 펼쳐져 있는
이 높은 곳에서는 바로 그 움직임이

---

15 연옥의 산 아래의 인간 세계(〈저 아래〉)에서 일어나는 비나 눈, 바람 같은 기상 변화들은 물이나 땅에서 발산되는 기운이 태양열을 쫓아가는 과정에서 일어난다.
16 연옥의 문에 의해 닫혀 있는 이곳.
17 아홉째 하늘인 〈최초 움직임의 하늘〉에 의한 회전이다. 그에 따라 다른 하늘들이 회전하면서 그 안에 있는 공기와 나무도 움직인다는 것이다.

숲을 흔들어 소리가 나게 만들며, 108

그리고 흔들린 나무는 주위의 공기를
자신의 흔들린 힘으로 충만하게 하고,
또 그 공기가 돌면서 주위를 흔들지요. 111

그런데 저기 다른 땅[18]은 자체의 힘과
하늘의 힘에 알맞게 다양한 종류의
다양한 나무들을 잉태하고 낳지요. 114

이 말을 들은 다음에는 어떤 식물이
분명한 씨앗 없이 뿌리를 내린다 해도
놀랍게 보이지 않을 것입니다. 117

또 지금 그대가 있는 성스러운 들판은
온갖 씨앗으로 가득하고, 저기서는[19]
딸 수 없는 과일이 맺힘을 알아야 하오. 120

그대가 보는 강물은 불어났다 줄어드는
강처럼 차가움으로 응결된 수증기[20]들로

---

18 인간이 사는 세상.
19 인간들의 세상에서는.
20 빗물을 가리킨다.

채워지는 샘에서 솟아나는 것이 아니라 123

영원하고 변함없는 원천에서 나오니,
두 물줄기로 열려 흘려보내는 만큼
하느님의 뜻에 따라 다시 채워지지요. 126

이쪽으로는 사람에게 죄의 기억을
없애 주는 힘과 함께 흐르고, 저쪽은
온갖 선행의 기억을 되살려 준답니다. 129

이쪽은 레테,[21] 저쪽은 에우노에[22]라
일컫는데, 이쪽과 저쪽을 모두
맛보지 않으면 아무런 효과가 없고, 132

그 맛은 다른 모든 맛보다 뛰어나지요.
내가 더 설명하지 않더라도 그대의
목마름[23]은 충분히 채워졌겠지만, 135

---

21 죄의 기억을 씻어 주는 강이다. 그리스 신화에서는 저승 세계에 있는 샘 또는 강으로 그 물을 마시면 지상 세계의 삶을 모두 잊는다고 믿었다.
22 Eunoé. 단테가 지어낸 이름이다. 그리스어 *eu*(좋은)와 *nous*(정신)를 합성하여 만든 것으로 단테는 〈기억〉을 뜻하는 것으로 생각했다. 그러니까 레테와는 반대로 잃어버린 선의 기억을 새롭게 해주는 강이다.
23 알고 싶은 열망이다.

선물로 한 가지 덧붙여 설명하지요.
그대와의 약속을 넘어선다고 해서
내 말을 가볍게 여기지는 않겠지요.   138

옛날에 황금시대와 그 행복한 상태를
시로 노래하였던 사람들[24]은 아마도
파르나소스[25]에서 이곳을 꿈꾸었으리다.   141

여기에서 인류의 뿌리는 순수하였으며,
여기는 항상 봄이고 온갖 과일이 있으니
모두들 말하는 넥타르[26]가 바로 이것이오.」   144

그 말에 나는 시인들을 향하여 뒤로
몸을 돌렸고, 그들이 미소와 함께
그 마지막 말을 듣는 것을 보았으며,   147

다시 아름다운 여인에게 얼굴을 돌렸다.

---

24 시인들을 가리킨다. 인류의 황금시대를 노래한 대표적인 시인은 오비디우스였다.(『변신 이야기』 1권 89절 이하 참조)
25 예술과 학문을 수호하는 아홉 무사 여신들이 살고 있는 시인들의 이상향이다.(「연옥」 22곡 64행 참조)
26 그리스 신화에서 신들이 마시는 음료.

제29곡

단테는 마텔다를 따라 걸어가는데, 숲에서 눈부신 빛이 비치고 노랫소리가 들려온다. 그리고 레테강의 맞은편에 일곱 개의 촛대를 선두로 하여 스물네 명의 장로와 네 마리 짐승의 호위를 받으면서 그리폰이 끄는 수레, 춤추는 여인들, 노인들의 신비롭고 놀라운 행렬이 나타난다.

사랑에 빠진 여인처럼 노래를 부르며
그녀는 자기 말을 끝내듯이 말했다.
「죄로부터 보호된 자들은 행복하여라.」[1]   3

그리고 마치 님페들이 홀로 숲속을
돌아다니면서 누구는 햇살을 찾고
또 누구는 그늘을 찾으려는 것처럼,   6

그녀는 강을 거슬러 기슭을 따라
걸어갔고, 나도 그녀와 마찬가지로
잰걸음에 잰걸음으로 뒤따라 걸었다.   9

그녀와 나의 발걸음이 백 걸음도 되지

---

1 원문에는 라틴어 *Beati quorum tecta sunt peccata*로 되어 있다. 〈행복하여라, 죄를 용서받고 잘못이 덮여진 이!〉(「시편」 32편 1절)

않아[2] 양쪽 기슭이 함께 굽어졌고,
나는 해가 뜨는 쪽을 향하게 되었다.[3]   12

우리가 그리 많은 길을 가지 않았을 때
여인은 나를 향해 완전히 몸을 돌리고
말했다. 「나의 형제여, 잘 보고 들어요.」   15

그런데 갑작스러운 한 줄기 빛이
그 커다란 숲의 사방에 퍼졌기에
나는 혹시 번개인가 의심하였다.   18

하지만 번개는 오자마자 사라지는데,
그 빛은 지속되면서 더욱 빛났기에
〈이게 무엇일까?〉 속으로 생각했다.   21

그리고 감미로운 곡조가 그 빛나는
대기 속에 흘렀으니, 나의 올바른
열정은 하와의 경솔함을 비난하였다.   24

하늘과 땅이 복종하는 곳에서 이제

---

2 두 사람의 걸음을 합하여 백 걸음이니까, 각자 50보 정도 나아갔을 때이다.
3 북쪽을 향해 흐르던 레테강이 굽어져 동쪽을 향해 흐른다.

갓 만들어진 여자 혼자 어떤 너울
아래에 있는 것을 참지 못하였으니,[4]   27

만약 그녀가 그 아래에 복종했더라면,
나는 그 표현할 수 없는 즐거움을
처음부터 오랫동안 맛보았을 텐데.[5]   30

내가 완전히 몰입하여 영원한 즐거움의
수많은 첫 열매들[6] 사이를 거닐면서
아직 더 많은 희열을 열망하는 동안   33

우리 앞에서 초록 나뭇가지들 아래의
대기는 불붙은 것처럼 붉게 물들었고,
감미로운 소리는 노랫소리로 들렸다.[7]   36

오, 거룩한 처녀들이여,[8] 그대들을 위해
나는 배고픔과 추위, 밤샘을 참아냈는데

---

4 지상 천국인 에덴동산에서 온갖 창조물이 모두 하느님의 말을 따랐는데, 하와만이 금지된 것(《너울》)을 어겼다.
5 단테는 하와의 원죄로 인해 지상 천국의 기쁨을 상실하게 된 것을 애석해한다.
6 천국의 영원한 행복을 예고하는 그러한 최초의 징조들을 가리킨다.
7 처음에 멀리 떨어져 있을 때에는 감미로운 곡조로만 들리던 것이 가까이 들으니 노랫소리였다.
8 단테는 예술과 학문의 수호하는 무사 여신들에게 또다시 간청한다.

또 다른 것이 그대들을 부르게 하는군요.   39

이제 헬리콘[9]이 나를 위해 샘솟게 하고,
우라니아[10]가 동료들과 함께 나를 도와
생각하기 힘든 것을 시로 옮기게 해주오.   42

조금 더 가서 황금 나무 일곱 그루[11]를
본 것 같았는데, 우리와 나무 사이가
멀리 떨어져 있어서 잘못 본 것이었다.   45

내가 좀 더 그것들에게 가까이 다가가서
감각을 속이는 지각의 대상이 거리 때문에
자신의 윤곽을 잃지 않게 되었을 때,[12]   48

이성으로 분별하게 해주는 능력은 그것이
촛대들이며, 목소리들은 〈호산나〉를
노래하고 있다는 것을 깨닫게 해주었다.   51

---

9 그리스 보이오티아 지방의 산으로 무사 여신들에게 바쳐진 두 개의 샘 아가니페와 히포크레네로 유명하다. 여기에서는 시적 영감을 가져다준다고 믿었던 그 샘물들을 가리킨다.
10 무사 여신들 중 하나로 천문학을 수호한다.
11 뒤에 나오듯이 일곱 자루의 거대한 촛대들인데, 하느님의 일곱 가지 은혜 또는 선물을 상징한다.
12 가까이 다가감에 따라 대상물의 윤곽이 더 뚜렷하게 보이게 되었을 때이다.

그 아름다운 도구들[13] 위에서는
보름날 한밤중 청명한 하늘의 달보다
훨씬 더 밝은 불꽃이 빛나고 있었다. 54

나는 놀라움에 가득 차서 훌륭하신
베르길리우스를 향해 돌아서자, 그분도
나 못지않게 놀란 눈으로 나를 바라보셨다. 57

그리고 신비로운 것들로 시선을 돌렸는데,
그것들은 새 신부들에게 뒤질 정도로
느리게 우리 쪽으로 움직이고 있었다. 60

여인은 나를 꾸짖었다. 「무엇 때문에
그대는 생생한 빛들만 바라보느라고
그 뒤에 오는 것을 바라보지 않는가요?」 63

그래서 나는 길잡이를 따르듯 뒤에 오는[14]
사람들을 보았는데, 이 세상에서는 전혀
본 적이 없는 새하얀 옷을 입고 있었다. 66

왼쪽에서는 강물이 반짝거렸는데,

13 촛대들.
14 촛불들이 길잡이인 것처럼 그 뒤를 따라오는.

내가 그 안을 바라보니 마치 거울처럼
나의 왼쪽 옆구리를 비추고 있었다.   69

나는 기슭을 따라 단지 강물만이
나를 멀리 떼어 놓는 지점에[15] 이르러
좀 더 잘 보기 위해 걸음을 멈추었다.   72

불꽃들은 앞장서서 나아가면서
마치 붓을 움직여 그려 놓은 것처럼
그 뒤의 허공에 그림을 그려 놓았고,[16]   75

그래서 그 위에는 일곱 개의 띠들이
뚜렷이 남았는데, 모두 태양과 델리아[17]의
테두리가 만드는 후광과 같은 빛깔이었다.   78

그 깃발들은 내 시선이 미치지 못할 정도로
뒤로 길게 뻗었으니, 내가 짐작하건대
끝과 끝이 열 걸음이나 떨어져 있었다.[18]   81

---

15 그 신비로운 행렬과 단테 사이를 갈라놓는 지점이다. 그러니까 단테는 강물 너머의 행렬을 바라보고 있다.

16 앞으로 행진하는 촛불들이 뒤의 허공에 빛의 잔상들을 남기는데, 그것은 마치 깃발들처럼 보인다.

17 디아나, 즉 달을 가리킨다. 디아나는 델로스섬에서 태어났다고 해서 이렇게 부르기도 한다.

제29곡 **317**

내가 묘사하는 그렇게 아름다운 하늘 아래
스물네 명의 장로[19]가 백합꽃 화관을
쓴 채 둘씩 짝을 지어 걸어오고 있었다. 84

그들은 모두 노래하였다. 「아담의
딸들 중에 그대는 행복하다. 그대의
아름다움은 영원히 축복받으리다!」[20] 87

나와 바로 맞은편의 강기슭에는
꽃들과 다른 신선한 풀밭 위로
그 선택받은 사람들이 지나간 다음, 90

마치 하늘에서 별들이 잇따라 나오듯이[21]
그들 바로 뒤에는 네 마리의 짐승[22]이
각자 초록 잎사귀 관을 쓰고 뒤따랐다. 93

각 짐승마다 여섯 개의 날개가 돋아 있고,
날개마다 눈들이 가득했으니, 아르고스[23]의

---

18 촛불들이 만드는 잔상 띠의 길이가 열 걸음이라는 뜻이다.
19 『구약 성경』 24권을 상징한다.
20 성모 마리아를 축복하고 그 아름다움을 찬양한다.
21 하늘이 회전함에 따라 별들이 있던 자리에 다른 별들이 나타나듯.
22 「에제키엘서」 1장 4절과 「요한 묵시록」 4장 6절에 나오는 신비로운 네 마리 짐승은 사자, 송아지, 사람, 독수리를 닮았는데, 여기서는 신약의 네 복음서인 마태오, 마르코, 루카, 요한 복음서를 상징한다.

눈들이 살아 있다면 아마 그랬으리라. 96

독자여, 그들 모습의 묘사에 시구들을
낭비하지 않겠으니, 다른 것이 급박하여
거기에다 많이 쓸 수 없기 때문이라오. 99

하지만 「에제키엘서」를 읽어 보시오. 그는
그 짐승들이 바람과 구름과 불과 함께
추운 곳에서 오는 것을 본 대로 적었으니.[24] 102

그의 책에서 여러분이 읽을 것과 똑같은
짐승들이 거기 있었는데, 다만 날개 부분은
그와 다르고 요한이 나와 일치하였다.[25] 105

그 네 마리 짐승들 사이의 한가운데에는
바퀴가 둘 달린 승리의 수레[26]가 있었는데,
그리폰[27]의 목에 매달려 끌려오고 있었다. 108

---

23 그리스 신화에 나오는 상상의 동물로 온몸에 수백 개의 눈이 달려 있다.
24 「에제키엘서」 1장 4절 이하 참조.
25 그 짐승들은 에제키엘이 묘사한 것과 똑같은 모습이나, 다만 날개 부분은 「요한 묵시록」에서 묘사하는 것에 가깝다는 뜻이다.
26 교회를 상징한다. 두 개의 바퀴는 신약과 구약, 또는 도미니쿠스 성인과 프란치스코 성인을 상징하는 것으로 해석되기도 한다.
27 그리스어 이름은 그리페스. 사자의 몸체에다 독수리 머리, 날개가 달

그리폰은 양쪽 날개를 위로 펼쳤는데, 각각
한가운데 띠와 양쪽의 세 줄기 띠 사이로
펼쳐[28] 어떤 띠도 쪼개어 훼손하지 않았다. 111

날개는 보이지 않을 만큼 높게 치솟았으며,
몸체에서 새처럼 생긴 곳은 황금빛이고
나머지는 붉은색이 뒤섞인 하얀색이었다. 114

아프리카누스나 아우구스투스도 그토록 아름다운
수레로 로마를 즐겁게 해주지 못했을 뿐만
아니라,[29] 태양의 수레도 그보다 초라했으니, 117

길에서 벗어났다가 테라[30]의 경건한 기도로
유피테르가 신비로울 정도로 정당하게
불태워 버렸던 그 태양의 수레 말이다.[31] 120

린 상상의 동물이다. 여기에서는 신성(神性)과 인성(人性)을 동시에 지닌 그리스도를 상징한다.

28 촛불들이 허공에 남기는 일곱 개의 기다란 띠들 사이로, 정확히 말하자면 중앙의 띠와 양쪽의 각각 세 개의 띠 사이로 양쪽 날개를 높이 펼치고 있다.

29 포이니 전쟁에서 카르타고의 한니발을 제패한 스키피오 아프리카누스Scipio Africanus(기원전 236~183)나 아우구스투스 황제의 개선식에서도 그렇게 아름다운 수레는 없었다는 뜻이다.

30 그리스 신화의 가이아에 해당하는 대지의 여신이다.

31 파에톤(「지옥」 17곡 106행 참조)이 몰던 태양 마차가 길을 벗어나자, 대지의 여신 테라가 불에 탈까 염려되어 기도하였고, 유피테르는 번개를 쳐서

오른쪽 바퀴 옆으로 세 여인[32]이 둥글게
춤추며 왔는데, 한 여인은 불 속에서도
알아보지 못할 정도로 빨간색이었고,　　　　　　　123

다른 한 여인은 마치 살과 뼈가
에메랄드로 만들어진 것 같았으며,
세 번째 여인은 방금 내린 눈[雪] 같았다.　　　　　126

때로는 하얀 여인이, 때로는 빨간 여인이
춤을 이끌었고, 빨간 여인의 노래에 맞춰
다른 여인들은 걸음을 늦추거나 빨리 했다.　　　129

왼쪽 바퀴 옆에서는 자줏빛 옷을 입은
네 명의 여인[33]이 춤을 추며 왔는데,
머리에 눈이 셋 달린 여인이 이끌었다.　　　　　132

그 모든 행렬의 뒤에는 두 노인[34]이
보였는데, 그들의 옷은 서로 달랐지만

파에톤을 떨어뜨려 죽게 하였다.
　32　향주삼덕, 즉 믿음(하얀색), 희망(초록색), 사랑(빨간색)을 상징한다.
　33　사추덕, 즉 네 가지 주요 덕성인 예지, 정의, 용기, 절제를 상징한다. 그 중 눈이 셋 달린 여인은 예지를 상징하는데, 예지는 다른 덕들의 바탕이 된다.
　34　성 루카와 성 바오로. 여기서는 루카가 기록한 「사도행전」과 바오로가 쓴 여러 「서간」들을 상징한다.

근엄하고 진지한 태도는 똑같았다. 135

한 노인은 자연이 가장 사랑하는
동물들을 위해 만들어 낸 그 위대한
히포크라테스의 가족처럼 보였고,[35] 138

다른 노인은 강 이쪽에 있는 내가 무서울
정도로 날카롭고 눈부신 칼을 들고,
그와는 정반대를 보살피는 듯하였다.[36] 141

뒤이어 소박한 차림의 네 노인[37]을 보았고,
그들 모두의 뒤에서는 한 노인이 외로이
예리한 얼굴로 잠을 자며 오고 있었다.[38] 144

이 일곱 명의 노인은 앞의 무리[39]와
똑같은 옷을 입고 있었지만, 머리에

---

35 루카는 의사였다.(「콜로새 신자들에게 보낸 서간」 4장 14절 참조)
36 바오로는 육체를 치료하는 의사와는 달리 말로 영혼에 상처를 주고 뒤흔들기도 한다. 전통적으로 그는 칼을 든 모습으로 묘사된다. 〈구원의 투구를 받아 쓰고 성령의 칼을 받아 쥐십시오. 성령의 칼은 하느님의 말씀입니다.〉(「에페소 신자들에게 보낸 서간」 6장 17절)
37 신약에서 상대적으로 덜 중요해 보이는 야고보, 베드로, 요한, 유다의 서간들을 상징한다.
38 「요한 묵시록」을 나타낸다. 꿈을 꾸듯이 본 환상을 이야기하지만, 미래를 예언하기 때문에 날카롭다.
39 『구약 성경』 24권을 상징하는 장로들.

백합꽃으로 만든 화관을 두르지 않고   147

장미와 다른 빨간 꽃을 두르고 있었고,
만약 조금 떨어져서 바라본다면 모두
눈썹 위로 불타는 것처럼 보였으리라.   150

그리고 수레가 내 맞은편에 이르렀을 때
천둥소리가 들렸고, 그 가치 있는 사람들은
더 이상 나아가는 것이 금지된 것처럼   153

맨 앞의 깃발들[40]과 함께 거기에 멈추었다.

---

40 촛대들.

제30곡

신비로운 행렬이 멈추고 장로들의 노랫소리에 맞추어 천사들이 꽃을 뿌리는 가운데 베아트리체가 내려온다. 그녀의 모습에 옛사랑이 불타오르고, 단테는 베르길리우스에게 몸을 돌리지만 그는 사라진다. 베아트리체는 단테에게 오랫동안 올바른 길을 벗어난 것에 대해 엄하게 꾸짖는다.

그 첫째 하늘의 일곱 별[1]은 지는 것도
모르고 떠오르는 것도 모르며, 죄악
이외의 어떤 안개도 가리지 못하고,   3

마치 아래의 북두칠성이 뱃사람에게
항구로 갈 수 있도록 인도하는 것처럼
각자 자신의 의무를 깨닫게 해주는데,   6

그 일곱 별이 멈추자, 처음부터 그것들과
그리폰 사이에서 온 진실한 사람들[2]은
마치 평화를 향하듯 수레로 몸을 돌렸고,   9

---

1 원래 북두칠성을 가리키는데, 여기에서 엠피레오(〈첫째 하늘〉)의 일곱 별은 신비로운 행렬을 이끄는 일곱 촛대를 가리킨다. 이 세상의 북두칠성(〈아래의 북두칠성〉)이 뱃사람들에게 항해의 좌표가 되듯이, 하느님의 일곱 은혜는 인간의 영적인 삶을 이끈다.
2 스물네 명의 장로들이다.

그들 중 한 사람이 마치 하늘에서 보낸 듯
⟨신부여, 레바논에서 오너라⟩³ 노래하며
세 번 외쳤고, 나머지 모두도 따라 했다.   12

축복받은 자들이 최후의 포고 소리에⁴
되찾은 목소리로 알렐루야를 부르며
각자의 무덤에서 곧바로 일어나듯이,   15

그렇게 고귀한 노인의 목소리에
성스러운 수레 위로 백 명도 넘는 영원한
생명의 심부름꾼들과 전령들⁵이 일어났다.   18

그들은 모두 ⟨오는 그대여 복되어라⟩⁶
말하면서 위쪽과 주위로 꽃들을 던졌다.
「오, 한 움큼 가득히 백합들을 던져라.」⁷   21

---

3 원문에는 라틴어 *Veni, sponsa, de Libano*로 되어 있다. ⟨나와 함께 레바논에서, 나의 신부여, 나와 함께 레바논에서 떠납시다.⟩(「아가」 4장 8절)

4 최후의 심판 때이다.

5 천사들.

6 원문에는 라틴어 *Benedictus qui venis!*로 되어 있다. 그리스도가 예루살렘에 입성하자 사람들이 환성을 질렀다. ⟨주님의 이름으로 오시는 분은 복되시어라. 지극히 높은 곳에 호산나!⟩(「마태오 복음서」 21장 9절)

7 원문에는 라틴어 *Manibus, oh, date lilia plenis!*(⟨오, 손에 가득한 백합을 주오!⟩)로 되어 있다. 『아이네이스』 6권 883행에서 안키세스가 한 말을 약간 바꾼 것으로, 이제 곧 떠날 베르길리우스에 대한 단테의 존경심을 표현한다.

예전에 본 적 있듯이, 날이 샐 무렵
동녘이 완전히 장밋빛으로 물들고
나머지 하늘은 아름답고 청명한데,　　　　　　　　24

이제 막 떠오르는 태양의 얼굴이
희미한 안개 때문에 흐려져 눈으로
한참 동안 바라볼 수 있었던 것처럼,　　　　　　　27

그렇게 천사들의 손에 의해 위로
날아올랐다가 수레의 안과 밖으로
다시 떨어지는 꽃들의 구름 속에서　　　　　　　　30

하얀 베일에 올리브 가지를 두르고
초록색 웃옷 아래에 생생한 불꽃색의
옷을 입은 여인[8]이 내 앞에 나타났다.　　　　　　33

그녀의 앞에 있을 때면 떨면서
놀라움에 쇠진해지던 나의 영혼은
벌써 오래전부터 그렇지 않았는데,　　　　　　　　36

미처 눈으로 알아보기도 전에
그녀에게서 나오는 신비로운 힘으로

8 베아트리체.

오래된 사랑의 거대한 능력을 느꼈다.　　　　　　　　39

내가 어린 시절을 벗어나기도 전에[9]
이미 나를 꿰뚫었던 그 강렬한 힘이
나의 눈을 뒤흔들자마자, 곧바로 나는　　　　　　　42

마치 어린애가 무섭거나 슬플 때면
자기 엄마에게 달려가는 것처럼
믿음직한 왼쪽으로 내 몸을 돌렸고,　　　　　　　　45

베르길리우스께 〈떨리지 않는 피는 제게
한 방울도 남아 있지 않습니다. 옛 불꽃의
흔적을 알 수 있습니다〉 말하려 하였는데,　　　　　48

베르길리우스는 우리[10]를 떠나 물러가시니,
더없이 인자하신 아버지 베르길리우스,
내 구원을 위해 의지했던 베르길리우스여,　　　　51

옛날의 어머니가 잃어버린 모든 것도
이슬로 씻었던 나의 뺨들이 눈물로

9　단테는 아홉 살에 처음으로 베아트리체를 만났다.(『새로운 삶』 2장 4행 참조)
10　단테와 스타티우스.

얼룩지는 것을 막지는 못하였으리라.[11]   54

「단테여, 베르길리우스가 떠났다고
아직은 울지 마오, 아직은 울지 마오.
다른 칼[12]로 울어야 할 테니까.」   57

어쩔 수 없이 여기에 기록하는 나의
이름[13]을 부르는 소리에 몸을 돌렸을 때,
마치 함대의 장군이 다른 배들[14]에서   60

일하는 사람들을 둘러보고 잘하라고
격려하려고 뱃머리나 고물로 오듯이,
처음에 천사들의 꽃 잔치 속에 가려   63

내 앞에 나타났던 여인이 수레의 왼쪽
가장자리 위쪽에 서서 강 이쪽의
나를 똑바로 바라보는 것이 보였다.   66

11 하와(〈옛날의 어머니〉)가 잃어버린 지상 천국의 모든 즐거움도 베르길리우스를 잃은 슬픔을 달래 주지 못하고, 이슬로 씻은 얼굴(「연옥」 1곡 121행 이하 참조)이 눈물로 얼룩지는 것을 막지 못했을 것이다.
12 더 큰 고통, 말하자면 죄에 대한 부끄러움으로.
13 『신곡』에서 단테의 이름이 직접 나오는 곳은 여기뿐이다.
14 함대를 따르는 다른 배들을 가리킨다.

미네르바 잎사귀[15]를 두른 머리에서
아래로 드리운 베일로 인하여 그녀의
모습이 분명하게 보이지는 않았지만,   69

여왕처럼 언제나 의젓한 몸짓으로,
마치 말하면서도 가장 뜨거운 말은
뒤로 간직하는 사람처럼[16] 말하였다.   72

「나를 잘 보아요. 나는 진정 베아트리체요.
그대는 어떻게 이 산에 오르게 되었지요?
여기 행복한 사람이 있다는 걸 몰랐어요?」   75

나의 눈은 맑은 샘[17]으로 떨어졌는데,
그 안에 비친 내 모습을 보고 부끄러움에
이마가 무거워져 눈길을 풀밭으로 돌렸다.   78

마치 어머니가 자식에게 엄하게 보이듯
그녀는 나에게 그렇게 보였는데, 엄격한
자애로움의 맛은 쓰기 때문이었다.   81

---

15 미네르바에게 바쳐진 올리브나무의 잎사귀.
16 가장 중요한 주제를 마지막에 말하려는 사람처럼.
17 앞에 있는 레테의 강이다.

그녀는 입을 다물었고, 곧바로 천사들이
⟨주님, 당신께 희망했으니⟩[18] 노래했는데,
⟨나의 발들⟩을 넘어가지는 않았다. 84

이탈리아 등줄기의 살아 있는 서까래들[19]
사이에 쌓인 눈이 스키아보니아[20]의
바람에 단단하게 얼어붙어 있다가, 87

그림자를 잃은 땅[21]에서 불어오는 바람에
마치 초가 불에 녹듯이 녹아내리고
거기에서 물방울이 떨어지는 것처럼, 90

언제나 영원한 둘레들[22]의 가락에 맞추어
노래하는 자들[23]이 노래하기 전까지는

---

18 원문에는 라틴어 *In te, Domine, speravi*로 되어 있다. 「시편」 31편 1~9절에 나오는 표현인데, 천사들은 마지막 9절에 나오는 *pedes meos*, 즉 ⟨나의 발들⟩ 너머까지 노래하지 않았다는 뜻이다.

19 ⟨이탈리아의 등줄기⟩는 아펜니노산맥을 가리키고, ⟨살아 있는 서까래⟩는 나무들을 가리킨다. 지금은 살아 있지만 잘라 내어 죽은 다음에는 서까래가 될 것이기 때문이다.

20 Schiavonia. 이탈리아반도 북동부 슬로베니아와 접경 지역의 슬로베니아어를 사용하는 지역을 가리키는데, 여기에서는 북동쪽에서 불어오는 바람을 뜻한다.

21 아프리카를 가리킨다. 적도 근처로 갈수록 한낮에는 그림자가 거의 없는 것처럼 보인다.

22 여러 하늘들을 가리킨다.

23 천사들.

나 역시 눈물이나 한숨도 없었다가,　　　　　　　　　93

그들의 감미로운 노랫가락이 마치
〈여인이여, 왜 그렇게 그를 꾸짖나요?〉
말하듯 나를 동정하는 노래를 듣고 나자,　　　　96

내 마음 주위를 에워싸고 있던 얼음은
한숨과 눈물이 되었고, 가슴에서부터
고통과 함께 입과 눈으로 터져 나왔다.　　　　　99

잠시 후에 그녀는 앞에서 말한 수레의
왼쪽 위에 그대로 서 있으면서 경건한
천사들을 향하여 이렇게 말하였다.　　　　　　102

「그대들은 영원한 낮에 깨어 있으므로
밤이나 잠도 그대들에게 자기 길을
가는 세월의 걸음을 감추지 못하니,[24]　　　　105

내 대답은 저쪽에서 울고 있는 자에게
죄와 벌의 괴로움은 크기가 같다는 것을
깨닫도록 조금 더 배려하는 것이라오.　　　　108

24　천사들은 영원한 빛 속에 언제나 깨어 있으므로, 밤이든 잠잘 때든 세상 사람들(〈세월〉)의 모든 거동을 하나도 놓치지 않는다.

별들이 함께 동반해 주는 데 따라서
모든 씨앗을 어떤 목적으로 인도하는[25]
위대한 바퀴들의 작용뿐만 아니라,   111

우리의 시선이 미치지 못할 정도로
높은 구름에서 비를 내려 주시는
성스러운 은총들의 방대함 덕택에,   114

이 사람은 젊은 시절에 잠재적인
능력으로 자기 안에서 온갖 훌륭한
성품이 놀라운 결과를 얻었을 것이오.   117

하지만 경작되지 않고 나쁜 씨앗을
뿌린 땅은 그 땅의 힘이 강할수록
더욱더 사악하고 거칠게 바뀐답니다.   120

한때 나는 내 모습으로 그를 부축했고,
나의 젊은 눈을 그에게 보여 주면서
올바른 방향으로 그를 인도하였지요.   123

그런데 내가 둘째 시기[26]의 문턱에서

---

25 점성술에 의하면 모든 인간(〈씨앗〉)은 태어날 때의 별자리가 이끌고 인도해 준다.

삶을 바꾸자마자, 이 사람은 나를
떠나 다른 사람[27]에게 의존하였지요. 126

내가 육신에서 영혼으로 올라가고
아름다움과 덕성이 더 커졌을 때에도
그에게 나는 덜 귀중하고 덜 즐겁게 129

보였으니, 그는 옳지 않은 길을 향해
자신의 걸음을 옮겼고 어떤 약속도
지키지 못하는 그릇된 선을 쫓았지요. 132

그를 돌이키려고 꿈이나 다른 방법으로
영감에 호소하는 것도 소용없었으니,
그는 그런 것에 별로 관심이 없었다오! 135

너무나도 아래로 떨어졌기에, 그에게는
길 잃은 사람들[28]을 보여 주는 것 외에
어떤 수단도 구원에 미치지 못했지요. 138

26 단테는 『향연』 4권 24장 2~3절에서 인생을 네 시기로 나누는데, 첫째 시기는 성장기로 25살까지이고, 뒤이어 시작되는 장년기는 45세까지 지속되는 것으로 보았다. 베아트리체는 24세에 죽었으므로 둘째 시기의 문턱에 들어섰을 때이다.
27 구체적인 어떤 특정한 사람을 가리키는 것이 아니라 다른 사랑이나 허영, 세속적인 학문에의 몰두 등으로 볼 수도 있다.
28 지옥의 죄인들을 가리킨다.(「지옥」 3곡 3행 참조)

그 때문에 나는 죽은 자들의 입구[29]를
방문했고, 그를 이곳까지 인도해 주었던
사람[30]에게 울면서 부탁했던 것입니다.   141

만약에 눈물을 흘려야 하는 어떠한
참회의 대가도 전혀 없이 레테의
강을 건너고 또 그 물을 마신다면,   144

하느님의 높으신 뜻이 깨질 것입니다.」

---

29 림보.
30 베르길리우스.

제31곡

베아트리체의 책망을 듣고 단테는 부끄러움에 눈물을 흘리며 죄를 고백한다. 또다시 베아트리체의 꾸지람이 이어진 다음 마텔다가 단테를 레테의 강물 속에서 씻게 한다. 그리고 네 가지 덕성의 여인들과 세 가지 덕성의 여인들에게 안내한다. 마침내 베아트리체는 단테를 향해 미소를 던진다.

「오, 거룩한 강 저편에 있는 그대여.」
간접적으로도 그리 날카롭게 보였던
말의 칼끝을 직접 나에게 겨누면서[1]   3

그녀는 지체 없이 계속 말을 이었다.
「그게 사실인지 말해 보오. 그런 책망에
그대의 고백이 뒤따라야 할 것이오.」   6

나의 능력은 너무나도 혼란스러웠고,
말을 하려고 하였으나 목소리가
기관[2]에서 나오기도 전에 꺼져 버렸다.   9

그녀는 잠시 기다리더니 다시 말했다.

---

1 베아트리체는 지금까지 천사들에게 이야기하면서 간접적으로 단테를 꾸짖었는데, 이제는 직접 단테에게 말한다.
2 발성 기관인 목과 입이다.

「무엇을 생각해요? 대답해요, 그대의 슬픈
기억이 아직 물[3]로 씻기지 않았으니까.」 12

혼란함과 두려움이 함께 뒤섞여 나는
입 밖으로 〈예〉 소리가 나오게 했으나
그것을 알아듣기에는 눈이 필요하였다.[4] 15

활과 시위를 지나치게 팽팽하게
당겨서 쏘면 석궁이 부서지면서
화살이 힘없이 표적에 닿는 것처럼, 18

나는 그렇게 무거운 짐 아래에서
한숨과 눈물을 밖으로 터뜨렸으나
목소리는 중간에서 희미해져 버렸다. 21

그러자 그녀는 말했다. 「그 너머 더 이상
바랄 것이 없는 선을 사랑하도록
그대를 이끌었던 나의 소망 속에서, 24

어떤 웅덩이를 가로지르고, 어떤 사슬을

---

3 레테의 강물을 가리킨다.
4 목소리가 제대로 나오지 않아 약하게 대답했으므로 입 모양을 눈으로 보아야만 알아들을 수 있었다는 뜻이다.

만났기에, 앞으로 나아가려는 희망을
그대는 그렇게 벗어던져 버렸나요? 27

다른 것들[5]의 이마에 어떤 이익이나
어떤 편안함이 분명하게 나타났기에
그대는 그것들 앞으로 달려 나갔어요?」 30

쓰라린 한숨을 길게 내뱉은 다음
나는 힘겹게 내 입술들을 움직여
겨우 목소리를 내서 대답하였으니, 33

울면서 말하였다. 「그대의 모습이
사라지자마자, 곧바로 눈앞의 것들이
거짓 즐거움으로 내 발길을 돌렸지요.」 36

그녀가 말했다. 「만약 그대가 고백하는 것을
침묵하거나 부정하더라도, 그대의 죄는
감춰지지 않고 심판관[6]께서는 모두 아십니다! 39

하지만 죄의 책망이 자신의 입에서
터져 나올 때면, 우리의 법정에서는

---

5 지상의 선들이나 즐거움들이다.
6 하느님.

바퀴가 칼날을 거슬러 거꾸로 돌지요.[7]   42

어쨌든 지금이라도 그대의 잘못을
부끄러워하고, 또다시 세이렌[8]들의
소리를 듣더라도 그대가 더 강해지도록,   45

눈물의 씨앗[9]을 던지고, 잘 들어 보아요.
땅에 묻힌 나의 육신이 어떻게 그대를
엉뚱한 방향으로 이끌었는지[10] 들으리다.   48

예전에 내가 갇혀 있었고, 지금은 땅속에
흩어진 그 아름다운 육체만큼, 자연이나
예술도 그대에게 기쁨을 주지 못하였고,   51

또한 나의 죽음으로 인하여 그대에게
그런 최고 기쁨마저 사라졌다면, 어떤
덧없는 것을 욕망하도록 이끌렸나요?   54

그렇게 그릇된 것들의 첫 화살에

---

7 숫돌의 바퀴가 칼날과 반대 방향으로 돌아 칼날을 무디게 한다. 자신의 죄를 스스로 고백하면 정의의 심판이 너그러워진다는 뜻이다.
8 사악한 유혹을 상징한다.(「연옥」 19곡 19~24행 참조)
9 눈물의 원인이 된 혼란함과 두려움을 가리킨다.(13행 이하 참조)
10 내가 죽은 뒤 그대가 사악한 쾌락의 길에 빠진 이유.

그대는 일어나, 더 이상 그런 것이
아니라 나의 뒤를 따랐어야 했어요.   57

젊은 여자나 덧없는 다른 헛된 것의
더 많은 화살을 기다리느라 그대는
날개를 아래로 접지 말았어야 했지요.   60

어린 새는 둘째나 셋째 화살을 기다리지만,
이미 깃털이 모두 난 새의 눈앞에서는
그물을 치거나 활을 쏘아도 소용없어요.」[11]   63

마치 어린아이들이 부끄러우면 말없이
눈길을 땅바닥으로 돌리고, 들으면서
제 잘못을 인정하고 뉘우치는 것처럼   66

나도 그렇게 있었는데, 그녀가 말했다.
「듣기만 해도 괴롭다면, 수염을 들어요.[12]
바라보면 그대는 더욱 괴로울 것이오.」[13]   69

11 어린 새처럼 어리석은 사람이나 세상의 덧없는 유혹에 계속 넘어갈 뿐, 〈깃털이 모두 난〉 성숙한 사람은 유혹의 그물이나 화살에 걸리지 않는다.
12 뒤에서 설명하듯이 얼굴을 들라는 말이다.
13 눈으로 직접 베아트리체를 보면 자신의 죄가 더욱 부끄러워져서 더 괴로울 것이라는 뜻이다.

이아르바스[14] 땅의 바람이나 또는
우리 고장의 바람[15]에 의해 튼튼한
참나무가 뿌리 뽑히는 것보다 더 힘들게   72

나는 그녀의 명령에 턱을 들었으니,
얼굴 대신 수염을 들라고 말했을 때
그 말에 숨겨진 독이 있음을 알았다.   75

그리하여 내 얼굴을 위로 쳐들었으며
그 최초의 창조물들[16]이 꽃 뿌리기를
멈추었다는 것을 나의 눈은 깨달았다.   78

그리고 아직도 약간 불안한 나의 눈은
베아트리체가 몸 하나에 두 가지 성격을
가진 동물[17]을 바라보고 있음을 보았다.   81

베일을 쓰고 저편 강가에 있었지만,
그녀가 여기 있었을 때 다른 여자들을
능가했던 것보다 더 아름다워 보였다.   84

14 디도(「지옥」 5곡 61~62행 참조)를 사랑하였던 리비아 지역의 왕으로 여기서는 아프리카를 가리킨다.
15 유럽, 그러니까 북쪽에서 불어오는 바람이다.
16 천사들.
17 독수리와 사자의 모습을 동시에 지닌 그리폰.

참회의 고통이 나를 찔렀으니 내가
사랑하도록 홀렸던 다른 모든 것들이
이제는 무엇보다 증오스럽게 보였다. 87

죄의식이 가슴을 짓눌러 나는 정신을 잃고
쓰러졌으니, 당시 내가 어떤 모습이었는지
그 원인을 제공한 그녀가 알 것이다. 90

내 마음이 외부의 힘을 되찾았을 때,
처음에 혼자 나타났던 여인[18]이 위에서
말하였다. 「나를 잡아요, 나를 잡아요.」 93

그녀는 나를 목까지 강물 속에 잠기게
한 다음, 마치 배[19]처럼 뒤에
이끌면서 가볍게 강물 위로 나아갔다. 96

내가 축복받은 기슭에 이르렀을 때
〈저를 씻어 주소서〉[20]라는 노래가 들려왔다.
기억하거나 표현할 수 없는 달콤한 노래였다. 99

18 마텔다. 아직까지 그녀의 이름은 언급되지 않고 있다.
19 원문에는 *scola*로 되어 있으며, 일부에서는 베틀의 북으로 해석하기도 한다.
20 원문에는 라틴어 *Asperges me*로 되어 있다. 〈저를 씻어 주소서. 눈보다 더 희어지리이다.〉(「시편」 51편 9절)

제31곡 **341**

그 아름다운 여인은 팔을 벌려
내 머리를 껴안고 물속에 넣었으니
나는 물을 삼키지 않을 수 없었다.   102

그러고는 흠뻑 젖은 나를 꺼내
춤추는 네 여인들 가운데로 데려가니,
여인들은 모두 팔로 나를 감싸 주었다.   105

「우리는 여기에서 님페이지만 하늘에서는
별이라오. 베아트리체가 세상에 내려가기
전에[21] 우리는 그녀의 시녀로 정해졌지요.   108

그대를 그녀의 눈앞으로 안내하겠지만,
기쁜 눈빛을 보도록, 더 깊이 보는 저기
세 여인이 그대 눈을 날카롭게 해줄 것이오.」   111

여인들은 그렇게 노래하기 시작한 다음
베아트리체가 우리를 향하여 서 있던
그리폰의 가슴 쪽으로 나를 데려갔다.   114

그리고 말했다. 「그대의 눈을 아끼지 마오.
예전에 사랑이 그대에게 화살을 쏘았던 곳,

21 즉 그녀가 세상에 태어나기도 전에.

에메랄드 눈앞으로 그대를 데려왔으니.」 117

불꽃보다 뜨거운 수천 가지 욕망이
나의 눈을 빛나는 그 눈에 묶었는데,
그녀의 눈은 그리폰을 응시하고 있었다. 120

마치 태양이 거울 속에 비치듯 그녀의
눈 속에서는 이중적인 동물이 빛났는데,
때로는 이런 모양 때로는 저런 모양이었다. 123

독자여, 생각해 보시라, 사물[22] 그 자체는
그대로 가만히 있는데, 반사된 모습이
변하는 것을 보고 내가 얼마나 놀랐는지. 126

놀라움에 넘치면서도 기쁜 내 영혼이
배부르게 하면서 더 배고프게 하는[23]
그런 음식을 맛보고 있는 동안에, 129

다른 세 여인이 한결 더 높아 보이는[24]
몸짓과 함께 앞으로 나아오면서

22 그리폰.
23 〈나를 먹는 이들은 더욱 배고프고 나를 마시는 이들은 더욱 목마르리라.〉(「집회서」 24절 21절)
24 앞의 네 여인, 즉 사추덕보다 향주삼덕이 더 높고 중요하다.

천사의 노래에 맞추어 춤을 추었다.   132

노래는 「베아트리체여, 눈길을 돌려요.
그대를 보기 위해 많은 길을 걸어온
그대의 충실한 자에게 눈길을 돌려요!   135

바라건대 우리에게 은혜를 베풀어 주오.
그에게 그대 입술을 보여 주어, 그대가
감추는 둘째 아름다움[25]을 보게 해주오.」   138

오, 살아 있는 영원한 빛의 거울이여,
파르나소스의 그늘 아래 창백해지고[26]
아무리 그 샘물을 마신 사람이라도,   141

하늘이 조화를 이루어 드리운 곳에서
활짝 펼쳐진 대기 속에 베일을 걷던
그대의 모습을 그대로 옮기려 할 때   144

어떻게 마음이 어지럽지 않겠는가?

---

25 입의 아름다움으로 미소를 가리킨다. 첫째 아름다움인 눈은 단테를 사추덕으로 안내하고, 둘째 아름다움인 미소는 향주삼덕으로 안내한다.
26 너무나도 시에 몰두하여 지친 모습을 가리킨다.

제32곡

단테는 황홀하게 베아트리체를 바라본 다음, 뒤로 되돌아가는 행렬을 따라 어느 나무 앞에 이른다. 바로 하와가 그 열매를 따 먹은 나무이다. 여기에 그리폰은 수레를 묶어 두고, 단테는 노랫소리에 잠이 들었다가 깨어나 환상 같은 특이한 광경을 본다. 수레가 괴상한 괴물로 변하여 숲속으로 끌려가는 모습이다.

10년 동안의 목마름을 풀려는 듯이
나의 눈은 뚫어지게 응시하였으니
다른 감각들은 모두 꺼져 버렸으며,　　　　　　　　3

또한 눈도 이쪽저쪽 거들떠보지 않게
장벽을 쳤으니, 그 성스러운 미소는
옛날의 그물로 나의 눈을 이끌었다!　　　　　　　6

나는 내 왼쪽의 여신들[1]을 향해 억지로
얼굴을 돌렸는데 〈너무 뚫어지게 보는군!〉
하는 그들의 소리를 들었기 때문이다.　　　　　　9

그런데 방금 강렬한 햇살을 받은
눈이 제대로 볼 수 없는 것처럼

1　향주삼덕을 상징하는 세 여인이다.

제32곡　345

잠시 동안 내 시력은 그런 상태였다.   12

하지만 작은 빛(억지로 내 시선을 돌린
훨씬 큰 빛에 비해 〈작은 빛〉이다)에
나의 시력이 약간 회복되었을 때,²   15

그 영광스러운 군대³가 오른쪽으로
방향을 돌려, 일곱 불꽃과 태양을
얼굴에 안고⁴ 돌아가는 것을 보았다.   18

마치 병사들의 무리가 방패 아래에서
퇴각하려고 모두 방향을 바꾸기 전에
깃발과 선두가 먼저 방향을 바꾸듯이,   21

앞서 가는 그 하늘나라의 군사들은
수레의 끌채가 아직 움직이기도 전에
벌써 우리 앞을 완전히 지나갔다.   24

그러자 여인들은 바퀴 쪽으로 돌아갔고

---

2 이제 단테는 억지로 눈길을 돌려 행렬의 수레를 바라보는데, 그것은 베아트리체의 〈훨씬 큰 빛〉에 비하면 〈작은 빛〉이다.
3 스물네 명의 장로들이다.
4 방향을 돌려 처음 왔던 곳인 동쪽을 향해 가기 때문에 얼굴에 햇살이 비치고, 또 앞장선 일곱 촛대의 불빛도 얼굴에 비친다.

그리폰은 그 축복받은 짐을 끌었지만
깃털 하나도 전혀 움직이지 않았다. 27

내가 강을 건너게 해준 아름다운 여인과
스타티우스와 나는 보다 작은 원을
그리면서 돌아가는 바퀴[5]를 따라갔다. 30

그렇게 뱀을 믿었던 여인의 죄 때문에
텅 비고[6] 높다란 숲을 지나갔으니
천사의 노래가 발걸음을 맞춰 주었다. 33

아마도 시위를 떠난 화살이 세 번
날아갈 거리만큼 우리가 나아갔을 때
베아트리체는 마차에서 내려왔다. 36

모두들 〈아담〉 하고 중얼거리는 소리가
들려왔고, 그런 다음 가지마다 잎이나
꽃이 전혀 없는 어느 나무[7]를 에워쌌다. 39

---

5 방향을 완전히 바꾸기 위해 오른쪽으로 돌기 때문에 왼쪽 바퀴에 비해 오른쪽 바퀴가 상대적으로 작은 원호(圓弧)를 그리면서 돈다.
6 하와(〈뱀을 믿었던 여인〉)가 죄를 지은 후 지상 천국에는 사람이 살지 않기 때문에 텅 비어 있다.
7 〈선과 악을 알게 하는 나무〉.(「창세기」2장 9절)

그 나무의 가지들은 위로 올라갈수록
더욱 넓어졌는데, 그 높이는 숲속에
사는 인도 사람들도 놀랄 정도였다.[8] 42

「그리폰이여, 당신은 이 맛이 달콤한
나무를 부리로 쪼지 않으니 행복합니다,
나중에 배가 고통스럽게 비틀리니까요.」 45

그렇게 모두들 그 억센 나무 주위에서
소리쳤고, 두 가지 성질의 동물은 말했다.
「모든 정의의 씨앗은 그렇게 간직된다.」 48

그리고 자신이 끌고 온 끌채로 돌아서서
헐벗은 나무 아래쪽으로 끌고 가더니
나무로 된 끌채를 나무에다 묶었다. 51

거대한 빛[9]이 하늘의 물고기[10] 뒤에서
빛나는 빛[11]과 함께 아래로 비출 때,
이 세상의 초목들이 부풀어 오르고, 54

8　인도 사람들의 숲에는 아주 높다란 나무들이 자란다고 믿었다.
9　태양을 가리킨다.
10　물고기자리.
11　황도 12궁에서 물고기자리 뒤에 오는 별자리는 양자리이다. 태양이 양자리에서 비출 때는 3월 하순에서 4월 중순까지이다.

그런 다음 태양이 자신의 말들을
다른 별[12] 아래에다 매어 두기 전에,
각자 자신의 색깔로 새로워지는 것처럼,　　　　　　　　57

처음에는 나뭇가지들이 그토록 황량하던
그 나무는 장미보다 약하고 제비꽃보다
짙은 색깔을 띠면서 새롭게 변하였다.　　　　　　　　60

그때 무리가 불렀던 노래는 이 세상의
노래가 아니었으니, 이해할 수도 없었고
또한 끝까지 모두 듣지도 못하였다.[13]　　　　　　　　63

그 무자비한 눈들,[14] 감시하느라 비싼
대가를 치렀던 눈들이 시링크스 이야기를
들으며 잠들었던 모습을 그릴 수 있다면,　　　　　　　　66

12　양자리 뒤에 오는 황소자리. 태양이 황소자리에서 비출 때는 4월 하순에서 5월 중순까지이다.
13　중간에 잠이 들었기 때문에 끝까지 듣지 못하였다.
14　아르고스(「연옥」 29곡 95행 참조)의 온몸에 난 수많은 눈들을 가리킨다. 잠잘 때에도 절반만 감고 자는 그 많은 눈으로 아르고스는 유피테르의 연인 이오를 감시하였고, 유피테르의 부탁을 받은 메르쿠리우스는 시링크스의 이야기를 들려주며 아르고스를 잠재워서 죽였다.(『변신 이야기』 1권 568~747행) 님페 시링크스는 목동들의 신 판의 사랑을 받아 쫓기다가 붙잡히는 순간 강변의 갈대로 변했고, 판은 그 갈대를 잘라 악기를 만들고 시링크스라는 이름을 붙였다.

본보기를 놓고 그림을 그리는 화가처럼
내가 어떻게 잠들었는지 그리겠지만,
잠자는 것은 다른 누가 그리게 놔두고   69

내가 깨어났을 때로 넘어가고자 한다.
눈부신 빛이 내 잠의 너울을 찢었고,
〈일어나라. 무엇 하느냐?〉 소리쳤다.   72

천사들이 그 열매를 사랑하게 하고
하늘에서 영원한 잔치를 베풀게 하는
사과나무[15]의 꽃들[16]을 볼 수 있도록   75

베드로와 요한과 야고보가 인도되고
압도당하였다가,[17] 훨씬 더 큰 잠도
깨우는 소리에 다시 정신을 차리고,[18]   78

모세도 엘리야도 사라져 자신들의

---

15 그리스도를 가리킨다. 〈젊은이들 사이에 있는 나의 연인은 숲속 나무들 사이의 사과나무 같답니다. 그이의 그늘에 앉는 것이 나의 간절한 소망 그이의 열매는 내 입에 달콤하답니다.〉(「아가」 2장 3절)

16 예수가 제자들에게 보여 준 〈영광스러운 변모〉(「마태오 복음서」 17장 1~8절)를 가리킨다.

17 예수가 제자들을 높은 산으로 인도하여 변모한 모습을 보여 주자, 그들은 거기 압도되었다.

18 놀라서 땅에 엎드린 제자들에게 예수는 〈일어나라. 그리고 두려워하

무리가 줄어든 것과 스승님의
옷도 다시 바뀐 것을 보았듯이,　　　　　　　　　　　　81

나도 정신이 돌아왔고, 아까 강물을 따라
내 발걸음을 안내했던 그 자애로운
여인[19]이 내 위에 서 있음을 보았다.　　　　　　　　84

나는 의혹에 싸여 〈베아트리체는 어디
있습니까?〉 물었고, 그녀는 말했다. 「보아요,
새로 돋은 잎사귀 아래 뿌리 위에 앉아 있어요.　　　87

그녀를 둘러싸고 있는 무리[20]를 보아요.
다른 사람들은 깊고 달콤한 노래와 함께
그리폰을 따라 위로 올라가고 있지요.」　　　　　　90

그녀가 다른 말을 했는지 모르겠으니,
다른 생각을 가로막는 그녀[21]의 모습이
벌써 나의 눈을 가득 채웠기 때문이다.　　　　　　　93

지 마라〉(「마태오 복음서」 17장 7절) 하고 정신을 차리게 하였다. 예수의 목소리는 라자로(「요한 복음서」 11장 1절 이하)나 과부의 아들(「루카 복음서」 7장 12절 이하)처럼 죽음의 잠(〈더 큰 잠〉)에서도 깨어나게 하였다.
19　마텔다.
20　일곱 덕성의 여인들이다.
21　베아트리체.

그녀는 홀로 맨땅 위에 앉아 있었는데,
두 가지 성질의 짐승에게 매인 수레를
지키려고 거기 남아 있는 것 같았다. 96

그녀의 주위로 일곱 님페가 둥글게
에워싸고 있었는데, 북풍이나 남풍도
끄지 못하는 등불[22]을 손에 들고 있었다. 99

「그대는 잠시 동안 이 숲에 머물다가
그리스도께서 다스리는 저 로마[23]에서
나와 함께 영원히 살게 될 것입니다. 102

그러니 악하게 사는 세상에 도움이 되도록
이제 저 수레를 잘 보고, 그대가 본 것을
저 세상으로 돌아가 글로 쓰도록 해요.」 105

그렇게 베아트리체는 말했고, 완전히
그 명령에 따를 생각에 나는 그녀가
원하는 곳으로 눈과 마음을 향했다. 108

가장 멀리 떨어져 있는 저 끝에서[24]

---

22 영원히 꺼지지 않는 일곱 촛대의 촛불을 가리킨다.
23 천국을 가리킨다.

비가 내릴 때 빽빽한 구름의 불[25]도
그렇게 빨리 내려오지 못할 정도로   111

빠르게 유피테르의 새[26]가 아래의 나무로
내려오더니, 새로운 잎사귀와 꽃뿐만
아니라 껍질까지 쪼아서 부서뜨렸으며,   114

온 힘을 다해 수레에 부딪쳤으니 수레는
마치 폭풍우 속의 배가 파도에 휩쓸려
이쪽으로 저쪽으로 흔들리는 것 같았다.   117

그런 다음 나는 승리의 수레 안으로
좋은 음식은 전혀 먹어 보지 못한 듯한
여우 한 마리가 뛰어드는 것을 보았다.[27]   120

하지만 나의 여인은 여우의 추악한
죄를 꾸짖으며 내쫓으니, 살점 없는
뼈가 감당하는 한 재빨리 달아났다.   123

24 대기권의 끝이다. 수증기는 그곳까지 올라가 비가 되어 내린다.
25 번개.
26 독수리. 여기에서 독수리는 로마 제국을 상징하는데, 로마 제국은 초기의 그리스도인들을 박해함으로써 하느님의 정의(〈나무〉)를 모독하였고 교회(〈수레〉)에 깊은 상처를 주었다.
27 여우는 헛되고 잘못된 이론에 토대를 둔 이단을 상징하는데, 여기에서는 베아트리체로 형상화된 신학적 지혜에 의해 쫓겨난다.

다음에는 독수리가 처음 왔던 곳[28]에서
수레 안으로 내려오더니, 거기에다
자신의 깃털을 남기는 것을 보았다.[29]   126

그러자 마치 괴로운 가슴에서 나오듯이
하늘에서 목소리가 나와 이렇게 말했다.
「오, 내 쪽배[30]여, 나쁜 짐을 실었구나!」   129

그런 다음 양쪽 바퀴 사이의 땅바닥이
갈라지더니, 거기에서 용[31] 한 마리가
나와서 꼬리로 수레 바닥을 찔렀다.   132

그리고 마치 말벌이 침을 다시 빼듯이
사악한 꼬리를 끌어당겨 수레 바닥의
일부를 떼어 내 꾸무럭거리며 가버렸다.   135

---

28 나무.
29 로마의 콘스탄티누스 황제(〈독수리〉)가 교회에 많은 땅을 바친 것을 상징한다.(「지옥」 19곡 115~117행 참조) 그것은 비록 〈좋은 의도〉에서 나온 것이지만 결과적으로는 교회가 타락하여 세속적 권력과 부를 축적하도록 부추겼다는 것이 단테의 생각이다.
30 베드로의 배(「천국」 11곡 119~120행), 즉 교회를 상징한다.
31 「요한 묵시록」 12장 7~10절에 나오는 용은 사탄을 가리키는데, 여기에서는 사탄의 교묘한 술책으로 빚어진 교회 내부의 분열을 상징한다. 특히 용이 〈수레 바닥의 일부를 떼어〉 가버리는 것은 무함마드가 이슬람교를 확산시키면서 상당수의 그리스도인을 이끌고 간 것으로 해석하기도 한다.

남은 수레는 비옥한 땅이 잡초에 뒤덮이듯
아마도 훌륭하고 좋은 의도로 제공된
깃털에 의해 뒤덮이기 시작하였으며, 138

이쪽 바퀴와 저쪽 바퀴, 끌채까지
순식간에 깃털로 뒤덮였는데, 입을 벌려
한숨 한 번 내쉬는 것보다 빨랐다. 141

그렇게 변해 버린 성스러운 구조물은
여러 군데로 머리들을 내밀었으니,
끌채 위로 세 개, 각 면에 하나씩이었다. 144

앞의 머리들은 황소처럼 뿔이 났으나[32]
나머지 넷은 이마에 뿔이 하나만 있었으니,
그런 괴물은 전혀 본 적이 없었다.[33] 147

그 위에는 뻔뻔스러운 창녀[34] 하나가
마치 높은 산의 요새처럼 버티고 앉아

32 끌채 위로 솟은 세 개의 머리에는 각각 황소처럼 두 개의 뿔이 나 있다.
33 「요한 묵시록」 17장 1~8절에 머리 일곱에 뿔이 열 개 달린 짐승이 나온다. 여기에서 일곱 머리는 가톨릭의 일곱 가지 대죄를 상징하고, 뿔 열 개는 10계명을 거스르는 것으로 보기도 한다.
34 「요한 묵시록」 17장 1절 이하에 〈대탕녀〉가 나온다. 여기에서는 타락한 교회를 장악하고 있는 교황, 특히 보니파키우스 8세를 가리키는 것으로 해석된다.

제32곡 355

음탕한 눈길로 주위를 둘러보았으며,   150

마치 그녀를 빼앗기지 않으려는 듯이
그 옆에는 거인[35] 하나가 우뚝 서서
이따금 함께 입 맞추는 것을 보았다.   153

하지만 그녀가 음탕하고 두리번거리는
눈을 나에게 돌리자, 그 흉포한 정부(情夫)는
머리부터 발끝까지 그녀를 채찍질하였다.   156

그리고 의심과 잔인한 분노에 가득 차서
괴물[36]을 풀어 숲속으로 끌고 갔으니,
숲이 내 앞을 가로막는 장벽이 되어   159

창녀도 괴상한 괴물도 보이지 않았다.

---

35 필리프 4세를 상징한다. 그는 로마 교회를 장악하기 위해 보니파키우스 8세와 대립하면서 알라냐의 치욕(「연옥」 20곡 85~87행 참조)까지 안겨 주었다. 결국 1305년 교황으로 선출된 프랑스 출신 클레멘스 5세는 그와 결탁하여 교황청을 아비뇽으로 옮김으로써 70여 년에 걸친 〈아비뇽 유수〉가 시작되었다.
36 수레가 변형된 괴물을 가리킨다.

제33곡

베아트리체는 일곱 여인을 앞세우고 단테와 스타티우스, 마텔다와 함께 가면서 단테에게 앞날에 대한 예언들을 들려준다. 그렇게 이야기하는 동안 그들은 에우노에강에 도달한다. 마텔다의 안내로 단테는 강물을 마시고, 완전히 깨끗해진 몸으로 별들을 향해 오를 준비가 된다.

「하느님, 이방인들이 왔습니다.」[1] 여인들은
눈물을 흘리며 때로는 셋이, 때로는 넷이
달콤한 성가를 번갈아 노래하기 시작했다. 3

베아트리체는 한숨을 지으면서 경건하게
듣고 있었는데, 마리아가 십자가 아래에서
안색이 변한 것[2]과 같은 모습이었다. 6

그렇지만 다른 여인들이 그녀에게
말할 겨를을 주자,[3] 똑바로 일어나더니
불과 같은 홍조를 띠면서 대답하였다. 9

---

1 원문에는 라틴어 *Deus, venerunt gentes*로 되어 있다. 〈하느님, 이방인들이 당신 소유의 땅으로 쳐들어와 당신의 거룩한 궁전을 더럽히고 예루살렘을 폐허로 만들었습니다.〉(「시편」 79편 1절)
2 십자가에 못 박힌 예수를 바라보는 성모 마리아의 비통하고 애처로운 모습을 가리킨다.
3 여인들이 노래를 마치고 베아트리체가 말할 수 있도록 침묵하자.

「조금 있으면 너희는 나를 못 볼 것이고,
그리고 사랑하는 자매들이여, 또다시
조금 있으면 너희는 나를 볼 것이다.」[4]   12

그리고 일곱 여인을 모두 앞세우더니,
남아 있던 현자[5]와 여인[6]과 나에게
눈짓만으로 자신을 뒤따르게 하였다.   15

그렇게 앞으로 나아갔는데, 아마
땅바닥에서 열 걸음 정도 옮겼을 때
자신의 눈으로 내 눈을 바라보면서   18

평온한 표정으로 나에게 말하였다.
「조금 빨리 오세요. 그대와 말할 때
좀 더 잘 알아들을 수 있도록 말이오.」   21

내가 시키는 대로 곁에 다가가자 말했다.
「형제여, 이제 나와 함께 가면서도

---

4 원문에는 라틴어 *Modicum, et non videbitis me; et iterum,* (……) *modicum, et vos videbitis me*로 되어 있고, 다만 중간의 〈사랑하는 자매들이여〉는 이탈리아어로 되어 있다. 〈조금 있으면 너희는 나를 더 이상 보지 못할 것이다. 그러나 다시 조금 더 있으면 나를 보게 될 것이다.〉(「요한 복음서」 16장 16절)
5 베르길리우스가 떠난 후에도 남아 있는 스타티우스.
6 마텔다.

왜 나에게 질문하려고 하지 않나요?」 24

마치 자기 손윗사람 앞에서 말할 때
너무나도 존경하는 마음에 입 밖으로
또렷한 목소리를 내지 못하는 사람처럼 27

나도 그랬으니, 온전하지 않은 목소리로
말했다. 「여인이여, 나에게 필요한 것과
유용한 것을 그대는 이미 알고 있습니다.」 30

그녀는 말했다. 「이제 두려움과 부끄러움을
모두 벗어 버리기 바랍니다. 그래야
꿈꾸는 사람처럼 말하지 않을 테니까요. 33

뱀이 부서뜨린 그릇[7]은 전에 있었다가
지금은 없지만, 그 죄인들[8]은 알아야 해요,
하느님의 복수는 수파[9]를 두려워 않는다는 것을. 36

---

7 용의 공격으로 일부가 떨어져나간 수레를 가리킨다.(「연옥」 32곡 130~135행 참조)

8 창녀와 거인을 가리킨다.

9 *suppa*. 술이나 우유에 적신 빵 조각. 옛날 피렌체 풍습에 살인자가 9일 동안 희생자의 무덤에서 이 수파를 먹으면, 희생자 가족의 복수를 피할 수 있다고 믿었다. 따라서 희생자의 가족들은 무덤을 지켜 살인자가 오지 못하게 막았다고 한다. 여기에서 하느님의 복수는 어떤 식으로도 피할 수 없다는 것을 의미한다.

수레에 깃털을 남겨, 수레가 괴물로 변하고
이어서 먹이가 되게 만들었던 독수리는
계속하여 후예가 없지 않을 것이오.[10] 39

내가 분명히 보고 있기에 이야기하니,
온갖 장애와 방해물에서 벗어난 별들이
이미 가까이 있어 우리에게 시간을 주니, 42

그동안 하느님께서 보내신 5백과 열과
다섯[11]이 창녀와, 그리고 그녀와 함께
죄를 지은 거인을 같이 죽일 것입니다. 45

혹시 내 말이 테미스[12]나 스핑크스[13]처럼
모호하고 그들처럼 지성을 흐리게 하여

10 앞에서 말했듯이 독수리는 황제를 가리키는데, 페데리코 2세 이후 아직까지 진정한 신성 로마 제국의 황제는 나타나지 않았지만(「연옥」 6곡 97행 참조), 언젠가는 제국과 교회를 바로잡을 황제가 나타날 것이라는 뜻이다.

11 「요한 묵시록」 13장 17~18절에서 수수께끼 같은 숫자 666에 대한 언급을 상기시킨다. 로마 숫자로 515는 DXV인데, 이것은 라틴어 *dux*(지도자, 우두머리)를 의미하는 것으로 해석된다. 그 지도자가 누구인지는 분명하지 않으나 어쨌든 얼마 지나지 않아 세상을 바로잡을 인물의 출현을 가리킨다. 그 지도자는 「지옥」 1곡 100행 이하에서 언급되는 〈사냥개〉와 비교된다.

12 그리스 신화에 나오는 법의 여신으로 신탁이나 제의를 발명하였고, 아폴로에게 점치는 방법을 가르쳐 주기도 하였다.

13 여자 얼굴에 사자 가슴, 앞발과 꼬리, 맹금류 날개를 가진 괴물이다. 그녀는 지나가는 사람들에게 수수께끼를 내어 풀지 못하면 죽이곤 하였는데, 오이디푸스가 그 수수께끼를 풀자 절벽에서 떨어져 죽었다고 한다.

그대에게 설득력이 없을지 모르겠으나,   48

이제 곧 사실들이 나이아데스[14]가 되어
양 떼나 곡물들에 피해를 주지 않고[15]
이 어려운 수수께끼를 풀어 줄 것이오.   51

그대는 내가 말한 이 말을 그대로
기억하여, 죽음을 향한 달리기에 불과한
삶을 살아가는 산 사람들에게 전하시오.   54

또한 그 말을 쓰게 될 때, 그대가 보았듯이
여기서 방금 두 번이나 약탈당한 나무를
숨기지 않도록 마음속에 잘 기억하시오.   57

누구든지 그 나무를 약탈하거나 꺾으면,
오직 당신만 사용하도록 성스럽게 창조한
하느님께 실제적인 모독을 하게 되지요.   60

---

14 라이아데스Laiades는 라이오스의 아들, 즉 오이디푸스를 가리키는데, 『변신 이야기』의 일부 판본에 나이아데스Naiades로 잘못 적혀 있고, 이것을 단테가 그대로 인용한 것으로 짐작된다. 그리스 신화에서 나이아데스는 물의 님페들이다.

15 『변신 이야기』의 일부 판본에 의하면(7권 762~765행) 오이디푸스가 스핑크스를 죽이자, 테미스는 테바이에 무시무시한 여우를 풀어놓아 사람들을 해치고 양 떼와 들판을 황폐하게 만들었다고 한다.

그 열매를 먹은 최초의 영혼은 5천 년
이상이나 고통과 열망 속에서, 그 죄의
형벌을 몸소 받으신 분을 기다렸지요.[16]   63

이 나무는 특별한 이유가 있어 그렇게
높고 꼭대기가 뒤집혀 있다는 것을
모르면 그대 지성은 잠들어 있는 것이오.   66

헛된 생각들이 엘사[17]의 물처럼 그대 마음을
가두지 않고, 오디를 물들인 피라모스처럼
그 쾌락이 그대 마음을 적시지 않았다면,[18]   69

그런 특이한 상황만 보고도[19] 그대는
나무를 금지시키신 하느님의 정의에서
도덕적인 뜻을 알 수 있을 것이오.   72

16 〈최초의 영혼〉 아담은 선악과를 먹은 죄로, 림보에서 형벌의 〈고통〉과 하느님을 뵙고 싶은 〈열망〉 속에 5천 년 동안, 십자가의 피로 그 죄의 형벌을 대신 받은 그리스도를 기다렸다. 아담은 지상에서 930년을 살았고,(「창세기」 5장 5절), 림보에서 4302년 동안 있었다.(「천국」 26곡 118~120행 참조)

17 Elsa. 아르노강으로 흘러드는 지류인데, 광물 성분이 많아서 물속에 잠긴 물체의 겉 부분을 단단하게 석화(石化)시킨다.

18 피라모스와 티스베의 사랑 이야기에 대해서는 「연옥」 27곡 37~39행 참조. 자결한 피라모스의 피가 튀어 오디가 빨갛게 물들듯이, 헛된 생각들의 쾌락이 단테의 마음을 흐리게 하지 않았다면.

19 나무가 아주 높고 위로 올라갈수록 가지가 넓게 퍼진 특이한 모양만 보고도.

하지만 그대의 지성은 단단하게
돌이 되고 흐릿하게 물들어 있어서
내 말의 빛에 눈부셔 하는 것으로 보아,   75

다시 한번 바라니, 글로 쓰지 못하겠으면,
지팡이에 종려 잎을 감아 가져가듯이[20]
최소한 그림이라도 간직해 가져가오.」[21]   78

그래서 나는 말했다. 「봉인하는 밀랍이 찍힌
모양을 바꾸지 않는 것처럼 이제
내 뇌리에 당신 모습이 새겨졌습니다.   81

그런데 내가 열망하던 그대의 말은
왜 이렇게 내 지성의 눈 위로 날아가
이해하려 할수록 더 놓치는 것일까요?」   84

그녀가 말했다. 「그대가 지금까지 추종한
학파를 알고, 그 이론이 얼마나 나의 말을
따를 수 있는가 보도록 하기 위함이며,[22]   87

---

20 순례자들이 기념으로 지팡이에 종려나무 잎사귀를 감아서 돌아가는 것처럼.
21 글로 표현하지 못하더라도 최소한 그 이미지들만이라도 잘 간직하라는 뜻이다.
22 단테가 지금까지 추구했던 지상의 학문이나 이론이 얼마나 미흡한지

또한 땅에서 가장 높이 도는 하늘까지만큼
그대들의 길은 성스러운 길에서 멀리
떨어져 있다는 것을 보도록 하기 위함이오.」 90

그래서 나는 대답했다. 「내가 혹시라도
그대에게서 멀어진 적이 있는지, 양심의
가책을 느꼈는지 기억나지 않습니다.」 93

그녀는 미소를 지으며 말했다. 「만약 그대가
기억할 수 없다면, 그대가 오늘 레테의
강물을 마셨다는 것을 생각해 보시오. 96

또한 연기를 보고 불이 있음을 알듯이
그런 망각은 그대의 마음이 다른 곳에
몰두했었다는 잘못을 명백히 증명합니다. 99

진정으로 이제부터는 나의 말이
벌거벗은 것처럼 투명하여, 그대의
무딘 눈도 분명히 이해할 것이오.」 102

더욱 눈부신 태양은 더욱 느린 걸음으로,
보는 관점에 따라 이쪽저쪽 움직이는

단테가 직접 깨닫도록 하기 위해서라는 뜻이다.

자오선[23]의 둘레를 달리고 있었다. 105

그때 마치 앞장서서 사람들을 안내하는
사람이 길에서 새로운 것을 발견하면
걸음을 멈추는 것처럼, 일곱 여인이 108

희미한 그늘의 끝부분에 멈추었는데,
높은 산의 초록 잎들과 짙은 가지들이
차가운 개울 위에 드리운 것 같았다. 111

그녀들 앞에는 하나의 샘물에서 나온
유프라테스강과 티그리스강[24]이
헤어지기 싫어하는 친구처럼 보였다. 114

「오, 빛이여, 인류의 영광이여, 여기
하나의 원천에서 시작하여 서로
떨어져 흘러가는 이 물은 무엇입니까?」 117

그런 내 부탁에 그녀는 말했다. 「마텔다[25]에게

---

23 자오선은 보는 지점, 즉 경도에 따라 그 위치가 달라진다.
24 「창세기」 2장 14절에 의하면 에덴동산에 흐르는 네 강들 중 두 개다. 하지만 여기에서는 레테강과 에우노에강을 그렇게 비유하고 있다.
25 〈아름다운 여인〉(「연옥」 28곡 43행)의 이름은 이곳에서 유일하게 언급된다. 그녀가 누구를 가리키는지 분명하게 알려진 바 없다.

제33곡 **365**

말해 달라고 부탁해요.」 그러자 아름다운
여인은 마치 잘못에서 벗어나는 사람처럼   120

대답하였다. 「이것과 다른 것들에 대해
내가 이미 말해 주었지요. 레테의 강물이
분명 그걸 잊게 하지는 않았을 겁니다.」   123

베아트리체가 말했다. 「지나친 관심이
때로는 기억을 빼앗기도 하는데, 그래서
마음의 눈이 흐려진 모양입니다.   126

어쨌든 저기 흐르는 에우노에를 보아요.
그대가 늘 하는 대로 저곳으로 데려가
그의 희미해진 능력[26]을 되살려 주시오.」   129

훌륭한 영혼은 핑계를 대지 않고,
다른 사람의 의지가 어떤 표시로
드러나면 곧바로 자신의 의지로 삼듯이,   132

아름다운 여인은 곧바로 움직여 나를
붙잡았고, 스타티우스에게 우아하게
말했다. 「이 사람과 함께 오세요.」   135

26 선에 대한 희미한 기억이다.

독자여, 더 길게 쓸 공간이 있다면,
아무리 마셔도 배부르지 않을 달콤한 물을
조금이라도 내가 노래할 수 있을 텐데.   138

하지만 이 둘째 노래편[27]에 정해진
모든 종이가 이미 가득 찼기에 예술의
고삐[28]는 더 가게 허용하지 않는구려.   141

나는 그 성스러운 물결에서 돌아왔고,
마치 새로운 잎사귀로 새롭게 태어난
나무처럼 순수하게 다시 태어났으니,   144

별들에게로 오를 준비가 되어 있었다.

---

27 「연옥」을 가리킨다.
28 예술 작품의 규모나 한계를 가리킨다.

열린책들 세계문학 094 신곡 |연옥|

옮긴이 김운찬 한국외국어대학교 이탈리아어과와 동 대학원을 졸업하였고, 이탈리아 볼로냐 대학교에서 움베르토 에코의 지도하에 화두(話頭)에 대한 기호학적 분석으로 박사 학위를 취득하였다. 현재 대구가톨릭대학교 프란치스코칼리지 교수로 재직 중이다. 저서로 『현대 기호학과 문화 분석』, 『신곡 ─ 저승에서 이승을 바라보다』, 『움베르토 에코』가 있으며, 옮긴 책으로 단테의 『향연』, 아리오스토의 『광란의 오를란도』, 타소의 『해방된 예루살렘』, 에코의 『논문 잘 쓰는 방법』, 『이야기 속의 독자』, 『일반 기호학 이론』, 『문학 강의』, 칼비노의 『우주 만화』, 『팔로마르』, 『교차된 운명의 성』, 파베세의 『달과 불』, 『레우코와의 대화』, 『피곤한 노동』, 비토리니의 『시칠리아에서의 대화』, 마그리스의 『작은 우주들』 등이 있다.

지은이 단테 알리기에리 **옮긴이** 김운찬 **발행인** 홍예빈
발행처 주식회사 열린책들 **주소** 경기도 파주시 문발로 253 파주출판도시
전화 031-955-4000 **팩스** 031-955-4004
홈페이지 www.openbooks.co.kr **이메일** literature@openbooks.co.kr
Copyright (C) 김운찬, 2007, 2009, *Printed in Korea*.
ISBN 978-89-329-1016-1 04880 **ISBN** 978-89-329-1499-2 (세트)
발행일 2007년 7월 31일 초판 1쇄 2009년 8월 30일 초판 7쇄 2009년 12월 20일 세계문학판 1쇄 2025년 1월 30일 세계문학판 21쇄